LIEBESFLUCHTEN
Bernhard Schlink

爱之逃遁

［德］伯恩哈德·施林克 著

姚仲珍 拱玉书 译

上海译文出版社

女孩与蜥蜴

一

这幅画画的是一个和蜥蜴在一起的女孩，他们在对视，又没在对视，女孩用信赖的目光注视着蜥蜴，蜥蜴用模糊却闪闪发光的眼睛注视着女孩。女孩半倚半卧在一块长满青苔的岩石上，凝神遐想。万籁俱寂，就是在同一块岩石上的蜥蜴也纹丝不动。蜥蜴抬着头，吐着舌头。

"犹太姑娘。"每当男孩的母亲谈到画上的女孩时就这样说。当父母发生争吵，父亲站起来要退却到墙上挂着这幅画的书房时，母亲便会喊道："去见你的犹太姑娘吧！"有时她会嚷道："这幅犹太姑娘的画一定要挂在这里吗？画下面的男孩子一定要与这个犹太姑娘睡觉吗？"这幅画挂在长沙发椅上方，中午，父亲看报纸时男孩就在沙发上睡午觉。

他不止一次地听到父亲向母亲解释那个女孩不是犹太姑娘，那顶紧紧地扣在她的一头棕色鬈发上的、几乎被头发遮盖住的红色丝绒帽并不是宗教和民俗的标志，而是时髦的标志。"女孩当时都是那样穿戴。再说，犹太人是男人戴帽子，女人是不戴的。"

那女孩穿着一条深红色的裙子，一件黄色衬衣，下半部是浅黄色，上半部为深黄色，活像一件后背的带子没有系紧的紧身胸衣。女孩把她圆溜溜的小胳膊放在岩石上，支撑着下巴，衣服和身子的很大一部分都被岩石给遮挡住了。女孩看上去有八岁的样子，一副孩子的面孔，但是，那眼神，那丰满的嘴唇，那覆盖在额头、垂到肩和后背的一头长发却让人感觉她不是孩子，是女人。面颊及太阳穴上的发影是个秘密，裸露的上臂消失在鼓起的、黑洞洞的袖子里，这又是一种诱惑。那块岩石和一个小海滩后面的大海一直延伸到地平线，大海翻卷着巨浪，阳光穿透乌云，使部分海面和女孩的脸及胳臂闪闪发光。大自然充满了激情。

难道这一切都是讽刺？包括激情、诱惑、神秘以及那个孩子身上的女人味？讽刺是那幅画不仅让男孩着魔而且让他迷惘的理由吗？他经常不知所措，当他的父母吵架时他不知所措，当他的母亲提出尖锐问题时他不知所措，当他的父亲抽烟、读报、显得放松和从容不迫时他不知所措，当书房里充满这种气氛时，男孩不敢走动，几乎连大气都不敢出。此外，母亲对犹太姑娘的冷嘲热讽也令男孩迷惘，他不知道一个犹太姑娘应该是什么样儿。

二

　　久而久之，他母亲不再提起犹太姑娘了，他父亲也不再带他在书房里睡午觉了。有段时间他必须在晚上睡觉的房间里睡午觉，再后来他干脆不用睡午觉了，他为此而感到高兴。他那时九岁，被逼着去睡午觉的时间已经超过了任何一位同学或玩伴。

　　但是，见不到和蜥蜴在一起的女孩让他感到很难过。他常常悄悄地溜进父亲的书房，为的是看一眼那幅画，与那个女孩聊会儿天。那一年他长得飞快，他的眼睛已经和那幅画厚厚的金框一样高了，后来与画上的岩石一样高，再后来就和女孩的眼睛一样高了。

　　他是一个身强力壮的小伙子，可谓人高马大。当个头飞长的时候，他笨手笨脚，并没有什么吸引人的地方，相反却令人生畏。他的同学都怕他，甚至在他们玩耍、打架斗殴而他去帮助他们的时候。他是个不合群的人，这个他自己也知道，但他不知道是他那人高马大、身强力壮的外表使然，他认为那是他的内心世界造成的。没有任何同学理解他的内心世界，当然他也没打算让任何人这样做。假如他是个性情温和的孩子，也许他会在其他性情温和的孩子中找到玩伴和知己，但恰恰是这些性情温和的孩子特别惧怕他。

他的内心世界不仅充满了他在书中所读到的、在画或影片中所了解到的形形色色的人物形象，而且也充满了外部世界中的各种人物形象。他发现表面现象的背后还有未被表现出来的东西。他的钢琴女教师有所隐瞒，深受爱戴的家庭医生的友好不是发自内心，他偶尔与之玩耍的邻居家的小男孩偷偷摸摸，这些他都觉察到了，而且是在小男孩的偷窃行为、医生对小男孩产生爱慕之情和女教师的病变得显而易见之前很久。对于尚未曝光的事情，他当然也不比其他人觉察得更快更清楚，他也不愿去追踪这样的事情。他喜欢任想象驰骋，因为想象出来的东西更丰富多彩，比真情实况更激动人心。

在男孩眼里，家人与外人之间有一定距离，这个距离正好相当于他的内心世界与外部世界之间的距离。尽管他的父亲——本市法院的一位法官——是个脚踏实地的人，但男孩还是发现，父亲对其位置的重要和显赫感到欣慰，乐意去参加那些德高望重的人的定期聚会，乐意对本市的政治施加影响，乐意在教区被推选为长老。父母也参加本市的社交活动，去参加狂欢节和仲夏化装舞会，应邀赴宴，或宴请别人。当然也为孩子过生日，五岁生日请五位客人，六岁生日请六位客人，如此这般。应该做的一件也没落下，而且都是以五十年代应有的方式——拘泥和疏远——来做的。男孩感到，家人与外人之间的距离不是这种拘泥和疏远，而是其他东西。父母好像总是有所保留或有所隐瞒，他们处处留神。当人们讲笑话的时候，他们不会马上笑，而是等到其他人笑了之后才笑；在听音乐会和看演出的时候，也是在其他人鼓掌后他们才开始鼓掌；在与客人交谈时，他们先保留自己的观点，直到其他人把同样的观点说出来，他们才随之附和几句。有时父亲不得不阐明立场，发表观点，这时他会显得很疲倦。

或许父亲只是出于礼貌而不想硬打断别人的话？当男孩长大了一些，更加清醒地看到父母谨小慎微的言行时，他向自己提出了这个问题。他也在想，父母为什么坚持要拥有自己的私人房间。父母不允许他进入他们的卧室，在他很小的时候就不允许。虽然父母不把卧室的门锁上，但他们的禁令却是毫不含糊的，他们的权威是无可争议的，至少直到男孩十三岁时一直如此。那年，有一天他趁父母不在家，打开房门，看到了两张分开摆放着的床、两个床头柜、两把椅子、一个木柜和一个铁柜。难道父母想隐瞒他们不同床共寝的事实吗？他们想以此使他明白隐私及尊重隐私的意义吗？至少他们从未不敲门就进入他的房间，而且总是等听到"请进"之后才进入。

三

男孩不再被禁止出入父亲的书房，尽管那幅和蜥蜴在一起的女孩的画中隐藏着秘密。

当他上中学三年级的时候，老师曾留过一次描述一幅画的家庭作业，画可以任意选择。"一定要把描述的画带来吗？"一位学生问道。老师做了个不用的手势。"你们应当把那幅画描述得使我们读文如看画。"对男孩来说，描述和蜥蜴在一起的女孩那幅画是理所当然的了。他为此而感到高兴，他为能够仔细地去观察，去用词句传达并将在老师和同学们面前介绍那幅画而感到高兴。他也为将要坐在父亲的书房里而感到高兴。书房面向一个狭窄的院子，白天的光线和街道上的嘈杂声到这儿都变弱了，靠墙摆满了书架和书，房间里笼罩着一股浓浓的、呛人的烟味。

父亲没有回家吃午饭，母亲吃过午饭之后马上就进城了。这样，男孩没有征得任何人的许可就坐到了父亲的书房里，边看边写起来:"在画上可以看到大海,大海的前面是一片沙滩,沙滩的前面是一块岩石,或许是一座沙丘,上面是一个女孩和一只蜥蜴。"不,老师说过,描述一幅画要从前景到中景再到背景。"画的前景是一个女孩和一只蜥蜴在一块岩石或沙丘上,中景是一片沙滩,从中景到背景是大海。"那是大海吗?大海在波动吗?但是大海不是从中景向背景波动,而是从背景向中景波动。此外,中景这个词听上去真难听,前景和背景听上去也好不到哪儿去。而且那女孩——是女孩吗?关于那女孩要说的就这么多了吗?

男孩又重新开始。"画上有一个女孩,她在看着一只蜥蜴。"这还不是关于那个女孩的全部。男孩继续写道:"女孩脸色和胳膊苍白,有一头棕色的头发,上身穿的服装有点浅淡,下身穿了件深色的裙子。"就是这样他还是不满意。他又重新写道:"画上画着一个女孩在看一只蜥蜴怎样晒太阳。"这对吗?那个女孩在看着蜥蜴吗?难道她不是在越过它而远望,或穿过它而透视?男孩一时举棋不定,后来觉得无所谓,因为他在第一句话的后面接着写道:"女孩很漂亮。"这句话没错,从这句话起,他的描述开始顺畅起来。

"画上画着一个女孩在看一只蜥蜴怎样晒太阳,女孩很漂亮。女孩的脸很清秀,额头很光滑,鼻子笔直,上嘴唇上有一块凹痕。她有一双棕色的眼睛,一头棕色的鬈发。这幅画实际上就是画的这个女孩的头，其他一切都不那么重要，譬如蜥蜴、岩石或沙丘、沙滩和大海。"

男孩感到很满意。现在他只须把这一切分别插到前景、中景和背景中去。他对用了"譬如"这样的字眼感到自豪，它听上去很雅，像成年人用的词。他为女孩的清秀漂亮感到自豪。

当他听到父亲在开起居室的门时，他坐着没动。他听到父亲放下文件包，脱下大衣挂上，向厨房和起居室里张望了一下，然后去敲他房间的门。

"我回来了！"他大声说道，然后把散放的草稿整整齐齐地放在一个本子里，并把自来水笔放在旁边。父亲的写字台上原本摆放着卷宗、纸张和笔。

"我坐在这儿是因为老师给我们留了一个描述一幅画的作业，我正在描述这幅画。"还没等门完全打开，他已经开始进行解释了。

父亲一时没有反应过来。"哪幅画？你在做什么？"

男孩又解释了一遍。从父亲站立的姿势，从他看画和看他的眼神，从他皱着眉头的样子，男孩意识到自己又做错了什么。"因为你不在，我想……"

"你已经……"父亲在用压低的声音讲话，男孩想，那声音马上就要失控，就要变成咆哮，于是他屈服了。但是父亲没有咆哮，他摇了摇头，然后坐到一把转椅上，转椅位于写字台与另一张用来堆放卷宗的桌子中间，男孩坐在这张桌子的另一边。那幅画挂在父亲背后的写字台上面，当时男孩没敢坐在写字台前。"愿意不愿意把你写的东西读给我听听?"

男孩开始朗读，非常自豪，同时又有些害怕。

"你写得非常好，我的孩子，把那幅画准确地呈现在了我眼前。但是……"他犹豫着，"这幅画对其他人来说什么都不是，为其他人你应该描述其他画。"

父亲不但没有对他咆哮，相反却以信任与和蔼的口吻和他交谈，这使他感到非常高兴，他准备一切按父亲说的去做。但是他不明白，为什么那幅画"对其他人来说什么都不是"呢?

"你有时不是也有一些不便告诉别人的事情吗? 难道你做任何事情都希望我们或者你的朋友在场吗? 仅仅考虑到嫉妒这个因素，一个人也不应该把他的宝物展示给别人，因为他们或者会伤心，你所拥有的他们没有;或者会变得贪得无厌而想要夺你所爱。"

"那幅画是宝物吗?"

"这你自己知道，刚才你把它描述得那么美，如数家珍。"

"我是说它值得让别人那么羡慕吗?"

父亲转过身子，看着那幅画说:"是的，它非常有价值，如果有人产生盗窃之心，我真不知道是否还能保住它。谁也不知道我们拥有它，这样不是更好吗?"

男孩点点头。

"来，翻一本画册看看，我们一定能找到一幅你喜欢的。"

四

当男孩十四岁时，父亲放弃了法官的工作而在一家保险公司找了一个职位。他不情愿这样做，男孩注意到了这一点，尽管父亲没有抱怨。父亲对换工作的原因也没做任何解释。男孩是在几年之后才发现其中原委的。搬出老房子，住进一个较小的房子，这是换工作的后果。放着威廉二世时代的一座富丽堂皇的四层城市楼房不住，却住进了坐落在城郊的一座拥有二十四户居民的社会福利房。四个房间都很小，而且很低，邻居的嘈杂声和各种味道总是相随左右。但毕竟有四个房间，除起居室、卧室和孩子的房间外，父亲保留了一间书房。他晚上总是躲在那里，尽管他不再往家带文件和处理文件。

"你也可以在起居室里喝嘛。"有一天男孩听到母亲对父亲这样说，"如果你偶尔和我说说话，你也许会喝得少一些。"

父母的社交活动也发生了变化，请客吃饭和女士们先生们欢聚一堂的晚会没有了。在那样的晚会上，男孩的任务是给客人们开门和挂大衣。男孩怀念那种气氛：在餐厅的桌子上摆上白色的瓷器，再装点上镀银的烛台，父母一边在起居室里布置杯子、小点心、雪茄和烟灰缸，一边留心听着第一声门铃。他也一个又一个地怀念父母的朋友。在这些朋友中，有的询问过他在学校里的情况和他的兴趣爱好，在下次来访时仍然记得他的回答并能接着聊下去。有一位外科医生曾和他讨论如何给布熊做手术，一位地质学家曾和他讨论火山爆发、地震以及流动沙丘。他特别想念父母的一位女朋友，她和他那身材苗条、神经兮兮、做事慌慌张张的母亲完全不一样，她身材比较圆胖，高高兴兴，做事不紧不慢。还是很小的时候，她曾在一个冬天把他裹在裘皮大衣里面，把他裹在那磨得锃亮的丝绸衬里面，裹在那令人陶醉的香水的芳香中。后来她还取笑过他没能征服女朋友，没有女朋友——这使他感到难为情，同时又令他感到自豪。后来，她还常和他玩耍，用裘皮大衣把两个人都蒙在里面，她柔软的身体让他感到十分惬意。

过了很久才有新的客人来，他们是邻居、父亲保险公司里的同事以及母亲的同事，那时母亲已经开始在警察局当文秘。男孩发现父母做事心里没有把握，他们想要在不否认过去的情况下熟悉他们的新世界，结果待人不是过于疏远就是过于亲近。

男孩也必须适应新环境。父母让他从距旧家仅几步之遥的中学转到一所离新家不远的学校，这样，他接触的人也发生了变化。

新班级里的同学说话都比较粗野，他也就不再像在原来班级里那样不合群。有一年之久，他仍去旧家附近的钢琴女教师那里上课。后来，父母发现他在钢琴弹奏方面取得的进步微乎其微，只好把他的钢琴课给停了，钢琴也卖了。对他来说，骑自行车去钢琴教师那里很值，因为他要路过旧家和一家邻居的房子，邻居家有个小姑娘，他曾经和她时不时在一起玩耍并一起走一段路去学校。小姑娘有一头浓浓的披肩鬈发，脸上长满了雀斑。他慢慢地从她家房子前骑过，希望她能从房子里走出来和他打个招呼，那样的话，他会推着自行车陪着她。他认为，这样的重逢本该理所当然地出现。实际上他们还不会约会，而只是让对方明白他们什么时候应该在哪儿，她什么时候在哪儿，他也会在哪儿。约会对她来说还太早。

　　但是，他从她家门口经过时，她从未出来过。

五

如果您相信只有长大成人或已经成年的人才面临人生抉择的问题，那您就错了。孩子和成年人一样，在处理个人行为和生活方式时同样面临着抉择。他们的抉择不是一成不变的，即使是成年人，他对自己的人生抉择也是翻来覆去的。

一年之后，男孩决定在新班级里、新环境中表现一番。他凭自己的力气轻而易举地赢得了别人的尊敬，又因为他聪明伶俐，想象力丰富，不久之后便在等级制——这种等级不但在他的班级里，而且在每个班级里都存在，它是一种不明确的混合体，是按身强体壮、调皮捣蛋、幽默诙谐以及父母的富有程度来划分的——中成为佼佼者。他们在女孩中也备受青睐，但不是在他所在的学校里，因为他的学校里没有女生，而是在附近的一所女子中学里。

男孩并没有爱上谁，他选择了一个不同寻常的姑娘：具有挑衅性和吸引力，伶牙俐齿，有过交男友的经历，别人对此在背后说三道四，是个难以搞到手的姑娘。他以自己的力气和自己享有的声誉给她留下了深刻印象，不仅如此，令她敬佩不已的是，这些还不是全部。他还有什么特点，她自己也不知道，反正还有什么她在其他人身上找不到和不想看到的东西。他意识到了这一点，因而他就不时曝一下光，让她知道他肚子里有货，但不轻易表露，也许让她知道了，就会……她会和他一起走？她会向他表示亲热？会和他睡觉？他自己也搞不清楚。他越来越让步的公开追求让他们两人之间发生的事情更有意思，更值得去做，更令他出名。放学之后，他和朋友们一起溜达着路过女中，在那里，如果她和她的女朋友们亲热地靠在铁栅上，他当然会过去搂住她；或者，如果她和她的队友在打手球，他就会向她招手而得到一个飞吻；或者，他会和她一起穿越草坪向游泳池走去。每当这时，他又是惊奇，又是赞赏。仅此而已。

当他们最终睡到一起时，情形却糟透了。她有足够的经验来提出期望，却没有经验来对付他的笨拙。他缺少做爱的自信，即那种能够弥补第一次做爱时表现出的笨拙的自信。在游泳池关闭之后，在管理人员也转圈巡视了一番之后，他们仍一起躲在灌木丛后的栏栅旁。这时，他突然感到一切——那亲吻，那温柔，那渴望——都错了位，没有一样是对劲的。这是一种背叛，一种对他曾经爱过的一切的背叛。他想起了他的母亲，母亲的女朋友和她的裘皮大衣，邻居家那个满头红鬈发、满脸雀斑的女孩以及那个和蜥蜴在一起的女孩。使用避孕套时的难堪，来得过早的快感，笨拙地、令她讨厌地试图用手使她达到满足，当所有的这一切都过去之后，他依偎在她的怀里，为其无能的表现寻求着安慰。她站了起来，穿上衣服，走了。他蜷缩着躺在灌木丛下没动，呆呆地望着眼前的灌木丛的枝干，望着去年的叶子，望着他的衣服和栏栅上的网眼。天渐渐黑了，他开始觉得冷，可他还是躺在那儿。对他来说，这样做好像能够把与她在一起的时光，对她的追求，以及过去几个月里的徒劳奋斗都统统冷冻起来，就像发汗能治病一样。最后，他站了起来，在大池子里游了几个来回。

当他午夜回到家里的时候，书房的灯亮着，门开着。父亲躺在沙发上，身上散发着酒气，鼻子里发出鼾声。一个书架倒翻在地，写字台的抽屉也被拉了出来，里面被倒得一空，书和纸张撒了一地。男孩确认那幅画没有损坏，然后熄了灯，关上门。

六

当男孩中学快要结束，只等着张榜公布成绩的时候，他到邻近的一座大城市旅游去了，乘火车只需要一个半小时。这些年来，他早就应该到那里去听一场音乐会，看一幕话剧，或观看一个画展了，但他却从来没去过。小的时候，父母曾带他去那里看过一次位于市中心的市政厅、法院以及一座大公园。搬家之后，父母再没有去旅行过，带着他或不带他都没有去过。起初他没有想到独自去旅行，后来想去时又支付不起费用。父亲由于酗酒而丢了职位，男孩除了念书之外还要打工赚钱贴补家用。如今，在中学毕业很快就要离开这座城市的时候，他已经开始在心里盘算让父母允许他自己照顾自己的问题了。他自己挣的钱，如今他也想自己花掉。

他并没有寻找现代艺术博物馆，却在无意中发现了它。他之所以走了进去，是因为它的建筑吸引了他。那是一种罕见的混合建筑，一方面具有现代建筑的朴素，另一方面却又具有令人难以接受的洞穴式建筑的阴暗，凸窗和门更是俗不可耐。馆藏作品从印象派到野兽派，无所不有。他看展品时专心有余，参与不足，直到他看到勒内·达尔曼的那幅画，情况才有了变化。

那幅画叫《在海滩上》，画上有岩石、海滩和大海，岩石上倒立着一个女孩，裸着身体，非常漂亮，但是一条腿却是木头的，不是一条木制假腿，而是一条完美无瑕的、有木质纹理的女人的腿。不，他既不能确认这个倒立的女孩是和蜥蜴在一起的那个女孩，又不能说这幅画画的是同一块岩石、同一处海滩和同一片大海。但是所有这一切都使他如此强烈地想起了家里的那幅画，于是在出来的时候，他买了一张带有这幅画的明信片。如果他不是囊中羞涩的话，就会买一本关于勒内·达尔曼的书。当他在家把画与明信片进行比较时，才发现两者之间的区别是一目了然的。但确实有某种东西把两者联系在一起——仅仅在他眼里如此呢，还是两幅画本身如此？

"你在那儿摆弄什么呢？"父亲走进了书房，伸手就去拿那张明信片。

男孩躲开父亲，让他抓了个空。"那幅画是谁画的？"

父亲的目光变得谨慎起来。他喝了酒，那谨慎的目光同他平时酗酒后遭到妻儿冷落与蔑视时所表现出的目光一样。很久以来家里人就不再惧怕他了。"我不知道。为什么问？"

"为什么我们还不把这幅画给卖了，既然它那么值钱？"

"卖了？我们不能卖这幅画！"父亲站到了那幅画的前面，好像他要在儿子面前保护它一样。

"为什么不能卖？"

"那样的话我们就什么都没有了，我死后你就什么也得不到了。我们是为你才保存这幅画的。为你。"他一遍又一遍地重复着，为找到这个能使男孩明白事情原委的论据而感到高兴。"你妈妈和我反对卖画，还不是为了有一天你能得到它。可是我能从你这儿得到什么？不领情，就是不领情呀。"

男孩把动辄伤心落泪的父亲丢下不管了，也很快忘记了这件事，忘记了博物馆里的那幅画和勒内·达尔曼。他除了在拖拉机厂的仓库里打工，还找了一份在餐馆里端盘子的工作，并一直干到大学开学，之后到了一个尽可能离家远的地方去上大学。海边的那座城市丑陋不堪，那所大学也平平常常。但是，这里没有什么能令他想起南方的家乡。他发现，几周来，不论是在法律讲座的课堂上，还是在食堂里，抑或在走廊里，他都没有遇见过一个熟人，他对此感到轻松，他可以一切从头开始了。

在去学校的路途中，他下了车。他只有几个小时的时间在那个坐落在河边的小城里转转。他出现在那家博物馆门前，又是一次偶然。一进博物馆，他就不由自主地立刻询问起勒内·达尔曼的画来，并找到了两幅。《战后秩序》是一张宽一米半、高两米多的画，画上画着一个女人坐在地上，低着头，屈着腿，左手撑着地，右手正在把一个抽屉推进下身。她的乳房和肚子也都是抽屉，一个用乳头当拉手，另一个用肚脐眼当拉手。乳房抽屉和肚子抽屉被稍稍拉开了一点，里面空空如也。在下身的抽屉里躺着一个肢体扭曲、残缺不全的已经死了的士兵。另一幅画题为《女人的自画像》，画的是一个开怀大笑的秃顶年轻人的上半身，在他那高领紧系的黑色夹克衫里面显现出乳房来，他用左手高高地举着一个假发套，上面的头发是棕色鬈发。

这次他买了一本关于勒内·达尔曼的书，并在乘火车的时候阅读了关于这个在一八九四年生于斯特拉斯堡的艺术家的童年和青少年时期生活的一些章节。他的父母是从莱比锡移居斯特拉斯堡的，父亲是一位经营纺织品的商人，母亲是一位比她丈夫小二十岁的阿尔萨斯人。他们曾希望再生个女儿，在这之前他们已经有了两个儿子，第三胎是个女儿，两年前，父亲带着她在一个冬日里出去骑马散步时染上了肺炎，后来就死了。勒内是在死了姐姐的阴影下长大的，直到一九〇二年，盼望已久的第二个女儿才诞生，对他来说这意味着解脱，同时也意味着伤害。他很早就开始画画，在学校里跟不上课程，十六岁时就申请到卡尔斯鲁厄美术学院去学习，而且成功了。

读到这儿，旅程结束了。

他找到了一间阁楼房间，房间里有一个煤炉，窗户很小，厕所设在低半层的楼道里，只有一个很小的洗手池。这样的房间对他挺适合。他把房间布置了一番，把关于勒内·达尔曼的那本书和他随身带来的喜欢读的书一起放在下层书架上，把上面留给了新书，即新的生活。他什么值钱的东西也没有留在父母家里。

七

　　大学三年级时父亲去世了。在过去的几年里，父亲去小酒吧喝酒的次数越来越多。一天，他像往常一样，喝醉了酒，在回家的路上跌跌撞撞，后来顺着马路斜坡摔了下去，躺在那里，最后冻死了。参加葬礼是他离家上大学后第一次回家。那时正是一月份，北风刺骨。从墓地的小教堂到墓穴的路上，小水坑都结了冰。母亲滑了一下，几乎摔倒，这之后才让儿子搀扶着，此前她拒绝让他搀扶，她不想原谅他那么长时间没有回家探望她。

　　在家里，她为几位陪她去墓地的邻居准备了夹心面包和茶水。当她注意到客人们在期待着上酒时，便站了起来。"如果有谁因为我没有提供啤酒或白酒而感到委屈的话，可以马上离开这里，在这间屋子里喝的酒已经够多了。"

　　晚上，母亲和儿子来到了父亲的书房。"我相信它们都是法律方面的书籍，你想要吗？你用得着它们吗？你不要的我就扔掉。"她把他一个人留在那儿，他看着父亲引以为豪的书房：有些书早已再版，有些杂志几年前就停止了订购。和蜥蜴在一起的女孩的画是房间里唯一的一幅画，它不像在原来的家里那样挂在写字台后面的一面大墙上，而是挂在书架之间，尽管如此，它在整个房间里仍处于显赫地位。他的头几乎就要撞到低矮的天花板，他看着下面的女孩，想起了当年眼睛对眼睛地站在女孩面前的情形，想起了那些从前在他眼里很大、如今变得很小的圣诞树。但是，他认为，这幅画非但没有变小，非但没有丧失任何魅力，对他的吸引力反而更强了。之后，他想起了与他住在同一幢房子里——他住在阁楼上——的那位姑娘，他的脸红了。他叫她"公主"，他们相互调情。但是，当她问他是否愿意让她看一看他的阁楼时，他却斩钉截铁地说了声"不"。她这样问毫无恶意，但是，由于她想得到他不想给她的东西，开始在他面前卖弄风情，用姿势、眼神和声音对他进行诱惑，结果使他几乎把"清白"二字抛于脑后。

"我不想要父亲的书，明天我会给旧书商打个电话，他会付给你几百马克，或许一张一千马克的大票。"母亲坐在厨房里的桌子旁，他也坐下。"你打算怎样处理那幅画？"

她把读过的报纸折在一起，她的一举一动仍旧是那么神经质和那么慌张，总有些年轻时候的东西在里面。她不再苗条，而是枯瘦了，脸和手除了皮就是骨头，头发也几乎全白了。

他突然充满了同情和柔情。"你打算怎么办?"他温柔地问道,并想把手放在她的手上,但是她却把手抽了出来。

　　"我打算从这儿搬出去。在山坡上人们建了几栋梯形房子,我在那儿买了一套一间的住宅,我就需要一间,多了不需要。"

　　"已经买了?"

　　她满怀敌意地看着他。"我把你父亲的退休金和我挣的钱都放在了一起,他喝酒花多少钱,我就为自己拿出多少。你对此难道有什么异议吗?"

　　"没有。"他大笑着,"父亲十年喝掉了一套房子?"

　　母亲也跟着笑了。"不完全是这样,他喝进去的钱比房积金合同里的数目还大,我就是用房积金付的房款。"

　　他犹豫了一会儿。"你为什么一直留在父亲身边呢?"

　　"哪有这样问问题的。"她摇摇头,"短时间内,你可以做选择,你可以选择做这个或做那个,可以选择和这个人或那个人一起生活。但是,总有一天这种工作或那个人会成为你的生活。你为什么过现在这样的生活? 这样的问题是非常愚蠢的。不过,你问起了那幅画,我对它没有什么打算,你把它带走好了,或者把它送到银行,如果那里有那么大的保险柜的话。"

　　"告诉我,那幅画是什么意思?"

　　"唉,孩子……"她伤心地看着他,"我不喜欢它。我相信,你父亲一直为那幅画感到自豪，直到他生命的最后一刻。"她疲倦地微微一笑，"他多么想去看看你，看看你学法律学得怎么样，但是他不敢那么做，因为你从来没有邀请过我们。你知道吗？你们做孩子的也够残忍了，残忍程度并不比我们做父母的差多少，你们比我们更自负，就是这样。"

他想抗议，但又不知道她讲的是否有道理。"很抱歉。"他含糊其辞地说。

她站起来说："睡个好觉，我的年轻人。我明天早上七点钟离开，你睡够了想走的话，别忘了那幅画。"

八

在他的阁楼里，他把那幅画挂在了床上面。床摆放在墙左侧，右侧摆放着衣柜和书架，前面摆放着写字台，它正好在小天窗的下面。

"我看上去有些像她，她是谁？"问他这话的是一位女学生，他自第一学期开始就喜欢上了她，难道是因为她与那女孩长得像吗？这一点他当时并没有意识到。

"我不知道她是何许人，不知道她是不是现实中存在的人。"他想接着说："你无论如何要比她更漂亮。"但是他又不想背叛那个和蜥蜴在一起的女孩。人们能背叛画中的姑娘吗？

"你在想什么呢？"

"我在想你很漂亮。"

她确实很漂亮。他仰面躺在床上，她趴在他身上，胳膊肘支在他的胸上，双手托着下巴，静静地看着他。或许她在越过他的脑袋或透过他的身体向别处看？那黑亮的眼睛，拳曲的头发，高

28

高的额头，红嫩的面颊，兴奋的鼻翼和嘴唇——她以这种独特的方式把她身上的美丽之处都统统显示给他。或许这只是他的想象？他爱的女人能因为他的爱而变成一幅画，以至于可望而不可及吗？

"谁画的？"

"我不知道。"

"他一定在画上签了名。"她站了起来，仔细观看画的下边，然后，把目光转向他。"这是一幅原作啊！"

"是的。"

"你知道它的价值吗？"

"不知道。"

"也许它很值钱。你从谁那儿弄来的？"

他想起了多年以前与父亲的一次谈话。"过来！"他张开了双臂，"我不想知道它是否值钱。如果我知道了并告诉了你，而你现在也就知道了，那样我就总会在心里画个问号，就会怀疑你是否仅仅是因为我的画才爱我。"

她投入他的怀抱。"别自讨没趣了。如果它很值钱的话，你就不会在这儿保存它。这里夏天太热，冬天太冷。此外，如果有一天你那古怪的炉子一把火把这个阁楼和这座房子点着，你也许还可以逃到邻居的房顶上去，但是这幅画却会付之一炬。一幅价值连城的画需要恒温和稳定的空气湿度，这些我是知道的。但是，由于你不能在这儿保存它，你也可以马上把它卖掉。你一直在工作来工作去，可是什么都买不起，因为你没有钱。这样做毫无意义。"

他给她讲述他的新工作，以此转移了她的注意力。但是，她临走时却问道："你知道吗？"

"知道什么？"

"我哥哥是学艺术史的，应该让他看看这幅画。"

他不想让他看。当她下次来访时，他已经把那幅画放到了床底下，并说他母亲想把它要回去。她还是同她哥哥谈起了那幅画，他想不起任何类似的画，也想不起可以对号入座的画家，却想起了《紫蜥蜴》这本杂志。该杂志在达达主义向超现实主义过渡期间创办于巴黎，在一九二四年到一九三〇年间出版了十期。后来她也就把那幅画给忘了。

每次都是等她走了之后，他才又把那幅画挂在床头。起初，这是一种游戏，他笑着把那幅画取下来，再笑着把它挂上去，与那女孩告别时还要开上几句玩笑。久而久之，这样做——因为有人来访、后来是因为有她来访必须把画摘下来——就成了他的负担。当他们一起睡过觉还躺在一起时，他就开始等着她走，等着把画重新挂上，等着重新过正常生活。

她终于弃他而去。"我不知道你的脑子和心都在想什么，"她先是点着他的脑门，然后点着他的胸脯，"我应该在里面占有一席之地，但这个一席之地也未免太小了。"

九

　　他内心的痛苦程度超出了他的预料。有时候他很生气——没有那幅画也许一切都会是另一番情形，一切都要比现在好些。然而，生气却又把他与那幅画紧紧联系在一起。他对画上的女孩说，没有她他会活得更好，她把他搞得够苦了。现在，她可以用更友好的眼神儿看他了，他问她是否因为击败了情敌而感到自豪？她没有必要自豪。

　　一天晚上，他拿起了那本关于勒内·达尔曼的书继续读了下去。美术学院毕业之后，这位年轻的艺术家生活在卡尔斯鲁厄一位富有的寡妇家里，她为他布置了一间画室。这在那座淳朴的都市里是件丑闻。据传记作家记载，他们对丑闻沾沾自喜，对他们两人之间的关系倒备感头痛。他立足于做一名肖像画家。他的早期肖像画都没有什么特别之处，直到被指控过着骇人听闻的生活的他也开始画骇人听闻的肖像画。他的第一幅骇人听闻的肖像画画的是位于卡尔斯鲁厄的最高法院院长的脑袋和其身为少尉的儿子。父亲形似木刻，而儿子则精神抖擞，佩戴着肩章、饰带、脸上画着一把军刀。最高法院院长对他提出了控告，但勒内·达尔曼去了布列塔尼，一走了之。他母亲家在布列塔尼有一栋房子，母亲家里的大部分成员都于一八七一年离开了阿尔萨斯。在那里，他和双亲及兄弟姐妹们度过了许多假期，他一直待在那里，直到战争爆发。他是以法国志愿卫生兵的身份参加这场战争的。那是他从事素描的年代，因为作其他种类的画既没有时间又没有钱。除了画伤残和垂死的士兵外，他也开始画宗教题材的画，如亚当和夏娃——他们好像是一对误入战场乐园的新郎和新娘——以及为一个伤残士兵疗伤的伤残的基督。战争结束之后，他居住在巴黎。他整天与安德烈·布勒东一起泡在塞尔塔咖啡馆，但他不属于达达艺术流派。他跟随安德烈·布勒东加入了共产党，却不听从超现实主义者的摆布。他不参与任何派别，直到他和几位朋友创办《紫蜥蜴》为止。勒内·马格里特在这个杂志上面发表了《作为思想的绘画》，萨尔瓦多·达利发表了《切入少女眼睛》一文。在没有得到作者允许的情况下，他们便把马克斯·贝克曼的一篇在蜜月旅行中写的关于集体主义的小文章译成了英文，发表在杂志上。勒内·达尔曼自己写了《把想象从任意中解放出来》，同时负责杂志的版面设计。

　　所有这一切他都认为没有多大意思。他不再仔细阅读，而是泛泛浏览。在这本书的后面，有几页是勒内·达尔曼的生平、他的作品、关于他的著作以及他的画展目录。一九三三年在巴黎的科尔画廊举办过题为"德国是否存在超现实派"的画展，在那个展品目录的封面上有出自勒内·达尔曼之手的《和蜥蜴在一起的女孩》。和蜥蜴在一起的女孩！

　　第二天一早，他就去了大学的艺术史研究所去查找那本一九三三年的展品目录，结果徒劳一场。他课也不去上了，中午也不去餐馆跑堂了，而是请了假，说是患了感冒。这期间，他去了那座当初他曾在那里看到过勒内·达尔曼的《战后秩序》和《女人的自画像》并在那里买了关于勒内·达尔曼的那本书的城市。那里也有一所大学，也有一个艺术史研究所，但是那里也没有那本目录，不过他始终处于一种非常兴奋的状态。图书馆的女馆员注意到了他的这种状况，问他是怎么回事。他解释说他在查找勒内·达尔曼的《和蜥蜴在一起的女孩》和那本封面印了那幅画的展品目录，并问她下一个离这儿最近的艺术史研究所在什么地方。

　　"为什么您一定要那本画册上的复制品？"

　　他不解地望着她。

　　"也许他自己给他的画拍了照片，或者收藏他作品的收藏家、出版社或挂那幅画的博物馆拍了照片。"

　　"您是说它挂在一家博物馆？在哪儿？"

"我们有一个绘画档案，请随我来!"

他跟着她穿过了一个走廊，来到了一间放有幻灯机和纸板箱的房间，纸板箱上贴着小小的人名标签。他变得安静了一些，甚至注意到，图书馆女馆员的身材标致，步态轻盈敏捷，在用活泼的、对他的兴奋状态有些善意嘲笑的眼光看他。她从架上拿下一个纸板箱，仔细地研究了一番贴在箱盖里面的目录，然后拿出了一张几乎与名片大小相同的、镶嵌在黑色薄膜里的幻灯片。把它放进幻灯机时，她说："把灯关上好吗?"

他找到了开关，把灯关上。她打开了幻灯机。

"我的天啊!"他叫道。这是他的那幅画。那女孩、那沙滩、那岩石。但画的左边不是斜依着石头的女孩，而是一只巨大的蜥蜴，在岩石上晒太阳的不是一只蜥蜴，而是一个特别小的女孩，她那一头黑色的鬈发、苍白的面孔、浅色的紧身胸衣和深色的裙子，都非常讨人喜欢。她侧身躺着，头枕着胳臂，既是一个淘气的孩子，又是诱人的女性。

十

　　"这幅画挂在哪座博物馆里?"

　　"这我们得到前面去看。"女馆员关上了幻灯机,把幻灯片放回了原处,然后回到了放书的那个房间。他看着她怎样一本接一本地把书从书架上取下来翻看。"至少得请我吃饭吧?"她继续翻着,"哦!"

　　"怎么了?"

　　"那幅画没挂在任何博物馆,它下落不明,也许被毁掉了。人们最后一次看到它是在一九三七年慕尼黑的'堕落艺术'展上。"他看上去迷惑不解。

　　"它在第五组被展出。解说词这样写道:'色情画不需要裸体,伤风败俗不需要手工的歪曲。这位犹太人能用完美的笔韵把这位德国企业家描绘成资本主义的纵欲者,同时把那个德国小女孩描绘成淫荡的妓女。试想,如果德国母亲和妇女看了这个画展……'我还要往下读吗?"

"勒内·达尔曼另外画过名叫《和蜥蜴在一起的女孩》的画吗?"

她边翻边说:"吃饭的事怎么样?"

"您几点下班?"

"四点。"

"这个钟点还没有饭吃。"

"这儿没有《和蜥蜴在一起的女孩》,您能肯定那幅画就叫这个名字吗?"

"不能。"也许勒内·达尔曼用的是其他名称。"但是,那幅画画的就是一个和蜥蜴在一起的女孩,不过和我们刚刚看到的画面正好相反。"

"有意思,您在什么地方见过它?"

"啊,我也不记得了。"他一不留神,走得太远了,他问了太多他不该问的问题。还好,他没有说出自己的名字。他真想马上不留一点痕迹地离开这儿。

她看着他沉思的样子说:"您怎么了?"

"我现在必须离开,四点钟,我在下面等您,好吗?"

他冲出了艺术史研究所,他的那副模样十分滑稽,这时也顾不得这些了。但是,当他坐到了市中心湖边的一条长椅上时,他才清楚地意识到他不知道的事情还很多,还必须设法打听到。这样，四点钟的时候，他已经来到了艺术史研究所楼下的大门口。她走下了楼梯，又用善意嘲讽的眼神看着他。

"蜥蜴是羞怯的动物。"

"我想，我得做些解释。我们坐到湖边的太阳底下好吗?"

在路上他就开始讲了起来。他说，他作为学法律的大学生，正在一边读书一边在一家律师事务所打工。这家律师事务所专门受理遗产继承问题，包括遗产继承人之间的争执、确定遗产继承人以及对遗产进行估价。在一位已经去世的美国人家里发现了一幅画，没有专家鉴定，没有签名，也许毫无价值，也许价值连城。他说他的任务是查出它的来龙去脉。

"一位美国人?"

他把他的夹克衫铺在地上，他们在湖边的草坪上坐了下来。"一位移居到美国的德国人，我们要在德国找他的继承人。"

"您有那幅画的副本吗?"

"不在我这儿，但是这期间我早已把它深深地印在了脑海里。"他描述起那幅画来。

"嘿，"她从侧面看着他，"您真是爱上那幅画了。"

他脸红了，把头转过去，就好像在望着一艘帆船。

"没关系，如果是勒内·达尔曼的画——他非常不错。您在我们博物馆里见过他的画吗?"她把话题转移到博物馆上，接着谈到了这座城市，在城里的生活，以及来自什么地方，想去哪里生活。然后，他试图提了一些他感兴趣的问题，如人们如何发现一幅画的作者，一幅画的命运和它的真正所有者。她逐一回答他的问题，但同时注意尽快转移话题。在太阳落山之后，天气凉了下来，他们围着湖散起步来。

"您有男朋友吗?"他无法想象她没有。她活泼、聪明、幽默，不但漂亮，而且当她用手把挡脸的金发撩开或对什么东西嗤之以鼻时，她的动作有一种诱人的魅力。

"我们在三个月以前分手了。您呢?"

他算了算说:"四个月前。"

他们在一家饭店共进晚餐。他发现他非常想和她谈恋爱，非常想告诉她他想把她当作可以信赖的人。但是，他必须处处谨慎行事，能回避的就回避。当谈到他的双亲，谈到已离他而去的女朋友，谈到他喜爱的女人，谈到他是如何生活的时候，他都必须这样做，不能愿意谈多深就谈多深。他又想到，假如他在他所生活的城市与她不期而遇，而他们又有兴致到他家里的话，他不能让她到自己的房间，因为那里挂着那幅画。

她陪他到了火车站。在站台上，她为他写下了自己的名字、地址及电话号码。他迟疑了一下，但还是留下了他的真名真姓及正确的地址。

"你不会成为侦探吧，是吧?"她的眼神里又充满了那种善意的嘲讽。

"为什么?"

"说说而已。"她用手搂着他的脖子，在他的嘴上很快地吻了一下。"你的问题——如果有人要带着那幅画去找苏富比或佳士得，或者像我的小侦探那样读了一本关于那位画家的书，那么他就应该看一看作者是谁，并通过出版社给他写封信，如果他，对，如果他也不想隐瞒不允许任何人知道的事情的话。"

"火车马上就要开了。"扩音器里已经广播过了关上车门和火车就要出发的通知。他已经站到了车上。

"隐瞒是很累人的。"

他只能点点头，车门已经关上了。

十一

　　"你将来的命运会很艰难啊！"他冲着和蜥蜴在一起的女孩说，"它越来越大，你越来越小，到最后你得向它送秋波了。你呀，你这个蜥蜴姑娘！"他接着说，"或者你吻了它，想让它变成一位王子，而它没有变成王子，却变得越来越大了，而你却变得越来越小。"他注视着画上的姑娘，觉得勒内·达尔曼的所作所为卑鄙下流，是一种渎圣行为。"你是他的妹妹吗？他恨你？也许他曾经爱过你，后来他的爱又变成了恨？"

　　他走出了房间，去了厕所，那里有一个很小的洗手池。在洗手池的上面，他搭了一块小板来放牙刷、剃须刀、梳子和毛刷。他把刀片从刀架上卸了下来，又回到房间里。"你不会喜欢这样的，但是我必须这样做。"沿着画框，他划开了贴在画背面的纸。他发现那个厚厚的镀金框是与另一个画框用螺丝钉固定在一起的，画布就紧绷在那个画框上。上面的螺丝钉很小，他用平时修理松动连接点的螺丝刀把螺丝钉给卸了下来。他担心那厚厚的金框与画布会粘在一起，但是他却轻而易举地把金框给卸了下来。

他把画靠到床边的墙上，自己在它前面的地上坐下。在画的右下角有"达尔曼"几个字，用儿童手写体书写，D字收笔宛若弯弓，充满活力，有些倾斜，对此，他不再感到震惊。如果他没有发现他的名字或者发现的是另外一个人的名字，他倒会感到吃惊。令他惊奇不已的是被框架覆盖的那几公分给他的新印象：在女孩的头顶多出了一片天空，她的肘尖不再被画框遮挡，蜥蜴的躯体完整可见——这使得这幅画一下子令人心胸豁然开朗起来，给人一种在海边沐浴海风、嗅闻海水时自由呼吸的畅快感。

"是我父亲把你囚禁在里边的吗？或者是这幅画的前一个主人？也许这画仍然属于他？可他是谁呢？或者说曾经是谁呢？"他仔细研究了画框，发现了斯特拉斯堡一家工艺美术品商店的标签。

在回家乡的火车上，他读完了勒内·达尔曼传记。一九三〇年他随吕迪亚·贾可诺夫从巴黎来到柏林。她是一位卡巴莱歌舞演员，一位改信东正教的犹太医生的女儿。她动作轻快灵活，容貌美丽迷人。她是达尔曼的蜥蜴，他的蜥，他的蜴，他的小蜥和小蜴。他给她写信，自始至终柔情似水。由于他讲一口地道的德语和起了一个德国人的名字，他很快就被认为是德国艺术家，被列入德国艺术家行列。路德维希·尤斯蒂把王储府中的一间小屋给了他。一九三三年，当他的《街头下流的死亡舞蹈》在卡尔斯鲁厄的题为"政府艺术一九一八～一九三三"的展览中展出时，勒内·达尔曼公开地取笑了政府。"德国的政府艺术?"——这个系列是他一九二八年在巴黎画的。埃伯哈德·汉夫施丹格尔随后就关闭了达尔曼画室。吕迪亚的卡巴莱也在一夜之间被冲锋队打得粉碎。一九三七年，在慕尼黑的"堕落艺术"展开幕之前，在这期间已结为夫妇的勒内和吕迪亚·达尔曼离开了德国，移居到斯特拉斯堡。尽管他拥有法国国籍，人们仍旧视他为德国艺术家。一九三八年在伦敦举办的"二十世纪德国艺术展"上也有他的作品。在阿姆斯特丹和巴黎也可以看到他的画展，这些作品都是曾被德国政府没收和拍卖的作品，即那些对勒内·达尔曼怀有好感的商人和收藏家在拍卖会上买下的作品。

在德军进驻斯特拉斯堡之后，勒内和吕迪亚·达尔曼就销声匿迹了。他们是否仍留在斯特拉斯堡，是否逃到了法国没被占领的地方，抑或是取道葡萄牙流亡到了美国——传记作家如实记载了人们就此谈到的种种可能和不可能，却都没有答案。无论如何他们一定隐姓埋名了。一九四六年，在纽约举办的罗恩·瓦勒姆画展上出现了在画法上已抢在新狂飙派之先的作品，但在内容上却没有超出达达和超现实主义的题材范围。罗恩·瓦勒姆真的像一些评论家们所推测的那样与勒内·达尔曼是同一个人吗？关于罗恩·瓦勒姆也没有任何可靠的线索。

他没有母亲那间梯形住房的钥匙，只能坐在门前的台阶上，望着通往各家和各车库的石块铺成的小路，望着栽种在半山坡上的四季常青的茂密的灌木丛，还有他母亲为了活跃缺少生机的周围气氛而在门口两边栽种的玫瑰花。他回想着父亲，他发现自己对父亲一无所知，对他在战争中被炸死的祖父祖母一无所知，对父亲所受的教育以及他在战前和战争期间所从事的职业一无所知，对他的战后生涯一无所知。

十二

"父亲在战争中做了什么?"他和母亲坐在阳台上,她刚下班,为他沏好了茶水。她的目光越过下面房屋的屋顶向大地望去。

她叹息着说:"现在开始了。"

"什么都没有开始,我能对死去的父亲控告什么,谴责什么?我只是想知道父亲是怎样得到勒内·达尔曼的那幅画的,我不知道那幅画到底能值多少钱,十万总该值了。我想知道为什么父亲对那幅画如此讳莫如深。"

"因为他害怕人们对那幅画的所有权提出质疑。他曾在斯特拉斯堡做过军事法庭顾问,发现他借宿的那家人是持假证件的犹太人,他帮助了他们。那幅画是他得到的回报。"

"父亲有什么难言之隐?"

"战后,那位画家和他妻子失踪了,而且谣言四起。父亲担心如果他把那幅画公之于众的话,他就会陷入被人曲解的处境。他无法证明那幅画是人家赠送他的。"

他看着他母亲，她坐在他旁边，把目光从他身上移开了。"母亲?"

"想说什么?"她没有把脸转向他。

"你也和他一起在斯特拉斯堡吗? 这一切是你的亲身经历，还是父亲事后讲给你听的?"

"你是指我和他或者说他和我在战争年代一起在斯特拉斯堡做什么?"

"父亲讲的你都相信了吗?"

她仍旧没有把脸转向他，他望着她的侧面，看不出任何恼怒、不快和悲伤。"当他一九四八年从法国被释放回来，我们又见面时，我要做的其他事情很多，根本没有时间去关心他的战争经历。那时人们从战争中都带回了什么经历!"

"如果你相信了他，为什么你以前总是'犹太姑娘'不离口呢?"

"这个你还记着?"

他没有回答。"为什么?"

"我以为那个姑娘就是画家的女儿，而他们一家又都是犹太人。"

"这并不能解释你的嘲讽。"他摇摇头，"不，你并没有相信父亲，你并没有接受父亲关于他帮助犹太人的故事，或者说你认为那并不是故事的全部，并认为他与那个姑娘有过什么关系。他逼她了吗？他强迫她与他发生关系了吗？你知道她是那位画家的妻子吗？"

她什么都没有说。

"为什么父亲丢掉了法官的职位呢？"他向她望过去。她把下巴向前伸了伸，噘起了嘴唇。他看得出她在拒绝回答他的问题。"难道你认为我应该去问他当时的上司和同事吗？我作为一个未来的法律工作者想知道事情的真相，我肯定能找到一个能够理解我的人。"

"可他偏偏是个军事法官，他必须要严厉，他必须要无情，你认为这样的人能结交到朋友吗？"

"不，对于一个在战后从事法官职业的人来说，这样还不能算是失职。"

"他受到了某种指责，尽管那不属实，但是听上去是如此糟糕，以至于他不能接受那样的指责。你也不能，我也不能。"

他看着她。

"他们说他给一位使犹太人躲过警察逮捕的军官判了死刑，如果你一定什么都想知道的话——那个军官曾经是他的朋友。他们说，是他亲自对他进行了指控。"

"指责父亲的人一定找到了证人或者档案或者有关报告。这事当时被报纸大张旗鼓地报道了吗？"

"在跨地域的大报上有报道，我们这里没有见报。这里的人们想方设法让这件事尽快从报纸的大标题中消失。"

他翻阅了当时的跨地域大报，找到了指责他父亲的记者，查阅了记者搜集的材料。也许他还能查出他父亲在斯特拉斯堡的住址以及当时与他一起住在那栋房子里的人。有没有从斯特拉斯堡被送往销毁地的犹太人的名单呢？有没有值得与之一谈的勒内·达尔曼的亲属呢？

"父亲对人们的指责怎么看？"他几乎还没有问完，就已经不想知道了。

"他说他和那位军官——还有另外一位军官——帮助了许多犹太人，而那位被判死刑的军官必须为此做出牺牲。这样，他们中间的一些人，尤其是那些受到迫害的犹太人，也就相信此话了。但是，由他来审理这个案子，又必须要做出判决，这完全是个愚蠢的巧合。"

他笑了。"父亲做的一切难道都是正确的？其他人都误解了他？仅此而已？"

十三

　　他母亲把沙发床让给他睡，说她自己反正因为腰疼经常睡在地板上。但是他拒绝这样做，他觉得睡在母亲睡觉的沙发床上，置于她的体味中，躺在她身体压出的坑里，这些都让他无法忍受。

　　当他夜里醒来时，还是强烈地感觉到了她的存在，他觉得自己就好像是睡在了沙发床上一样。他闻得到她的体味，听得到她的呼吸。在月光下，他看到了她的衣服分别整齐地摆在椅子的扶手、椅座和椅子的横木上。有时，她在睡眠中把身子翻转到沙发床的边上，月光就照在她的脸上，他看得见她那花白的头发和苍老的容貌。他知道她曾经是个漂亮的女人。他曾经看到过一张照片，那是父亲在他们的蜜月旅行中拍摄的，照片上的她身着浅色的衣服，迈着轻盈的步伐，满脸洋溢着柔情、惊奇和幸福，正从一座公园的矮树篱中间迎面向他走来。但是他记得他从来没有看见她这么幸福过，也没有看见她如此温柔过，不论是对他还是对他的父亲。这难道应归咎于战争吗？难道是发生在斯特拉斯堡的那些事情所致？难道父亲做了什么伤害她或者其他人的事情以至于她不能原谅他？但是为什么她对他也如此刻薄呢？是因为他是他的儿子吗？

想到这儿，他心中充满了悲伤。他同情母亲，同情父亲，也同情他自己，尤其是自己。母亲就在眼前，她的衣服、她的呼吸、她的体味仍使他感到不舒服，感到痛苦万分。为什么在他的童年记忆中没有母亲的关怀和温柔呢？如果他有这样的记忆的话，他可能会在她现在的身体中辨认出当年的她而去爱她的。

第二天早上，她给了他一个文件夹，里面的东西是他父亲存放的。他把与他的事件有关的报刊文章都剪了下来，把它们贴在了白纸上，在上边注明了文章的来源，在右边标有感叹号和问号，以此来表明他的观点：同意或拒绝。他否定了大部分报道，有时甚至像人们修改一部手稿那样一页一页地对报道进行了更正。就这样，他划掉了对他年龄报道的错误之处，并把修改线拉出来，在边上注明正确的年龄。他改正了报道中出现的关于他在斯特拉斯堡从事军事法官这一职业的年代错误，改正了参与此事的其他军官的军衔错误，改正了关于一份赦免申请书的提出和被拒绝的来龙去脉的错误，改正了在报道中出现的关于那位被他判处死刑的军官被处决的日期的错误。尤其是一篇剪自一家大报的很长的文章被改正了多处。在文章的后面有很多加了"更正陈述"标题的插页，那是父亲用儿子最熟悉的打字机打出来的。"说我在斯特拉斯堡当军事法官的生涯始于一九四三年七月一日是不正确的，正确的是……"诸如此类的更正一页接着一页，"说我骗取和滥用了被告在试图使犹太人逃脱逮捕这件事上对我的信任是不正确的，正确的是，我在这件事上尽力帮助了被告。我警告了他所面临的危险，并设法保护他和那些犹太人，而我自己却面临着巨大的危险和受到被指责渎职的威胁。说我做出了死刑的判决是出于自私自利的动机，是蓄意歪曲法律，使其对被告不利，这都是不正确的。正确的是，在这样的证据状态和法律状态面前，我别无选择，只能判处被告死刑。说我把犹太人的私有财产违法地窃为己有，大发不义之财，特别是犹太人逃离或准备逃离时随身携带的财产。说我叫他们让我来代为保管，为的是把它们窃为己有，这都是不正确的。正确的是，我既没有占有犹太人财产的权力，也没有对犹太人财产进行保护的义务，因此，我既没有滥用任何职权，也没有亵渎法律。说我……是不正确的……"

他读这段话的时候母亲在看着他。他问她道："这更正陈述——你知道吗？"

"知道。"

"它见报了吗？父亲把它寄给报社了吗？"

"没有，他的律师不想这样做。"

"你想吗?"

"我要是说你父亲征求过我的意见,你不会相信吧?"

"但你对他写的东西如何评价呢?如果它当时见了报的话,你会感觉如何?"

"我会感觉如何?"她耸耸肩,"他的每句话都是字斟句酌的,人们不可能从中找出任何漏洞来陷害他。"

"他抄写了刑法法典的段落,他把它抄写下来为的是证明他不能受罚。但它读起来却令人恐怖,它读上去就好像他将招认一切,却坚持他没有违法。就好像一个人承认用食物毒死了人,却坚持食物是按照欧特家博士的烹调教程上的说明制作的,读起来就是这样的感觉。"

她把文件夹拿过来,把里面的文件从左到右摞在一起,把它们夹紧,然后把盖合上了。"他变得谨小慎微起来,战时一切都乱七八糟的,他一生也屡屡不顺。战后他谨小慎微,也为了你和我的缘故。他甚至酒后也处处当心。你知道,当一个人酩酊大醉时,往往会说出不该说和不想说的事情,从而泄露了天机,你父亲从来没那样过。"

她的话听上去让人感觉到她很自豪。她引以为豪的是她那伤害过她和其他人的丈夫居然能将自己的过失修补得滴水不漏。"他曾经请求你原谅他对你的伤害了吗?"

"请求我的原谅？"她不解地看着他。

他放弃了。他知道她并不想对他隐瞒什么，但她却不知道他想知道什么，不理解他为什么一定要问个究竟。她想让他不要打扰她和她的丈夫，就像她不打扰他一样。她那受到伤害的心灵已经僵化，她心灵中的那份温柔、幸福、仁爱也随之一起僵化了，已经变成了畸形的疤痕组织。也许在她受到伤害时或者此后不久，疼痛尚可消除，现在是为时太晚了，早就为时晚矣。她已经带着疤痕、谎言和谨慎生活这么久了。

他突然想了起来，她不是现在才不打扰他的，在他的记忆中，她从来都不想让他来管她的事，也从不去管他的事，就好像她与他根本没有任何关系，就好像他曾经强烈地、深深地使她不安过。"是不是当时你怀我是被父亲强奸了？是不是他在斯特拉斯堡做过卑鄙下流的事情，与那个犹太女人有染？是不是一天夜里他回来了，你知道他有第三者而不想和他睡觉，但他不管你知道什么和想要什么就把你强奸了？我就是这样来到世界上的吗？你从未原谅过我吗？"

她一遍又一遍地摇着头，然后他看到她哭了。起初，她僵硬地、默不出声地坐在那儿，只有泪水沿着面颊往下流，挂在下巴上，一小会儿就滴到了裙子上。当她抬起手来擦脸上的泪水时，不禁放声痛哭起来。

他站了起来，走到她的椅子旁，想要拥抱她。她僵直地坐着，不接受他的拥抱。他对她讲话，她也不回应。当他与她告别时，她仍旧沉默不语。

十四

　　他回去了，继续他的生活。有一天，那位图书馆的女馆员写信给他，说有事要到他居住的城市来。他与她见了面，与她一起散步，一起吃饭，然后把她带到家里。他把那幅画推到了床底下。

　　可是，这却令他坐卧不安。她要是偶然间向床底下张望而发现了那幅画怎么办？如果床架和床垫坍塌下去怎么办？那样，那幅画就会被毁坏，在清理时也就会暴露出来。如果他在睡眠中与和蜥蜴在一起的女孩说梦话怎么办？他白天的时候经常这么做。"和蜥蜴在一起的女孩，"他说，"我现在必须学习了。"而且，他还对她讲他要学什么，有时他还问她他应该穿什么，有时他抱怨她早上没有及时叫醒他，有时他与她谈论她在勒内·达尔曼和他父亲手中的命运。"是你的画家把你送给我父亲的吗？也许是当你的画家想带着你逃跑时，我父亲从你的画家手中把你骗到了手？为什么偏偏带着你？"他总是翻来覆去地问她，"我该拿你——和蜥蜴在一起的女孩——如何是好呢？"

他要不要寻找勒内·达尔曼的继承人把画还给他们呢？但他认为继承人什么都不是。他应该靠那幅画赚钱，以便让生活更轻松容易些吗？或者应该行善？他应该对那些受到父亲伤害的人负责吗？是因为他从父亲的不法行为中获利了吗？但他究竟从中获了什么利呢？他能够观看和蜥蜴在一起的女孩并与之交谈，这是一件礼物还是一场厄运？

"你的那幅画结果如何？"

他们躺在他的床上，相互凝视着。"没有什么进展。"他做出一副表明他有些痛苦但又无所谓的面部表情，"我已经不在律师事务所工作了。"

"那么目前也许在曼哈顿的一间小屋子里挂着本世纪最著名画家的一幅画？此画不知出于何人之手，租用这间房子的人早已去世，他是位穷困潦倒的老人，蟑螂在他那脏兮兮的桌子上四处乱爬，老鼠在啃着他的鞋子，破门而入的暴徒躺在他的床上鼾声如雷，并在那里住下来不走了。砰，砰，有一天在对射中女孩的额头被打了一个洞，蜥蜴的尾巴被打掉了。也许，那位老人就是勒内·达尔曼？"她的话有些太多，但他愿意洗耳恭听。"你能对此负责吗？"

"负责什么？"

"一切都被蒙在鼓里。"

"谁要是想知道，可以去找苏富比或佳士得，或者去找一位写过勒内·达尔曼传记的作者。"

她依偎在他的怀里。"你一定学了些东西，你学到了些什么吗？"

他不想睡着，他不想说梦话，他不想让她夜里醒来，上厕所，在床底下找鞋，然后发现那幅画。他不想……但他还是睡着了，天亮时，当她从厕所回来跳到床上时他才醒来，他吓坏了。但是床架和床垫没有塌下去。

"我得赶上七点四十四分的火车，这样在九点钟才能赶到所里。"

"我送你去。"

在关门和锁门前，他又往房间里瞥了一眼，他的房间使他感到很不舒服。那已经不是他的房间了，她翻寻过他的书，她来月经时把他的床弄得血迹斑斑，她在海滩散步时拾到一台旧的、上了锈的信秤，把它拖了回来。再有，和蜥蜴在一起的女孩没有挂在床的上面。当他把女馆员送到火车站与之告别时，他已有些不能集中精力和心神不定了。回到家，他就开始整理房间，把书放回到书架上，换上新的床单，把那幅画挂到床上边，把那台信秤放到箱子后面的柜子里。"好了，和蜥蜴在一起的女孩，现在又一切正常了。"

他站在房间中央，望着井井有条的房间。书架上井然有序地摆放着书，这使他想起了他父亲的那井然有序的书架。房间如此简陋洁净，犹如他母亲在家道没落时支撑着家庭的情景。和蜥蜴在一起的女孩不再被镶嵌在厚厚的金框里，而是被固定在紧绷在木头上的画布上，这样它又像从前在父母家里时那样占据了统治地位。犹如从前在家时那样，它是宝藏，是秘密，是美丽与自由的一扇窗户，同时它又犹如一座占有统治地位和具有约束力的法院，这里必须有牺牲品。他在心里揣摩着今后的生活。

那一天，他什么都没做，只是在街上稍稍转了转，到法律系去了一下，还到了他打过工的那家小酒馆以及那位他曾经爱过的女同学所住的房子。也许他从来就不知道去爱别人？

晚上，他回到家里待了一会儿，把那幅画、画框，还有几份报纸包进了刚从床上换下来的床单里，然后带着它们去了海滩。人们燃起了篝火，年轻人坐在篝火旁举行庆祝活动，他一直走到再也看不到那最后一处篝火的地方才停了下来。报纸和床单迅速燃烧了起来，接着画框也迅猛地燃烧起来。他把那幅画扔进了火焰中，先是颜色熔化，然后女孩开始消失，一会儿就面目全非了。但是在它渐渐燃尽之前，边缘已烧断的画布掀了起来，把另一幅画暴露了出来，这幅画的画布被固定在那幅和蜥蜴在一起的女孩的画的下面。巨大的蜥蜴，小巧的女孩——转眼已逝，那是勒内·达尔曼想保护并在其逃亡的路上想携带在身边的那幅画。瞬间那画布就熊熊地燃烧了起来。

　　在火苗熄灭前，他用鞋尖把烧红的炭灰踢到一起。他没有等到一切都燃尽变成灰，观看了一小会儿那微弱的蓝红色火苗，就向家走去。

外　遇

一

我与斯文和葆拉的友谊是我唯一的东西部友谊，它经受了柏林墙倒塌的考验。别的友谊在柏林墙倒塌后不久就结束了。人们约会的次数越来越少，总有一天，已定好的约会也会在最后一刻被取消。要做的事太多：找工作，刷新房屋，钻税收政策的空子，做生意，发财致富，以及外出旅游。在此之前，在东部什么都做不了，因为国家让人们什么都做不了；而在西部，什么都不必做，因为人们总可以这样或那样在波恩弄到钱。人们有时间。

斯文与我是在下国际象棋时认识的。我于一九八六年夏天搬到东柏林，在那里不认识任何人，于是就利用周末来熟悉这座城市，就像了解西部一样来了解东部。一个周六的晚上，我在米格尔湖旁的一家花园饭店遇见了一群下国际象棋的人，观看了一场决胜局的比赛。赢家向我挑战，要和我下一盘。当天黑下来时，我们不得不中断这盘棋，我们约好下周六继续下。

随着结识第一个当地人，一座城市开始变成了故乡。在回西柏林的途中，东柏林的荒凉不再那么令人沮丧，它的丑陋也变得不再那么令人不可接受了。那明亮的窗户，有的挂着彩色的窗帘，有的挂着深蓝色的，有的在一栋紧挨着一栋的板材建筑上，有的在孤独的风火墙上。那陈旧的、照明微弱的工厂，那宽敞但没有几辆汽车往来的大街，那非常少见的饭店——我看着这些，想象着斯文在这儿住或在那儿住，在这家工厂上班，在那条大街上开车。我也想象着自己从这里或那里进进出出，在这条大街上行驶，在那个餐馆就餐。

　　我在东柏林的第二个熟人是一个背着书包的小男孩。一天早上，正当我要穿越我家门前的那条大街时，他站到我身边问道："和我一起过马路，好吗?"说着便拉起了我的手。打那以后，当我早上在马路边等着百米之遥的红绿灯变红、过往的车辆出现间歇的时候，他常常出现在我面前。后来，在柏林墙倒塌之初，斯文和葆拉像发了疯一样去慕尼黑、科隆、罗马、巴黎、布鲁塞尔以及伦敦旅行，每次都是乘火车或汽车，每次都是夜里走，夜里归，为的是在两天的逗留中只需付一个晚上的住宿费。他们去旅行的时候，就把他们的女儿尤丽娅留在我这儿。于是两个孩子成了好朋友。她还在上幼儿园，对上一年级的他非常佩服。他与小姑娘交往有些害羞，可与此同时又因她对他佩服有加而洋洋得意。他叫汉斯，他家与我的住地只相隔几栋房子，他的父母在那儿开了一家报刊烟草店。

二

　　第二个周六下雨了，我乘轻轨穿越了比平时还要灰蒙蒙、空荡荡的东柏林。从兰斯多夫站开始，我沿湖步行。雨下个不停，天气寒冷，把我那握伞的手都冻僵了。从远处我就看到了小店没营业，随后我就看见了斯文。他穿着上周六就穿的那件蓝色工装裤，戴着同一顶皮质前进帽，鼻梁上架着一副圆圆的眼镜，脸庞丰满红润，看上去就像一位天真、温良的革命者。他站在敞开的仓库门下，两脚之间夹着棋盘和棋子箱。他招招手，耸耸肩，用手势告诉我，很遗憾，由于天下雨，路面积水，商店不得不关门。

　　他是开车来的，他开车带我去了他家。据说他的妻子和女儿去了外婆家，晚上才回来，在这之前我们可以不受任何干扰地下棋。她们回来后，他必须哄他女儿睡觉，像每天晚上一样，给她念半小时的故事。但是，他说我也可以给她念故事，他可以利用这段时间给我们做点吃的。他问我是否有孩子，我做了否定的回答。他摇头叹息我膝下无子的不幸。

在这第二个周六里，我们也没下完这盘棋。斯文举棋不定，考虑来考虑去的，我只好利用这些时间四处张望。房间里摆放着一个自制的浅色木头书架，一个笨重的、深色的餐具柜，四把与餐具柜配套的椅子摆放在一张餐桌的四周，一块四周绣花的白色桌布一直拖延到地上，一张小竹桌，我们就坐在挨着这张小桌的黑色铁架扶手沙发和浅色藤椅里。此外，屋里还有一台深棕色的煤炉。墙上挂着一幅蓝白色的布画，画面上是一只衔着橄榄枝的鸽子，还有一张印制的凡·高的《向日葵》。透过被雨滴淋湿的玻璃窗，能看到一处巨大的、旧的砖砌建筑，从斯文嘟嘟囔囔的回答中我知道，那是一所学校。在下面的石块路面上偶尔驶过一辆汽车，有轨电车在一定时间内在转弯处发出尖锐刺耳的声音。否则，这里很安静。

后来，我对斯文犹犹豫豫、长时间举棋不定的下棋方式感到厌倦，于是我们决定计时下棋，四小时一局或者下七分钟一局的闪电战。再后来，我们俩都感到下棋没什么意思，带上葆拉和尤丽娅到外面去玩更好，于是我们或与他们的朋友聚会，或玩我带去的新游戏。这些东西有的是在第二次过境时才带过来的，在第一次带着它们过境时会被边防战士发现而拒绝我带着它们入境。有时我们聊天，我们两人都三十六岁，都对戏剧和电影感兴趣，都对人与人之间的关系充满了好奇。和朋友在一起时，我们的目光有时会不期而遇，因为一句评论、一场争论或一个手势的变换往往能引起我们同样的反应。

　　我与斯文下棋的那个房间后来再也没有像第一个周六那样整洁过，它总是凌乱不堪，尤丽娅的玩具、斯文和葆拉的办公用品到处都是，再加上茶壶、茶杯、没有啃完的苹果、剥开的巧克力，晒干的衣服常常还在衣架上挂着。一天中的所有事情都是在这个房间里做的。此外，他们夫妇有一间很小的卧室，尤丽娅有一间更小的睡房，还有一间很狭窄的厨房。原来的厨房被隔开，另一半被改建成了一间同样狭窄的浴室。在第一个周六，斯文把房间整理过了，他还准备了蛋糕。但是下棋时，他把蛋糕和茶水都忘到了脑后。当听到葆拉和尤丽娅已经到了门口时，他才意识到他给我准备了喝的。他站起来说："我的天哪，我想……可是……"接着他做了个抱歉和无奈的手势。

尤丽娅和我一见如故。她两岁，活泼好动，爱讲话，玩耍时嘴里也总是哼哼唧唧唱个不停。有时她做出沉思和严肃的样子，好像她什么都想懂，也什么都能懂似的。有时从她的行为举止中，似乎就能看出她将来会是个什么样的女人。因此，她如此地吸引我就不足为奇了。令我惊奇不已的是，她从遇到我的第一个晚上起就如此快乐，就好像她在心中预留了一个空位，就好像我来得正是时候。

我与葆拉相处起来很困难，她对斯文、对尤丽娅和对我都很严厉。她似乎反对我们在毫无意义的事情上寻找快乐，譬如在国际象棋上，在尤丽娅的玩具熊跳脱衣舞上，或者在巨大的肥皂泡上——我在一个周六带过来一只盘子大小的金属圈和肥皂粉，那巨大的肥皂泡在特雷普托公园引来了一群围观者。她不允许我说她漂亮，她认为那不过是调情。当我在她面前也像她那样认真、严肃，同时又非常友好时，她却认为那不过是变相的调情而已。

只要有可能，她就不理睬我。

当我们发现我们两人都喜欢希腊语时，我们的关系才有所改善。葆拉在一所新教教会学校教希腊语，我是在上文科中学时学的。毕业后，我把阅读希腊语书籍作为一种业余爱好，就像其他人吹萨克斯、买天文望远镜观察星辰一样。有一天，我从周围的书堆中看出葆拉与希腊语有关，便问起了此事。她看出我真的对希腊语感兴趣，而且还精通，从此开始主动与我交谈。起初只是与我谈希腊语语法和句法问题，后来也与我谈论尤丽娅，或谈课堂上的经历，或谈她读过的书。

但只是在一九八七年夏天，当我们一起到保加利亚度假时，她才谈到我们之间的关系。她认为我是个轻浮的人，斯文对我信任有加，但她担心我会令斯文大失所望。"那时，当你们相识并约好再次见面时，他非常高兴，同时也非常担心你不赴约。这种既高兴又担心的状态持续了很久。你们一点也不会知道结识你们中间的一个人并进一步了解你们意味着什么。它意味着为我们开辟了另一个世界，一个精神世界，为什么不可以说也开辟了一个物质世界呢！人们想带你们到处看看，用你们来说明问题，在嫉妒你们的同时又必须保护你们。我们也一直担心，对你们来说，我们所具有的那种异国风情的魅力会逐渐丧失，担心你们会把兴趣转移到其他事情和其他人身上去。"

我本来想说她也为我开辟了另一个世界，不过，不是一种具有一般重要性的、魅力转瞬即逝的富有异国色彩的世界，而是被墙和铁幕一分为二的世界的另一半。有了他们，我才得以以整个柏林为家，几乎以全德国为家，几乎以全世界为家。

可是我没有这样说。我不能避开这样的事实：她所处的世界与我所处的完全不同，我们用进入一个世界的入口来交换进入另一个世界的入口。我们的关系应该是朋友关系，而不应是交换关系。我不想被视为西方人，他们也不应该是东方人，我们都是人。

"但是你不能对墙的存在视而不见，也不能把我们之间的友谊视为你在那边的友谊或在我们这边的友谊。"

我们沿着海滩散步。葆拉和我喜欢早起，早到我们能看到海边的日出。我们住在不同的旅馆里，她住在为东德游客提供住宿的旅馆，我住在为西德游客提供住宿的旅馆。天亮的时候，我们在码头碰头，然后去散步，直到吃早餐的时间才回去。我们赤脚散步。

"看！"她边说边把她的脚踩到潮湿的沙滩里，那儿刚刚冲过来一股海浪，然后又退去。"两次浪潮，三次浪潮，你就什么也看不到了。"

"什么？"

"什么都没了。"

四

　　我们很久没有谈论政治了，八十年代后半期，世界处于风平浪静的状态。东方还是东方，但是它老了，更加疲倦了，也更加聪明了。什么都不必再担惊受怕、什么都不必再证明的西方沾沾自喜，令人生厌。政治还有什么可谈的呢?

　　通过国家考试之后，我在位于斯图加特的州议会做了三年议会党团助理。起初，我对政治充满了热情，不久就对政治大失所望了。在柏林，我对政治的关心程度就是经常地、泛泛地浏览一下报纸。那些与我法官的职业有关的政治，我都可以从专业杂志和与同事间的交往中了解到。我知道，斯文和葆拉他们每天都收听德国电台详尽的新闻广播，报纸他们一份也没订，他们也没有电视，因为他们认为尤丽娅应该在没有电视的环境中长大。在我看来，他们对政治也不感兴趣，这样的事发生在从事希腊语教学的她和从事翻译捷克和保加利亚文学的他身上，并不令我感到吃惊。

　　一九八七年夏秋，我发现情况并非如此。当他们第一次求我用电话给西方转达一条密码消息时，我就产生了怀疑。那时，他们还向我讲述了一位朋友错综复杂的故事，讲他们在等一位西边朋友的来访，他们想委托这位朋友办点事儿，却因诸多不便无法找到他。当他们第二次求我时，我知道他们在编故事，他们也知道我知道。如果此事在两次请求之后就此打住的话，我也什么都不说了。但是随之而来的是第三次请求，于是我开始质问他们。我非常气愤，不是因为害怕因办理受托之事而使自己陷入危险境地，而是因为我所期待的是他们的信任。

是葆拉坚持不让我知道任何事情的，她说这是为了保护我。在她成为基督徒之前，她曾经是德国自由青年联盟和德国统一社会党中的活跃分子。她对犹太复国主义教堂的环境图书馆表现了极大热情，她随时准备利用我，我认为这些都与她的政治经历有关。"为了达到目的可以不择手段，是吗？"

"你真卑鄙，我开诚布公地讲了我在党内的历史，你反过来却利用它来对付我。"

"我没有利用任何东西来对付你。如果不允许我对你所说的话做出任何反应的话，那么就请明示，哪些话是说给同志听的，哪些话是说给像我这样的傻瓜听的，哪些……"

"哎呀，收起你那自负和自怜吧！是的，我们是应该一开始就跟你说清楚，可是，我们现在不是在跟你说吗？在这个国家里，要推心置腹可不那么容易。"

她靠在餐具柜上，满脸绯红，两眼闪闪发光地看着我，我还从未见她如此漂亮过。我在想，为什么她总是把头发盘成厚厚的发髻而从来不打开呢?

斯文从再次请求我转达信息，变成了请求我与一名记者保持经常联系。直到一九八九年秋，我向他汇报了对环境图书馆的压制情况，在其周围地区进行的搜查和逮捕，葆拉和她的朋友们所采取的行动。他们的行动原则上是充分利用法律，但又不越雷池一步。我心想，国家安全局是否在怀疑我，在监视我。但是，我在边境既没有受到经常的检查，也没有被彻底地检查过，反正我从未携带过书面资料。

一九八八年初，斯文和葆拉曾带我去过一次犹太复国主义教堂。在那里，人们谈到和平、生态及人权。除此之外，我认为它和其他礼拜没什么两样。但葆拉坚持认为我已被人注意，我应该从她的政治活动中退出来。"你最好也退出来。"她对斯文说。

"什么?"斯文目瞪口呆地看着她。

"你仅仅是因为我的缘故才参与进来的。如果我出了事，尤丽娅就可以由你来照顾。"

"你不会出什么事的。"

"你怎么能打这保票呢?"她以挑衅的目光看着他说。他让步了。

五

随后，大转折就来临了。葆拉在亚历山大广场举行的示威游行上发表演讲，加入了社会民主党，参与新宪法的制定工作，差一点被选入最后一届人民议院。斯文在一个整理国家安全部档案的小组里工作，这个小组出版了关于国家安全部的组织、活动及其成员的第一本书。有几个月之久，他们俩生活在政治烟雾中。

早在统一之前，葆拉就已经觉醒，也把斯文从组建一个政党和筹建一个政治出版社的梦想中唤醒，他们开始重新规划生活。斯文成功地申请到了柏林自由大学的一个教职，葆拉被洪堡大学录用为讲师。他们有经济实力，从斯耐尔大街搬到了普伦茨劳贝格。新而大的房子，新职位，再加上尤丽娅已上学，斯文和葆拉生活得很充实。他们对已不复存在的东德没有丝毫怀念之情。"转折对我们有好处。"他们偶尔这样感叹说，好像他们理所当然应该和那些在转折和随之而来的统一中通过适应或抵抗而得到丰收果实的人一样。

很长一段时间，斯文被五花八门的消费搞得眼花缭乱。他买了一辆大轿车，身着阿玛尼西服，把尤丽娅打扮得像一位公主。葆拉反对这种挥霍："我们想要的东西从未好过你们现在拥有的，就是目前这种状况也已经是打肿脸充胖子了。"但是，她的变化也是有目共睹的。她虽然还是一如既往地喜欢穿灰褐色服装，但也变得讲究起来，鞋跟也高了，一副细框眼镜给她的面孔增添了几分傲慢。与此同时，连她的声音都变了，变得更加有力和更加自信起来。斯文曾劝她梳披肩发，她很失望，好像她的秀发是只能与他分享的秘密，而如今他为了赶时髦却要泄露这个秘密。

在斯文和葆拉对短期旅行不再感兴趣之后，尤丽娅有时也还来我这儿过夜。放学之后，她在拐角处乘上地铁，在我住的拐角处下地铁，与汉斯见面，在店里给她的父母打电话说要留在我这儿，又给我打电话说她在等我。她已经变成了一个很自立的小姑娘。

一九九二年初，我们又一起去度假，从托斯卡纳和翁布里亚一直到了安科纳海边。我和葆拉同样还是早起，我们漫步在晨曦中的海边。我告诉她，我再也没有见过她那些后来也成了我朋友的朋友们。

"我们也只能见到其中的两三位，今非昔比了。"

"这也与高克调查组有关吗？"

她耸耸肩。"我们已经决定不去过问那些档案。我们达成了共识，即我们彼此都认识，如果互相猜疑和只信任档案，我们什么事情都做不了。"

"谁做的决定?"

"汉斯、乌特、迪克、塔佳娜、泰神夫妇，还有乐队的那四位，那是一九九〇年十月三日，是我们最后一次聚会。我们没有叫上你，请不要生气。我们有一种感觉，感到这是我们的问题，而不是你的。"

我很生气，我曾期望他们在没有与我商量的情况下不要定义什么是他们的问题，什么是我的问题，也不要把他们的和我的问题截然分开。

她注意到了我的气愤，虽然我没说一句话。"你是有道理的，我们是该与你打声招呼，那也是你关心的问题。但我们不知怎么就谈到了这个话题，而且争得面红耳赤。谈到最后，我们感到我们不能就此高谈阔论一番就不了了之，我们想要一种具有约束力的东西，这样就产生了那个决定。"

"是一致通过吗?"

"不是，汉斯和塔佳娜反对，而且塔佳娜还拒绝接受这个决定的约束性，她想看她的档案。"

"她看到了吗?"

"我不知道，我们没有任何联系了。"

我曾不止一次地问过自己，是否在朋友圈内有人告密？现在我想知道。我仍旧很生气地说："我也想看看我的档案。"

六

　　秋天，斯文得到了一份永久性的工作。长久以来，他一直希望得到这份工作，后来都不再抱任何希望了。现在部门领导出乎他意料地把聘书交到了他手里。

　　他往法庭给我打了电话。"今晚过来吧！我们庆祝庆祝。"

　　下班后，我带着香槟酒和鲜花赶了过去。斯文掌勺，他打开了一瓶白葡萄酒，一半已经喝进去了。我还从未见过他如此兴高采烈。

　　"你的老板讲了没有，为什么这合同签了这么长时间?"

　　"只字未提，只是说他很高兴聘书终于发下来了，还说我是柏林自由大学里第一位得到永久科研职位的原东德人。"他喜形于色，"你知道，有时候我为自己只是微不足道的萤火而悲伤，一位教捷克语和保加利亚语的教书匠——这算什么呢！你总有一天会成为联邦法院的法官，披上红色法官袍；葆拉总有一天会重新拿出并写完她那多年前就开始写的、中间被束之高阁的博士论文，她将当上教授。但是，在这个世界上，正是许许多多的萤火之光照亮了别人，温暖了大地。葆拉的合同不是永久性的，如果人家不想要她了，或她自己因为想写论文、想当教授而不想干了，那么做个小人物也不错。"

葆拉和尤丽娅回来了。下午放学后，葆拉把尤丽娅从学校接了回来，还给她买了个冰激凌。尤丽娅感到无聊，就大声吵闹，和斯文从厨房到大房间来回疯跑。我靠在餐具柜上，喝着白葡萄酒，分享着斯文和尤丽娅的快乐。过了一会儿，我才发现葆拉一直沉默不语。每当尤丽娅提出可笑的想法时，她只是一笑了之，或者摸摸她的头，她心不在焉。当斯文放上华尔兹舞曲想和她在厨房和走廊里共舞时，她却拒绝了。我本以为是斯文喝得太多了使她不高兴，可她自己也在一杯接一杯地喝。

斯文注意到了葆拉有什么地方不对劲，就尽力讨好她。他变得殷勤起来，把脸转向她，温柔有加，像喝醉酒的人一样，做出些动人的笨拙动作。他不断地遭到拒绝，当他挨近她时，她就躲开他。如果他真的用胳臂搂抱她，把头紧贴在她头上时，她就挣脱出来。尤丽娅开始不知所措地看看爸爸，再看看妈妈。

我感到爱莫能助。当我们围着客厅里的餐桌坐下时，尤丽娅和我坐在一边，斯文和葆拉坐在另一边。这使我想起了我的童年时代，想起了我在父母相互怄气时所表现出的绝望，我不知他们为什么怄气，我只是害怕，害怕我在这个世界上赖以建立信任的土壤会燃烧起来，毁于一旦。在我的记忆中，有数不清的这样的晚餐，我与父母一起坐在餐桌旁，尽可能地低着头回避，免得父母间紧张的气氛由我而引爆。尤丽娅也不言不语，老老实实地坐在那儿。

我在想，我到底对斯文和葆拉的婚姻有多少了解。我一直认为他们的婚姻和谐，而且也希望它和谐。斯文也和我谈论过葆拉和他的关系，可我把他的话都当了耳旁风。我不想像一个孩子听父母婚姻的难处一样听他们婚姻中的种种难处，不过，我也不想听他们婚姻中的种种幸福。

我哄尤丽娅上床睡觉，我们不谈论斯文，也不提葆拉。我给她念了一个童话故事，她听着听着就睡着了，也许一天下来太累了，也许今晚太累了，也许是由于父母的原因太累了。我坐着没动，把那篇童话读完了。当我告辞时，斯文和葆拉极力劝我再留下来待一会儿。他们说今天晚上算泡汤了，但是我们终于可以看看我们早就想看的两部电影录像带了，这些录像带放在晚会上看不太合适。他们坚决要求我留下来，实际上是要跟我谈谈他们之间到底出了什么问题。

我们看了两部电影，我很想被电影吸引住，但是我不敢。我感到斯文和葆拉间的气氛十分紧张，一触即发。我还愚蠢地认为，如果我被影片吸引住不去关照他们的话，可能会发生一些更糟糕的事情。我们都喝了很多酒，所以斯文和葆拉轻而易举地说服了我，让我不要回去了，就留在他们这儿过夜。

七

　　我睡在大房间里，那是一个有两个门的通房，有一扇面向院子的窗户。我躺在放在地板上的床垫上，透过敞开的窗户看见一面黑乎乎的墙、一片黑乎乎的房顶、一根黑乎乎的烟囱，后面衬托着灯火辉煌的城市夜空。我听到一种沙沙的声音，时强时弱，好像院子四周的房子在炎热的夏夜里艰难地呼吸。教堂的钟声已敲过一点，在等待两点的钟声再敲响时，我睡着了。

　　就像做了一场梦，后来，我常常希望那真的仅仅是一场梦而已。

　　她坐在床垫边上。我想问"出了什么事"，但是我刚要开口，她就"嘘"了一声，并用手指按住了我的嘴。我望着她，黑暗中看不清她的面部表情。一点点亮光照在她的左侧，照亮了她的面颊，使她的两眼闪闪发光。她的头发披散到右肩的前面，使左边的脖颈裸露在外。她用左手拉住胸前的睡衣，用右手按住我的嘴，提醒我不要讲话。

我心想，她是否看透了我的心思。葆拉，我朋友斯文的妻子！朋友妻，不可欺，不可碰，与她们调情犹如与小妹妹或者老妇人调情一样，不过是一场从不会认真的游戏。在我和葆拉之间，不是不存在接触，拥抱，一起开怀大笑，我们之间也有意见完全一致和相互信任的时候，这些都令我想入非非，让我产生爱她的念头。有时我甚至想，我会比斯文更好地去爱她，会使她更幸福。有时我能感觉出她也在琢磨跟我在一起会是什么样。但是这些只是对另一番天地的幻想，斯文仍然是我的朋友，而且婚姻幸福；我爱的也许根本就不是她，而是很像她的一个人，但不是任何与我有过短暂关系的年轻女子。不，我们之间不存在需要尽情发泄的被压抑的欲望，我们两个人都清楚这一点。如果我们就此谈谈，就能把话说透，这一点也就能得到确认。

　　但是，我们没有交谈。当她的手指不再按着我的嘴让我保持沉默而是开始在我脸上抚摸时，我什么都不想说了。她抚摸着我的眉毛、太阳穴、颧骨、嘴唇。我闭上了眼睛，她的形象浮现在我的脑海中，披散着头发，陌生而漂亮，保证是我不认识的另一个葆拉。我不仅感觉到她在用手指抚摸我的脸，而且还感觉到她的身体离我很近，很温暖。我没有抚摸她，我在吮吸她。当我又睁开眼睛时，她用双手捧住了我的头，俯下身来亲吻我，她的秀发飘在我们的脸上，把我们的脸裹在了里边。

我们从容不迫地做爱，好像这不是我们的第一次，好像我们有的是时间，好像我们心安理得。但我并不心安理得，我在想着斯文，想着他现在睡在距我们只有几步之遥的地方，想着他一旦醒来发现我们会是怎样，想着我第二天早晨该如何面对他。良心的谴责是没有力量的，它好像仅仅履行了一种义务，而实际上与我的行为并无关系。我甚至心术不正地为没有任何东西和任何人阻碍我和葆拉而感到高兴。我感到无拘无束，我感到身强力壮，好像我一下子发现，我必须不失时机地满足性欲。当她达到高潮时，我无比自豪，我是说就像人们跳舞时对舞步的和谐一致、对女人的妩媚和对自己的轻松感到自豪一样。

　　完事之后我们躺在一起，既相互依偎，又保持一定距离，二者兼有，恰到好处，我们感到这样的若即若离是理所当然的，而且不费什么力气。现在我要说话，但不是问她对刚才的事感觉怎样，因为我知道她感觉很好，我要问的是，我们将来该怎么办。她又"嘘"了一声，又用手指按住了我的嘴。在这之前，沉默把我们结合在一起，现在它又把我们分隔开来。这时，我看见她脸上闪烁着泪珠，我想要起身吻掉或擦去她脸上的泪珠。也许她认为我要挣脱她按在我嘴上的手指说话，她马上坐了起来，迅速穿上睡衣，用左手在胸前拉住睡衣，头一低，用右手拢起头发，把它们甩到肩后。她在床垫边上坐了片刻，她的坐姿与她事前坐在这儿时的坐姿一样。还没等我想好是与她说话还是把她留住，她已经离开了房间。

八

当我再次醒来时，仍旧是漆黑的夜晚。这一次，我听到了开门声和在走廊里摸索行走的脚步声，是尤丽娅。

"怎么了?"

"我醒了，睡不着了。爸爸妈妈在吵架。"她穿着睡衣站在我的铺位前等着。我请她坐下，但愿这里做爱的味道不那么重，也希望尤丽娅对这种味道不那么敏感。她钻进了我的被窝里。

"他们吵的声音很大，往常可不是这个样子。"

"父母吵架就是这样，有时大声吵，有时小声吵。"

"但是……"

我发现她很想听一些能引起父母吵架但又吵不到天翻地覆地步的生活琐事，可我不想美化她父母的吵架，因为我还不知道它的危害如何。"你知道小羊羔的故事吗?"

"是跳栅栏的那个吗? 羊羔跳栅栏，人要不断地数它们，直到人睡着为止。"

"不是，是另外一个故事。这个故事也有一个栅栏，但是栅栏门是敞开的，如果不愿意数小羊羔，就不必数。要我给你讲这个故事吗？"

她极力地点着头，我在黑暗中都注意到了。现在我也听到了斯文和葆拉的吵架声，尽管到他们和尤丽娅的睡房要经过长长的过廊，还要拐一个弯。他们的声音听上去遥远微弱，但是足以令我扪心自问：是否应该穿上衣服溜之大吉，从此以后不让他们再看见我。斯文和葆拉的婚姻出了问题，我生他们俩的气。我生葆拉的气，因为她把我牵扯进来，又把我置于一旁不理不睬；我生尤丽娅的气，因为她来缠着我，好像我的烦恼还不够多似的；我生我自己的气，气我认识了斯文，气自己让葆拉如此之近地接近了自己。

"你不讲了吗？"

"讲。从前，有一个国家，那里有一座很高的山。当你在山上时，看到的是冰雪，当你下山时，首先遇到的是岩石和碎石，然后是草，接下来是茂密的森林。高山重峦叠嶂，那些最低的山上又长满了草，平原上也同样长满了这种棕色的草。那片平原始于山脚下，一直延伸到远处看不见的地平线上。你在听我讲吗？"

"在听，可我也听得见爸爸妈妈吵架。"

"我也听得见。要我继续往下讲吗？这不是一个令人兴奋的故事，但是令人兴奋的故事不利于入睡。"

"接着讲吧！"

"在山脚下，有一个畜栏，一个很大的畜栏，里面有很多羊。"

"什么是畜栏？"

"畜栏就像一个棚子，但是没有棚盖，墙是用两块横木搭成的。你知道什么是畜栏了吗？"

"知道了。"

"早上，你在山中，在最高峰上，然后你……"

"我是怎么上到最高峰的呢？"

"我不知道，也许你是在那上边出生的。"

"嗯……"

"不管怎么样，你从最高峰上往下走，用了很长时间。你在雪地里迈着沉重的脚步，在冰上滑行，有时还不得不爬悬崖峭壁。在碎石处，你只能艰难地行走。有时，你不得不穿过一道山口，从一侧爬上去，为的是能从另一侧更低的地方爬下来。你在茂密的森林中走了很长时间，恰好在太阳落山时，你走出了森林。这时，展现在你眼前的是最后一道矮山和一望无际的平原。"

"还有那畜栏。"

"对，那畜栏也在你面前，因为太阳已经落在了高山的后面，所以畜栏已经被罩在阴影中。但是，平原仍旧在太阳的照射下，温暖的阳光把平原上棕色的草照耀得金光闪闪。有人把锁畜栏的横木推到了一边，你看不见那是谁，周围都没有人。但是，你看见畜栏里成百上千只羊中的几只勇敢地从圈里走了出来。起初，在畜栏前仅仅有几只羊，后来越来越多；开始时离畜栏很近，后来就越来越远了。你坐了下来，走了一整天的路，已疲惫不堪，能坐下来你很高兴。你很疲惫，但是你在看。"

"嗯。"她开始侧着身子躺着。

我轻轻地抚摸着她的头，给她盖上被子。"你看着，看到了羊从畜栏里出来的情况。有些走走停停，不断地在啃草，有些一直不停地动，这里跑跑，那里跳跳。所有的羊都想出来，到辽阔的平原上去。有几只跑得很快，已经跑到外面很远的地方，在阳光的照耀下闪闪发光，其余的都被笼罩在山脚下的阴影里。随后，太阳就在山后面彻底消失，看不见了，平原完全被笼罩在阴影之中了，上面布满了一块块慢慢移动的亮丽的斑点，它们越来越远。畜栏空了，有时你听得见羊在咩咩地叫，而那亮丽的斑点越来越远，越来越。你能看见它们吗？"

尤丽娅睡着了。

九

　　我听见葆拉和斯文多次大声地争吵。现在他们的声音又小了下来，我希望他们争吵完了，可是没有完，仍在继续。我想起了自己在多年前与妻子的一场令人痛苦不堪的争吵，我们吵得筋疲力尽，但筋疲力尽并没有促成和平共处，那不过是我们需要的一个间歇，以便再吵，且激烈程度毫不减弱。

　　我起身穿上裤子和毛衣，用脚尖轻轻走过嘎嘎作响的地板，轻轻地打开门，溜进走廊，把门带上，蹑手蹑脚地走到葆拉和斯文的卧房前。

　　"我到底应该跟你说多少遍呢？我不明白你为什么这样大吵大闹。"他说得很慢，但再清楚不过了。

　　"你为什么守口如瓶？"

　　"因为这是游戏规则，人们就此不谈论。"

　　"那是他们的游戏规则，不是我们的。我们曾许下诺言，我们之间不保密，我们也告诉他们我们之间不保密。"

"那是因为当时我们不准备参与他们的游戏。当我参与游戏时，这个承诺就不适用了。"

"你不该在没有与我商量和没有我同意的情况下就参与进去。我们的诺言是无条件的，你无权改变。"

"那你会同意吗?"

"不，我不会同意，即使你经常问我，我……"

"我才不会为了求得你事后的同意而去问你呢，你最终总会明白，我不能指望你了，而是要靠自己，我必须……"

"没有什么你必须的，不要对我说你必须，而是你想要。几个小时了，我一直在请求你告诉我你到底为什么想要。"

"算了，不要再这样了，好像都是为了我个人的享乐，好像我是为了个人享乐这样做的。我是因为你的缘故才这样做的。"

"因为我的缘故? 越过我的大脑? 在我的背后? 你怎么能自以为我……"

"我知道，我知道，我没有权利比你更知道什么对你有利，但你有一点还没弄清楚，就是我有义务知道怎么做对我们的孩子有好处。我们的孩子需要的不是女英雄，更不是女烈士，而是母亲，我所做的就是让孩子能保住她的母亲。"

"为此你把对我来说关系重大的一切东西都出卖了，你这样做也真够卑鄙无耻的了。"

听上去，这些话他们说了不止一遍了。他们的声音已经沙哑，他那痛苦不堪的、充满理性的声调也已经变得有气无力，她试图让他明白他的背叛意味着什么，以及她为什么对此感到害怕，可她的努力已经没有任何希望了。我不想接着听下去了，可是当我要溜走的时候，斯文一下子把门打开了。

"在暗中监视我？当一名间谍被暗中监视的时候他是会有所察觉的。你说得对，葆拉，我一定是一名间谍。现在，我们的这位在门外偷听、从门锁眼往里窥视的朋友也知道了。我已经步入法网。"他嘲讽地鞠了一躬，并用胳臂做了一个请进的手势。我进了门，他随手把门关上，站在门前不动，好像要阻止葆拉或我离开房间似的。她站在窗前，背对着我们。

我往房间里挪了几步，不知往哪儿走，往哪儿站，或往哪儿坐。我站在那里不动，左边是斯文，右边是葆拉。"尤丽娅去了我的房间，因为你们吵架，她无法入睡。既然我醒了，对你们的争吵也就不能坐视不理。"

"然后你就想知道个究竟。只是出于好奇？对力量感兴趣？知识就是力量。掌握了朋友的情况，就可以驾驭他们。或许是友好的参与感驱使你这样做？一个舒舒服服地从钥匙眼里窥视朋友的患难之交。"

"我不知道出了什么事，不知道是否该敲门，是否该问一下。

我刚想要走开。"

"走开？你是想蹑手蹑脚地悄悄溜掉吧，这样我们不就不会注意到你偷听了吗？"斯文幸灾乐祸地说着，强调着每一个"你"字，并用手指指着我。

"别再说了，斯文。"葆拉说道，但她并没有把身子转过来。我从窗户的玻璃里看得见她的脸。"你把他也出卖了。他，还有其他所有人。"

"现在没必要说这些了。"

"他们终究会知道的。"

"从你这儿？"

她转过身来。"不，斯文，不是从我这儿。海尔佳下个星期与高克调查组有个约谈。你是知道的，她的嘴是什么也守不住的。"

"唉，海尔佳是个饶舌大婶，没有人会把她的话当真。"

"斯文，醒悟吧，你失去了所有的一切，你的工作，你的朋友，你的老婆。总有一天尤丽娅会问起你做过什么，你将对她说什么呢？"

斯文沉默不语，他目瞪口呆地看着葆拉，一副愚钝和不知所措的样子。"你为什么要走？你这样做，好像我欺骗了你。如今，就是背叛行为也不再是什么大不了的事了。泰神夫妇承受住了人们的背叛，而我们，我们……我从未欺骗过你，葆拉。我是不会欺骗你的，我一直只爱你一个，也将永远只爱你。"

"我知道。"她朝门走去，"让我过去，我去取点东西给你看。"

他抓住了她的胳膊："你还回来吗？"

"回来，我不是说过了吗？"

十

他满脸通红，孩子似的看着我，就像我们第一次约见面时一样。他做着我早就熟悉的表示遗憾和无奈的手势。"情况有点糟糕，你有什么办法？"

"没有。"我耸耸肩。我很想拥抱他安慰安慰，可是我做不到。

"也许我该对你说……我的意思是在你从海尔佳那儿听到或者自己读到之前……要说的并不是很多……"他运了一口气，鼓足了勇气，"我在安全局讲了一点儿你的情况，我说你将来会成为一位举足轻重的人物，我可以通过你获得重要情报，不过眼下不行，将来可以。实际上我根本没有说你什么，只是许诺他们，有朝一日我会怎么样，有朝一日你会怎么样。"

"要么什么也别说，要么就把真实情况都说出来。"葆拉已经站在门口。

"真实情况，真实情况……好吧，我说了，他对联邦共和国的政治体制感到失望，我也许能把他争取过来为我们工作。我还说了，由于他对政治感到失望，他在重新寻找归属，寻找他愿意为之奋斗的归属。"斯文看看葆拉，又看看我，"很抱歉，很抱歉。我曾想，这不伤害任何人，反而对许多人有益处，对你、对葆拉、对与葆拉密不可分的尤丽娅和我。我没有出卖你，我没有出卖任何人，我只是……"

葆拉递给他一卷纸："读吧!"

他把拿纸的手垂了下来，看看她，再看看我，然后又把目光转向她。他在搜寻词句，好像存在着能令他免读的词句，好像这样就可以把事实真相埋葬在词句中，使之永远成为秘密。但是，他没有找到任何托词，他叹了口气，开始读起来。

"不，"过了一会儿，他说，"不是这样的。"

"你没有和他谈论过我们的婚姻吗？还是等读完详情之后再说吧，他只能从你这儿知道。"她又靠窗站着，两臂交叉在胸前，目光注视着他。

他继续往下读，然后他的胳臂和纸一起垂了下来。"他也不那么令人讨厌，不管怎么说，我们一起共过事。不，我们算不上是同事，可我们又像同事一般。同事之间是可以谈论妻子和女朋友的。不要这样，葆拉，我并没有说过你任何坏话，我其实是吹了你一通。"

"你和安全局的那个卑鄙的家伙谈论我们的床笫之事，你把我们出卖了，你和我。你不是和一位朋友、一位同事谈论，而是和他们。没错，你吹了我一通，吹了我的床上功夫。此外，还说我心地善良，是个人道主义者、理想主义者，只是受到宗教的一点误导。'你们不要认真对待我妻子在集会上说的话，她很容易受人影响，很容易被拉进去。'这是你说的吧？你把海因茨推到了刀斧之下，你说他是幕后操纵者和为首的闹事者，他……"

"但是，这样做都是为了救你，我这样做的目的都是使你不至于……在发生了这一切之后，他们总得抓人，如果他们没有抓海因茨的话，很可能就会抓你。而海因茨几个月之后就被驱逐到西边去了，如此而已。"

"你不明白，"她激动得直发抖，"你拯救的不是我，不是真正的我，而是受他们欢迎的我。也许我这样会受到你的欢迎：一个心地善良的老婆，床上功夫好，除此之外，什么都无所谓了。你就是这样拯救了我，而我究竟是怎样的一个人对你来说完全无所谓。我准备为我认为正确的事情而被捕，我宁愿被捕也不愿背叛，宁愿让我的女儿有位蹲大牢的母亲也不愿让她有个当叛徒的妈妈。作为母亲，我有权这样做，这是我的生活，我的信仰。你剥夺了我的这些权利，而且是背着我。阴险、卑鄙。你不要说你是出于爱才这么做的，这不是爱。"

“可是……”斯文脸色苍白，不知所措地望着葆拉。

“不，这不是爱。不管它是什么，我都不想要。而且，你也不要再来那一套，什么背叛如今已不是什么大不了的事了。你不是一时骗骗我而已，你把我赖以生存的基础给抽掉了，那也是我们赖以生存的基础。我要离开你，我不要留在你身边。”

斯文离开靠着的墙，踉踉跄跄地向房门走去，打开门进了走廊。我们听见他打开浴室的门，随后就听见他的哽咽声。

十一

　　当他放水并关上门时，葆拉和我相互望着。"海因茨怎么了？"
我想问点别的问题。

　　"哦，他和我一起在亚历山大广场组织了一次和平活动，在
世界钟那儿。一九八八年一月一日，我们在世界钟——就是一九
八七年发生过冲突的地方——贴了标签，列出了受害者的数目。
这当然是不可以的。对他们来讲，战争不是战争，内战并非内战。
我们怎么能把解放受剥削人民的斗争与帝国主义资本主义压迫人
民的战争混为一谈呢？我们被捕了，我被审讯了三天，被警告，
然后被释放出来。海因茨被关押了七个月，然后被驱逐了出去。
他们认为我的行为是傻姑娘的无理取闹，这要感谢斯文；海因茨
的行为则意味着在西边控制下的以教堂为据点、以颠覆为目的的
宣传和煽动活动的继续和升级。在这方面我们多年来一直在合作，
他做的事情与我做的事情都一样。"

　　"海因茨知道吗？"

"我们没有联系了，他没有从西边来过任何消息，在转折之后也没有。也许他认为我当初把他出卖了，所以才免遭皮肉之苦。"

"斯文把他知道的一切都告诉安全局了吗?"

她点点头。"而且，他同他的上司就像与一位老朋友一样谈论他自己，谈论我，谈论尤丽娅。"

"从什么时候开始的?"

"也就是从我们相互认识的时候开始的，一九八六年的夏天或秋天。"

"他为此得到了什么?"

"这里几百马克，那里几百马克的。有时候，当尤丽娅和我得到礼物时，我也感到奇怪，但我没有问过。不，他不贪钱，可是在东德，谁又是贪钱的呢。"

"你有预感吗?"

"因为我当时对他说过，请他不要插手我的政事。"她耸耸肩，"我不知道，我不认为我有什么预感，我知道，我不想预感什么。"

"葆拉。"

"有什么要说的?"她微笑了一下，显得疲惫、伤感，好像她已经知道接下来的话题是什么，而且知道将不会有什么结果。

"你为什么跟我睡觉?"

她不回答。

"葆拉!"

她叹口气,把身子转了过去,我从窗户玻璃上又看到了她的脸。

"你这样做是因为他欺骗了你,而你要看一看在你也有外遇的情况下能否与他言归于好?"

她什么也没有说,也没有点头,而我在镜像中又看不清她的面部表情。

"你想让我在斯文面前感到愧疚吗?这样,即使他出卖了我,我也不会怀恨在心了吗?"

她还是闭口不言。

"你倒是说话呀,葆拉。你不是为了我,不是真的为了我,而是为了你自己。你想从我这儿得到安慰吗?可是你并没有给我安慰你的时间。"我在等待,等她说话,希望她说点能让我感到她在意我的话,但不要说什么惊天动地的爱,而是说点贴心话。

她仍旧沉默不语。

"那么你是为了斯文了,方式不同而已。那么你就必须承认这一点,就必须留在他身边。我不知道这是可怕还是美好。尽管他背叛了你,你却仍然爱着他。"

我在等待，以为她还是不会有所反应。可是，她却对着自己的镜像问道："你能爱一个你不尊敬的人吗？"

　　"他为什么要当情报员呢？"

　　"他是自己送上门去的。很久以来他就替我担心，特别是自一九八五年我第一次被捕以来。当他认识你的时候，他就想，他可以打你的报告，以此来换取他们对我的宽恕。可是关于你却没有什么报告可打，"她微微一笑，"除了他挖空心思想出来的那一点点之外。当他落入他们的手掌，就被他们玩弄于股掌之中了。"

　　斯文已经站在房间里，我没有听见他进来，他一定是存心不弄出任何动静。他站在门边偷听多久了呢？

　　葆拉突然转过身来。"你还想继续这样做？悄悄地暗中监视？你想知道什么问我好了，但是再也不要悄悄地接近任何人，再也不要了……"她冲着他大喊大叫，却又突然停了下来，"哎，你愿做什么就随你去吧。"她向门口走去。

　　"别走，葆拉，别走。我没有悄悄地走过来，我只是很轻，因为尤丽娅在睡觉。而且我想，只有知道你们说了什么，我才知道应该如何解释。但是，我没有暗中监视你们。"

　　他们面对面地站在那儿。他抱歉地举起双臂，又抱歉地放了下来。他眼里含着泪水，声音有些呜咽。"我非常害怕，这些年里我一直都提心吊胆，为你，为我们。在转折后，更怕你知道所有这一切。你从不想听我诉说我担心害怕的理由，我是指为你和我们而担心害怕的理由。我都快要被搞疯了，而你却不帮我一把。我没有你那么坚强，我从来也没有你那么坚强。我总想和你好好谈谈，谈谈我的担心，谈谈你陷得那么深是否有必要，可你却一点也听不进去。"他声泪俱下，"当你发现我比你软弱，比你胆小，而且认为你做的事情有害无益时，你为什么不弃我而去呢？是因为你那时还需要我？在床上？为了你没有时间照看的尤丽娅？为了家庭？"他用手擦了擦眼睛和鼻子，"现在你不再需要我了，你要离我而去，因为你不再需要我了。"

"不，我需要你，但你已经不再是……"

"我还是原来的我，"现在他大叫了起来，"同一个，你听好，同一个。也许我在你眼里不再那么好了，也许你想要一个更好的，或者你已经有了一个更好的，如果真是这样的话，就请诚实点儿，把话说出来。"

"你不必喊叫，斯文，要说的话我会说的。"

"说吧，如果你觉得有话要说。"他把身子转到我这边，仔细地打量着我，"你呢？你没有什么要说的吗？"他等着我的回答。由于我没有回答，他就坐到了床上，眼睛直勾勾地盯着他的脚。葆拉朝门走去，但没有离开房间，她靠在了斯文刚刚靠过的墙上。

十二

　　我们在等，我不知道在等什么。难道在等我们其中的一个人说点我们谁也没有说过的事情？在等我们其中的一个人做点什么？在等葆拉从衣柜里取出她的东西装箱走人？在等斯文离去？

　　我想走，但是我不能，我不能一声不吭地离开，可我又不知道说什么好。我站在那儿不动，呆若木鸡，无话可说。当我把目光转向葆拉而她也注意到我的目光时，她冲我微微一笑，显得那么疲惫而伤心。有时斯文也把目光从脚上移开，抬起头来，审视地看着葆拉和我。

　　这时，外面天亮了。先是天边出现鱼肚白，然后变得一片苍茫，最后呈现出浅蓝色。在太阳照射到邻近的房顶之前，它的光线先照射到电视塔上面的球体上，使它闪闪发光，光芒四射。我在想，在这座大城市里到底还有多少鸟呢？它们落在院子里的老栗子树上唧唧喳喳地叫得正欢。我走到窗前，打开窗户，放进新鲜空气。城市里的空气只有早晨还是新鲜的，因为夜里的凉气尚存。院子里，一个回收旧电池的垃圾箱和一个由保护生态环境的居民堆起来的肥料堆散发着熏人的臭气。教堂的钟敲响了六点。

突然，尤丽娅站在了门口，她睡眼惺忪又十分惊奇地环顾着四周。"我今天必须七点一刻到校，我们要排练。有我的早餐吗？"她转身去了洗澡间。

斯文站起来去了厨房，我听得见关冰箱和关烤箱的声音以及餐具的碰撞声，过了一会，又听见水壶的哨声。当尤丽娅从浴室出来，啪哒啪哒地穿过走廊时，葆拉离开了她靠着的墙跟了过去。我听见尤丽娅房间里衣柜来回被打开，抽屉被拉出来又被关上的声音。母女俩在谈论排练穿什么衣服，这一天该如何安排。当她们两个人都到厨房时，斯文把我也喊去了。

厨房的餐桌上摆放了四个杯子、四个盘子，还有烤热的小面包。"你还是喝咖啡吧？"斯文给我倒上咖啡，我坐了下来。尤丽娅讲着她们戏剧小组排练的那出戏，讲到排练的最后期限和现在进展的情况，然后又讲到演出的技术准备。葆拉和斯文不时地评论评论，或表示一下惊奇，或问一个问题。

"我送你去。"当尤丽娅站起来时，斯文也站了起来。葆拉点点头说："我也去，我接着去所里。"

我们出来后，斯文把门锁上。下楼时，尤丽娅拉着我的手。在楼前，她把手里拎着的书包背到了肩上，双手拉起她的父母。

小路上空无一人，葆拉向我招招手，让我到她那边去，并挽起了我的胳臂。

我们就这样往学校走，路上几乎没有什么车辆，只有面包师已经开了店，接待着第一批顾客。当我们快到学校时，遇到了其他也去排练的男女学生，尤丽娅与他们打招呼，但是没有松开她父母的手。

十三

打这以后，我们的联系中断了。我不想见到斯文，不希望在他的眼皮底下出现。我不应该向他老实交代吗？我能在不出葆拉的丑的情况下向他坦白吗？我必须让葆拉和自己出丑吗？有时候我担心，怕他将搜集的关于我这个富有同情心的法官的情报大白于天下。即使这对我的职位构不成威胁，可我也得硬着头皮听同事和律师们对我的愚蠢议论。一想到这些，我就生气。当我在内心审度葆拉与斯文、我与葆拉、斯文与我的关系时，我尤为生气。我处于非常不利的地位，斯文的结果越好，情况对我就越糟糕。斯文利用了我，监视了我，出卖了我，可是他也曾为此担惊受怕过。他是想要救葆拉，而且也的确救了她。与救妻子相比，做点间谍活动又算得了什么呢？不过，发生在海因茨和葆拉两个人身上的情形就不只是暗中监视的小问题了。可是又大到何种程度呢？我该如何衡量它呢？而且，我该如何从中解脱出来呢？葆拉本想让我从中解脱出来的，而现在却把我牵扯了进去。

我在音乐会上看到过她一次，她坐在正厅前排的座位上，我坐在楼厅里。她非常轻松地坐在那儿，中场休息时，起身穿过一排座椅走到休息厅，锣声响过之后又回到她的座位上。她的轻松令我恼火，她梳的披肩发和她抚摸耳后一绺头发的姿势也都令我恼火。

从尤丽娅那儿我得知斯文和葆拉仍在一起。她一如既往，好像什么事也没发生过似的。当她来看汉斯的时候，也来我这儿看看，有时候和他一起来，有时不带他来，如果天晚了，就在我这儿过夜。

我的恼火不是什么真正的恼火，真正的恼火是冲着别人的，那需要有清楚的关系，而不是像我们之间的关系这样乱七八糟。在这样的乱七八糟的关系中，恼火不仅是针对别人的，也是针对自己的。我恼火自己，而且，不时地感到悲伤。我想念斯文的那种幼稚亲切的微笑，怀念他在我们一起看电影或戏剧时呈现出的专注的神情，忘不了葆拉那严肃认真的谈话风格、她激动时绯红的脸蛋和炯炯有神的眼睛。

所有的东西部故事都是爱情故事，都有相应的期待和失望。他们靠对对方的陌生产生的好奇心生活着，而且以这种生活为乐：他所拥有的你没有，你所拥有的他没有。这样的故事知多少！仅举柏林墙倒塌的那个冬天就足够了，那是东西德爱情猎奇者的春天。那时，那些曾经陌生、两样、遥远的东西一下子变得近在咫尺、习以为常和令人厌烦了。譬如，洗手池里女朋友的黑头发，或者她的一条大狗，当你和它一起散步时，它讨人喜爱，但是与它共处一个房间，它却令人精神紧张。好奇心的内容充其量是如何在人为的混乱关系中摆正自己与其他人的关系，如果这涉及相互关系的话。

尤丽娅过十岁生日的时候，她邀请了我。她父母让她自己决定邀请哪些客人，她认为不仅应该邀请同龄的男女同学，还应该邀请年纪大些的朋友来庆祝才对。随着戴上第一副眼镜，随着升入高年级，再经历一场父母的婚姻危机的洗礼，她早熟了起来。

汉斯和我一起上了路，天气不错。当我们走出斯文和葆拉住地附近的地铁站时，阳光照在房子的正面墙上。我上次来访时，墙上的泥灰一块块地脱落下来，露出斑斑灰色，如今也抹上了新的泥灰，亮亮光光的。这里新设了人行道和自行车道，新开了一家复印店和一家旅行社，在拐角处还新开了一家突尼斯餐馆。街道另一侧的儿童游乐场也增添了新设备、新椅子和新草坪。过去被打发走了。

我们上了楼，按响了门铃。斯文打开门，张开双臂好像要拥抱我，实际上却是在做我熟悉的那个表示遗憾和无奈的手势。"咖啡就那么多了。你喝巧克力吗？"

客厅里，餐桌被拉出来铺上了桌布。在场的有斯文的父母，尤丽娅最爱戴的、原来学校的女教师，邻居和他的两个孩子，还有学校里的男女同学。来自西边的除了汉斯和我之外，还有一位与斯文在自由大学共过事的研究斯拉夫语的学者。孩子们在客厅、走廊和房间里大声嬉闹着。我们这些大人站在阳台上，不知道该谈些什么。那位研究斯拉夫语的学者对东部和西部都感到愤愤不平，一会儿说一切都走得过快，一会儿又说走得过慢；一会儿说牺牲者太多了，一会儿又说太少了。但是没有人愿意争论这些事。我们宁愿赞美尤丽娅，说她如何成熟，如何有教养，如何爱运动，如何理智和乐于助人。

当大家都坐到餐桌旁时，尤丽娅站了起来。斯文不解地看着葆拉，可她却耸耸肩。尤丽娅发表了一个演讲，她感谢大家送的礼物，感谢来自东部的、西部的、年轻的和年老的朋友们的光临。还说，很遗憾，现在大家不像从前那样经常见面了，从前人们有更多的时间，如今一个人很容易就会从你眼中消失不见。这时，我不解地看着葆拉。"是的，"尤丽娅很严肃，看上去很果断，"如果不是我们女人把一切都凝聚在一起的话。"

葆拉咬着嘴唇，眉开眼笑，斯文低着头。尤丽娅的话讲完了，一个人开始鼓掌，其他人也加入了进去。汉斯为尤丽娅感到高兴，开怀大笑起来，斯文才抬起头来跟着一起笑起来，葆拉也跟着笑了，我们相视大笑。

另一个人

一

　　退休没几个月，他的妻子就过世了。她患的是癌症，已经到
了无法动手术或采取其他方法治疗的地步，他在家里护理她。她
去世后，当他不必再为她的饮食、她的大小便、她那瘦骨嶙峋并
得了褥疮的身体而操心时，又不得不为葬礼、账目、保险以及为
孩子们分配她的遗产而劳神。他把她的外衣送出去清洗，自己清
洗她的内衣和床上用品，把她的鞋擦干净，然后把所有这些东西
都装在纸板箱里。她最要好的女友——一位二手店的店主——取
走了那些箱子。她答应过他的妻子，保证让那些贵重的服装穿在
漂亮女人们的身上。

　　尽管他不擅长处理这样的家务，但在家里忙这忙那，已是家
常便饭。当她所住的房间不再传出任何声音时，他总是有一种感
觉，感到他必须上楼，打开房门，坐在她的床边，与她说一句话，
或简短地诉说一件事，或问一个问题。随后，他会猛然地意识到
她已经死了。打电话时，也经常发生这种情况。他靠在电话旁边

的墙上，在厨房与客厅之间，完全正常，与人谈论正常的事，自我感觉正常。过一会儿，他才突然想起她已经死了，于是不能继续交谈，只好挂了电话。

终于有一天，一切都了结了。他感到如释重负，好像绳索被砍断，压船底货被抛下，随风飘上陆地。他看不到任何人，也不想念任何人。他的儿女们曾邀请他与他们生活一段时间。尽管他爱他的孩子和孙子，但只要一想到和他们生活在一起的情形，他就无法忍受。他不想过那种不属于他的年龄段的正常生活。

他睡眠差，起得早。上午要做的事是喝茶，弹一会儿钢琴，坐下来琢磨国际象棋中的某个问题，阅读，或为写文章做笔记。要写的这篇文章的主题是他在过去几年的职业生涯中遇到的，一直萦绕在他的脑海中，但一直没有真正在这上面花时间。傍晚，他开始饮酒，斟上一杯香槟，然后边饮边弹钢琴，或边饮边自弈。晚饭时，喝一听罐头汤或吃几片面包，把一瓶香槟酒喝完，然后再打开一瓶红葡萄酒，在做笔记或读书时把它喝光。

他穿过街道，到经常被积雪覆盖的森林里或沿着常常结冰的河流散步。有时他夜里就出发，先是跌跌撞撞，不是在这里就是在那里摔上一跤，不是被栅栏刮伤，就是被墙擦伤，过一会儿，头脑才清醒过来，步履才稳当起来。他非常想到海边看看，在海滩上走走，一小时接一小时。可是他离不开家——他生命的外壳。

二

　　他妻子不是特别爱虚荣的人，无论如何，在他眼里，她不是爱虚荣的人。美丽，是的，他认为她美丽。他对她的美丽感到高兴，这一点他从不在她面前掩饰。她以一个眼神、一个手势或一个微笑向他表示，她为他的高兴而高兴。那眼神、那手势、那微笑曾经是那么美，还有她照镜子的姿势也同样妩媚动人，但不虚荣。

　　然而，她却死于虚荣。当医生确认她右侧乳房有一个结节并建议她做手术时，她由于害怕乳房被摘除就再也没有去看医生。她从未炫耀过她那高高隆起的丰满坚挺的乳房。在生命的最后几个月里，人变瘦了，乳房也变得空空如也，像被翻过来的裤兜——人把裤兜翻过来，是为了表示一无所有。即便这时，她也从来不抱怨。她给他的印象一直是这样：无论自己的身体状况如何，她都认为是理所当然的，好时如此，坏时亦然。只是在她去世后，当他通过医生详尽的病历记录知道她曾逃避做手术时，他才开始扪心自问，怀疑他一直以为理所当然的东西压根就是任性，到头来眼睁睁地看着她去了。

他责怪自己在她迟迟疑疑不做手术时却什么都没有注意到，责怪她不与他商量，不想让他分担她的忧愁，也不想让他知道她的决定。当时——他已经无法本能地回忆起她是什么时候得知自己长了结节，而且医生要求她必须做手术的。他把记忆一段一段地拼凑起来，但还是发现不了任何不寻常的事情。当时，他们一如既往地相互信赖，他在工作上既没有什么特别的压力，又不经常出差，她也和往常一样从事着她的职业。她是一名小提琴手，在市立交响乐团坐第二把交椅，使用第一台谱架。除此之外，她还讲课。他想起，当时，他们甚至又一起演奏了科雷利的奏鸣曲《福利亚》，最终没有把她多年的愿望只停留在口头上。

他回忆着这些往事，渐渐地不再责怪自己，相反，他对他们彼此之间的信赖感到不舒服。难道他们就没有过什么欺骗行为吗？难道他们之间从来就那么信赖吗？症结何在呢？难道他们生活得还不够好吗？直到她病重，他们一直过性生活，而且一起谈天说地，直到她去世。

他的那种不舒服的感觉也渐渐消失了。他常常感到空虚，但自己也不知道缺的是什么。尽管不可能用实例来检验他的想法，他还是禁不住扪心自问，问自己是否真的思念妻子，还是不过觉得床上缺少一个温暖的肉体而已，或者缺了一个可以聊天的对象，一个对他的话还算感兴趣的人，而反过来他对她的言谈也多少有点兴趣去倾听。他也在琢磨，那种偶尔有之的对工作的怀念，与其说是对那份工作的向往，毋宁说是对随便哪一种社交活动的渴望，对一种自己能够胜任的角色的渴望。他知道他很迟钝，不但感觉迟钝，理解东西也很慢；参与得慢，摆脱得也慢。

有时，他感到自己好像脱离了生活坠入了深渊，一直往下坠，很快就落到了底，但他能在底下从头开始，起步很小，却是从头开始。

三

　　有一天，来了一封给他妻子的信，寄信人他不认识。总是时不时地有她的邮件，印刷品、杂志订阅结账单、会员费结账单、一位女友的来信——他在往外寄讣告时把她给忘了，看了来信才又马上想起了她，还有她从前同事的讣告，或者一个开幕式的邀请函。

　　这封信很短，用钢笔书写，文字很流畅：

　　亲爱的莉莎：

　　　　你认为，我当初不该把你搞得那么为难，这我知道。我不赞同你的意见，现在仍然如此。的确，我有责任，这个我当初没有意识到，现在知道了，你同样也负有责任。当时，我们俩对待我们之间的爱情是多么冷酷无情啊！你以你的胆怯，我以我的强求把它扼杀了。我们本来是可以让它成长壮大，开花结果的。

有一种臆想生活罪和臆想爱情罪。你知道吗？共同犯下的罪会把同犯永远连结在一起的。

　　几年前，我见过你，那是你们乐团来我所在的城市进行客座演出的时候。你越来越老了，我看到了你脸上的皱纹和你那疲惫的身体，想起了你在担惊受怕和抵抗时会发出的尖叫声。可这些都是过去的事了。若是当时情况允许的话，我还会与你一起钻进汽车，或者一起乘火车出去，再一次与你日日夜夜厮守在床上。

　　我的这些想法对你来说毫无意义吗？可是若不与你，我还能与谁来分享呢！

罗尔夫

　　发信人的地址是南方的一座大城市。读完信，他找出一张那座城市的地图，开始寻找那条街道，最后在一座公园旁找到了它。他想象着写信人的情形：坐在写字台旁，眼睛看着公园。他自己看着房前的树梢，它们还是光秃秃的。

　　他不熟悉妻子尖叫的声音，从未日日夜夜与她在床上厮守过，从未与她一起钻到汽车里或上了火车就出发。起初，他只是感到惊奇，随后就感到被欺骗，被盗窃了；他的妻子骗取了某种属于他的东西，或者说某种他应得到的东西，而另一个男人把它窃为己有。他醋意大发。

　　他所嫉妒的不仅仅是他妻子与另一个男人分享的、连他都不知道的东西。他怎么能知道她在他面前一个样，而在其他人面前又是另一个样呢？也许她在其他人面前也像在他面前一样？当莉莎和他一起听音乐会的时候，如果他们都喜欢那个曲目，他们的手就会握在一起；当他看她化晨妆时，她会瞥上他一眼，冲他微笑一下，然后再聚精会神地照镜子；当她早上醒来时，她会偎依在他的怀里，同时也会被他把肢体舒展开；当他向她讲述他在工作中遇到的问题时，她总是似听非听的，而在几小时或几天之后，她会出其不意地发表她的看法，目的是为了表示她注意倾听了，而且对此也很关心。凡此种种，无不显示了他们共同生活中的彼此信赖。这种信赖应该是独一无二的，对他来说是不言而喻的。但是现在对他来说没有任何东西是不言而喻的了。难道她和那另一个人就不会也如此这般地彼此信赖吗？难道说她就不会与那另一个人也手拉手地坐着听音乐会吗？难道她就不会在化妆时也向他挤眉弄眼或微笑吗？不会也在他的床上，偎依在他的怀里，四肢舒展吗？

四

春天来了，早上他被唧唧喳喳的鸟叫声给叫醒，每天早晨都如此。他醒了，高兴地听着鸟叫，看着照到房间里的阳光。有那么一会儿，世界似乎一切正常。随后，妻子的死，那个人的来信，他们之间的风流韵事，妻子在这场风流韵事中的异常表现——肯定就是那样——所有这些一一涌上心来。他开始把信中披露的内容称为风流韵事。关于他的嫉妒是否有双重原因，他有把握做出肯定的回答。有时候，他在想，世界上还有什么比这更糟的事呢：一个被某人爱着的人，与另一个人在一起时却变成了另外一个人，而被某人爱着的人恰恰是某人最信赖的人。难道世界上的人一个比一个坏？因为他们都被盗窃了？被盗走了某种属于他们或应该属于他们的东西？

这就像生病一样，病人醒来后，还需要一段时间才能明白自己生病了。就像病会消失一样，伤心和嫉妒也会消失。这个道理他明白，他期待着自己好起来。

春天到来后，他散步的时间长了，有目标了。他不再随意想去哪儿就去哪儿，而是有目的地穿过田野直奔平原上的水闸，或者穿过森林直奔坐落在河边的城堡，或者沿着山脚小路，在鲜花盛开的果林中漫步，到邻近的一座小城里去，在那里投宿休息一下，然后乘火车回来。傍晚，他像往常一样把香槟酒从冰箱里拿出来，却又放了回去，这种情况出现的次数越来越多。他发现，自己思索的问题与妻子、与她的死、与那另一个人以及他们之间的风流韵事越来越不相干。

一个星期六，他进城了。在过去的几个月里，他没有什么进城的理由。他居住的地方有一家面包店、一家食品店，除此之外他什么东西也不需要。当接近市中心时，他开始害怕起来，因为到处都是熙熙攘攘的人群，商店一家挨一家，空气中充满了人的嘈杂声，车辆的隆隆声，街头音乐家演奏的音乐声，还有那街头小贩的叫卖声。忙忙碌碌、嘈嘈杂杂的人群让他感到有些受不了。他进了一家书店，可是这里也同样人满为患，书架前、桌子前以及收银台前到处挤满了人。他站在门前，一时不能决定是进去还是出来，挡着别人的路，被人碰撞了一下，听到的却是气哼哼的一句对不起。他想回家，却连踏上大街往家走的力气都没有了，也没有了登上有轨电车或叫一辆出租车的力气。他一直认为自己的身体还不至于如此，就像一位因劳累过度旧病复发后久病初愈的病人一样，想健康起来必须从头开始。

他费了九牛二虎之力总算乘上了有轨电车，一位年轻女人站起来给他让了座。"您不舒服吗？在书店时，您站在那儿，不得不为您担心了。"他想不起来是否在书店里见过她，他道了谢，坐了下来。他的忐忑不安丝毫没有减退。想健康起来必须从头开始，难道这意味着自己的身体状况已经到了最低谷吗？但愿如此，可他却有一种还在往下沉的感觉。

回到家，大白天就躺在了床上。他睡着了，几个小时后才醒来。天还没有黑，他已不再忐忑不安。

他坐到写字台旁，拿过一张纸，连日期和称呼也没有写：

您的信收到了，但是，它再也到不了收信人手里了。您曾认识和爱过的莉莎已经死了。

B.

很长一段时间，他妻子和朋友都叫他 BB，不知什么时候就变成了 B。在职期间签字时，他总是用 B 来代替 Benner。他也习惯把 B 作为 Bengt 的缩写，在私人信件中用它落款，给孩子们的信件中也是如此。那时，孩子们充满爱意地把 Papa 称为 Baba，就像在讲一种温柔的方言。一个 B 可以扮演如此多的角色，他对此感到满意。

　　他把信装进了信封，写好地址，贴上邮票，投到了几条街以外的一个邮箱里。

五

三天之后，他收到了一封回信：

棕色宝马：

你不想再做我所爱的那个莉莎了吗？她是为我而死的吗？

当过去痛苦地延伸到现实生活中的时候，你想对此保持缄默，这个我非常理解。但是，只有当过去仍然具有生命力时，它才可能延续到当前。我们所共同拥有的过去对你我来说都一样仍旧栩栩如生——这多么好啊！你当初从不回复我的信件，如今却给我回信了，这也多么好啊！你仍旧是我的棕色宝马，尽管你隐藏在缩写①的背后。

你的信令我幸福快乐。

罗尔夫

---

① 莉莎丈夫的信以 B 落款，回信人把 B 误解为 Braune（棕色宝马）的缩写。

棕色宝马？不错，她有一双棕色的眼睛，一头棕色的鬈发，她胳臂和大腿上的汗毛也都是棕色的。夏日里，当她的皮肤被晒成棕色时，这些汗毛就会变成金黄色。她还有许多棕色母斑。他有时惊羡不已地称她为"我的棕色美人"。棕色宝马——那可就是另外一回事了，它听上去过于简短，且有些霸道和强占的味道。棕色宝马——那是一匹牝马，人们抚摩它的鼻孔，轻轻地拍它的背，为的是跃身上马，策马加鞭。

他走到妻子的写字柜旁，那是一件比德迈风格的家具。他知道里面有一个秘密抽屉。他在妻子去世后整理她的遗物时，没好意思去找那个抽屉。现在他把所有的抽屉都掏空了。把所有的抽屉都拉出来后，他发现了一面板壁，这一定就是那个秘密抽屉。过了一会儿，他又找到了板壁的边缘，他使劲往下压，这样，一个立体就沿着它的轴线转动了，那面板壁也转到了底部。随后，门露了出来。它上着锁，他把锁撬开了。

一束用红绳捆着的信，从邮戳上他看得出来，那是年轻时的爱情信件。他妻子曾对他讲起过那次爱情。还有一本诗集或许一本影集，上面系着皮带，且上了锁。另外还有一束用绿绳捆着的信件，他看得出是她父母的字迹。他也认出了那个人的笔迹，四封信被夹在一个大信夹里。他拿出信来，回到窗前自己的位置上，那儿有一张扶手沙发，一张缝纫小桌，那是一件像那写字柜一样

126

的比德迈风格的家具，两件家具都是他婚前和莉莎一起购买的。他坐了下来，开始读信。

莉莎：

这和你最初想象的情形完全不一样了，更困难了。我知道，你有时候很害怕并想从中逃离，但是你不可以逃离，而且你也不必那样做。有我和你在一起，虽然我不在你身边。

因为我没能使你生活得更轻松，你就怀疑我对你的爱吗？这不是我力所能及的。如果就是我们两个人的话，我当然也愿意与你生活在一起，彼此相依为命，别无他求。可是这个世界并非如此。但它还是美妙无比的，它让我们相识相爱。我不能没有你，莉莎。

罗尔夫

不，莉莎，不要再这样。我们一年前和半年前曾经这样过，而你是清楚的，我不能离开你，我不能没有你，你也不能没有我，不能没有我的爱，不能没有我给予你的乐趣。如果你离开我，让我堕入无底的不可拯救的深渊，我把你也一起拽下去。不要让这样的事发生！

永远做我的人，就像我永远做你的人一样。

你的罗尔夫

你没有来，我一个小时又一个小时地等你，而你却没有来。现在只好就这样了。起初，我以为你确实做不到准时，后来我就担心起来，再后来就往各处打电话，结果才从你家的清洁女工那儿得知你无法接听电话。从你的清洁女工那儿！你不仅没有来，你还让你的清洁女工来搪塞我。

我十分恼怒。很抱歉，我没有权利向你发火。这一切已经让你吃不消了。不能再这样下去了，必须要改变改变。你只能以不来赴约的方式向我显示这些，而我也只能这么理解。

我明白了，莉莎。让我们暂时忘却压在我们心头的一切重负。你下周将随乐团到基尔演出，腾出一两天的时间，只给我们自己。让我尽快听到你的回音。

罗尔夫

清洁女工，清洁女工！她每天都在你们家里吗？至少，我每次打电话都是她接听，或者是你丈夫，他一接，我就得挂断，这样，不要多久他就会对每天晚上都打电话来的那个人感到奇怪。唉，莉莎！我连电话都打不成，这有些离奇，有些古怪。让我们结束这种荒诞不经的事吧！让我们把这种滑稽之事当成笑谈吧！我们一起笑，一起在床上笑，亲热一番，笑一番，笑一番之后再亲热，然后再笑，然后……

我下周在这儿，我等你，不仅仅是等我们见面的一天，等我们的时光。我日日夜夜，每时每刻都在等你。

罗尔夫

四封信都没有写日期，第一封信上的邮戳日期可追溯到十二年以前，另外三封上的为十一年以前，间隔时间只有几天。

最后一封信之后的情况如何？莉莎让步了吗？另一个人放弃了吗？没有再继续写信就这么放弃了？

六

　　他对来信的那个年代记忆犹新。十一年前是大选，尽管联邦议会的多数成员和政府的联合执政仍旧没有变，却换了一个部长，新部长取代了无党派部长。新部长是有党派官员，他上任后，前任部长一时无所事事。尽管一年以后他又被重新安置在一个国家基金会的位置上，而且那份工作也很有意思，但是，几年来他在部里拥有享有的权力却一去不复返了。

　　是的，在部里工作的最后几年里，他的压力很大，经常出差，周末也得处理文件，不是在办公室，就是在家里。他仍然认为他的婚姻和家庭没有什么问题，他同时也认为，偶尔地与妻子和孩子们接触就足以保障婚姻和家庭了。他真的做到了吗？现在他觉得，当时自己不但欺骗了自己，实际上也非常清楚，自己在自欺欺人。现在，莉莎不在家或拒绝他的情形又浮现在眼前。"怎么了？"他如此问道——"没什么。"她这样回答——"有什么地方不对劲吧！"——"没有，一切都正常，我只是累了"，或者"我只是来月经了"，或者"我在想乐团里的事"，或者"在想一个学生的事"。他没有深问下去。

　　那么，他是在最后那一封信之后不久从部里退出来的吗？他惭愧地注意到，他竟然对他临时退在家那一年里的婚姻和家庭情况几乎没有什么记忆，他只是感到自己受到了不公正的待遇，受到了伤害。他在疗伤，在等待世界、国家、部里、朋友、妻子和孩子们为那不公正做补偿。他最关注的是他从别人那儿得到了什么或者没有得到什么，根本没有注意到她处于何种状态。他还记得与孩子及其朋友们制造的噪音斗争的情景，对他来说，孩子们的嬉闹就是无视他对宁静的需求。

　　莉莎与那个人在最后一封信之后是否仍继续来往？他在记忆中找不出任何能够回答这个问题的证据。在那艰难的一年里，莉莎有时候也对他表示了亲近，可他却把她推开了。他认为，尽管如此她还是会很爱他的——就像一个孩子。这个他还记得，除此之外，他们之间的事就什么也记不得了。他无法想象，除了在乐团之外，她还能在外面度过很多时间而又不让始终待在家里的他有所察觉。可是他在那一年里究竟察觉到了什么呢？

　　他写道：

　　　　你现在的信犹如当年的信一样：它们在折磨着我。你在折磨我。如果这种情况不改变的话，我要说的是，如果你不改变的话，你将再也得不到我的任何消息。

　　不要再犯同一个错误。

B.

　　他感觉不舒服，但他认为这与写信无关。如果不写这封信，或者写了另外一封信，他也会同样感觉不舒服。如果莉莎摆脱了那个人，如果此事就此打住，如果此事持续的时间不长，如果此事发展的程度不太深的话，他也想就此偃旗息鼓了。

七

莉莎，我的棕色宝马：

讲点公道话，当时我已经绝望了。尽管你给予我莫大帮助，我也奋斗了一番，我还是一事无成。接着，你也把我从你的生活中抛了出来，就像人们把一只走投无路的狗从屋里赶出来，然后又关上了所有的门窗一样。我不知如何是好。我不想纠缠你，我只是想找到你，看见你，并与你谈谈而已。我已不能十分准确地记得当初写给你的信的内容了，但是我无法想象，你为什么在我的信中感觉不到我的绝望、我的担心，担心失去你或者说已经失去了你，反而觉得我在纠缠你？电话总算接通了，我找到了你，与你冒雨在拐角处见了一面。你对我说，一切都永远地结束了，你不能也不想再见到我，你使我不得安宁。

但是，也许你指的不仅仅是结束，也许你指的是开始？也许是当你想跑掉，而我在后面穷追不舍，在教堂旁边的一面墙下面把你抓住的那次吧？是的，如果我当时不把你的手臂紧紧地靠在墙上并用胳膊把你拦住的话，我就无法说出我想要对你说的话。但是，在你用手臂搂住我的脖子之前，我并未动你一根毫毛。在我们的第一夜里，也是你先搂住了我——你已经记不得这些了吗？那晚天气很冷，冷得你钻到被窝里就不想再出来了，我从中受到鼓励，于是向你俯下身子，并关掉了你旁边的灯。接着，你把手臂从被窝里伸出来，把我拉到了你身边。

我知道，你后来一遍又一遍地问自己和问我，我是否为我们的初次相遇做了长期准备？我是不是在与你玩一出蓄谋已久的把戏？我当时不想说、如今也不想说我们的相识纯属巧合。它是苍天的赐物。

你还有那些照片吗？第一次拍的照片只有你都有，你的一位同事给拍的，其中的一张就在我眼前：在米兰的一家饭店里，全都是音乐家，围坐在一张大桌子旁，在你身边的是被双簧管吸引刚刚从孤独的桌子挪到你们这边来凑热闹的我。接下去的照片是在科莫湖拍的——我还有底片。其中的一张是那个卖水果的小男孩只按了下快门就拍下的，我们看上去虽有些困惑，却相亲相爱，幸福快乐，实际上果敢而坚定。在另一张照片上，看得见我们第一次过夜的那家高大古老的白色宾馆，山上还被积雪覆盖着。你倚靠在我们租来的汽车上，头上围着一条头巾，就像五十年代的卡特丽娜·瓦伦特。还有一张是你在我不知道的情况下为我拍的，穿好了大衣准备动身的我走上阳台，望着下面的湖面。因为天气还很冷，湖面上没有任何船只，大船小船都没有。还有你那张在晨曦中的照片，就是你送给我一个银相框来镶嵌的那张。

如果你有被我逼迫的感觉，开始也好，后来也好，不论什么时候——我对此表示抱歉。我本以为我们应该像我们所期待的那样共同面对和忍受那种情况下的压力，彼此不应该如此不自由。我们受到了不同形式的限制。你难以承受你的内心煎熬，也许比我所承受的更沉重，但我也并不容易。最使我为难的是，我必须不断地恳求你来帮助我。

我不敢再提出见面的要求，但是你应该知道，我非常希望与你见面。

罗尔夫

当时，他在秘密抽屉里发现了那本影集，当即又把它放了回去。现在，他取出影集，剪断皮带，打开翻看。影集上的照片也是从米兰那家饭店开始的：围坐在桌子旁的一群人，被耀眼的闪光灯刺激的目光，酒后兴奋的姿态，吃空了的碗碟，满的和空的大腹玻璃瓶，普通酒瓶和杯子。他一个接一个地认出了莉莎的同事，她坐在一位他从来没有见过的男人身旁。在每张照片上，他都在围坐在一起的人群里笑，或冲着他旁边的人，或冲着莉莎，或冲着镜头，或左手举着杯，右手搭在莉莎的肩上。接下来是在科莫湖拍摄的照片：莉莎和他在一个水果摊旁，莉莎与汽车在一家宾馆门前，莉莎在湖边的一棵棕榈树旁，莉莎坐在一个咖啡桌旁，前面放着意式浓缩咖啡杯和水杯，莉莎怀里抱着一只黑猫。他也找到了那个人站在阳台上俯瞰湖面的那张照片，也找到了莉莎在床上的那张照片，她侧身躺着，用手搂着、用腿骑着被子，睡眼蒙眬，却心满意足地望着镜头。

还有更多的照片，他认得出其中的一些房子、街道、广场、城堡或教堂，那是在他居住的城市拍摄的；有一些可能是在那个人居住的城市拍摄的。除此之外，再没有能表明他们曾去旅行的照片了。最后一张照片是那个人穿着游泳裤，手里拿着毛巾正从一个草坪上走过来。他细高个，腰板挺得笔直，步履稳健，满头浓发，满脸温柔的微笑——他看上去很帅。

八

　　他在镜子中打量着自己，胸前长满白毛，浑身上下都是老人斑和赘肉，臀部堆积着脂肪，细胳膊细腿，头发稀稀拉拉，额头上、两眉之间、从鼻翼到嘴角都刻着深深的皱纹，嘴唇薄薄的，下巴下面的皮肤松松垮垮。他在自己的脸上没有看到痛苦、悲伤或愤怒，看到的只是烦恼。

　　烦恼吞噬着他，一口一口地把他过去的生活吃光。不管他的婚姻结了什么果——爱情、信赖、习惯也好，莉莎的聪明、她的关心、她的肉体、她作为孩子母亲的角色也罢——它还孕育了婚外生活，也使他偶尔产生过另一种生活的幻想，对别的女人想入非非。

　　他穿上了浴衣，给女儿打电话，他想问一下是否明天可以到她那儿去。不会待太长时间，只待几天。不，他独自一人尚能承受。他想和她聊聊。

　　她说，他应该来，不过他还是听出了她声音中的迟疑。

第二天早上，在出发之前他写了一封回信。他还是不能决定是否应该写上对那个人的称呼，所以他干脆还是这样写道：

你简直在自欺欺人！没错，我们的处境不同——这里能有什么共同之处呢？必须请求我的帮助对你来说又有何难，我做到了这点，难道这不更难吗？

甜言蜜语，说得比唱得还好听——你当初如此，现在仍旧如此。是的，照片我还有，但是看着它们并未唤起我任何幸福的回忆，因为谎言太多了。

你想见我——现在还不到时候，将来也可能会有这么一天。

B.

已经好几个月没有开车了，他不得不请来了修理厂的人帮他启动发动机。开车已经不习惯了，但还不算不舒服。他打开了收音机，把活动车顶也打开，放进春天的空气。

上一次是和妻子一起走的这段路，当时她病得很重，瘦得皮包骨，他把她裹在被子里抱着，下楼，穿马路，一直抱到汽车旁。他喜欢这样做：把她包起来，抱起，抱着走。在出门之前，她让他给梳洗打扮一番，洒一点香水。她已经放弃化妆了。他抱着她，她浑身散发着香味，时而唉声叹气，时而笑容可掬。

对此他记忆犹新。他注意到，对刚刚过去的那几年，也就是对那疾病与死亡的年月的记忆，并未因最近的发现而有所改变。好像那个他所追求并与之组建了家庭和共同渡过了生活难关的莉莎与那另一个渐渐消失的莉莎根本不是同一个人，好像她的疾病与死亡把一切都抹掉了，剩下的只是他的嫉妒。

那条路穿过很多小镇、许多田野和森林，穿过排列有序的被粉刷成白色或用红砖砌成的建筑，以及错落有致的自然景色。绿色大地衬托着花园里的万紫千红，使它光彩夺目。小镇的大街上空空如也，孩子们都上学去了，大人们都在工作。从一个地方到另一个地方的路上，他偶尔会遇上一辆汽车、一台拖拉机或一辆货车。他喜欢山脉与平原之间的丘陵地带，那曾是他和莉莎的家的一部分。正是居住在这样的丘陵地带时，他们彼此之间还能保持着忠诚，就是他到首都在部里工作的年月也是如此。他们那时还没有搬家，孩子们仍在原学校就读，而他要来回通勤，有时只回来待上一天，有时回来待上几天或者待上整整一星期。孩子们也眷恋这个家，当他们从家里搬出去时，也都搬得不太远，到女儿那儿开车只有一个小时的路程，到儿子那儿开车要两个小时。如果走高速公路或快速行驶的话，他甚至用一半的时间就能到达。但是现在他不急着赶路。

他想和女儿谈谈，为此他尽量做些准备。关于莉莎和他自己以及那另一个人，他该对女儿怎么说呢？如何向女儿问及莉莎是否与她谈起过和另一个人的事？他感觉好像莉莎和女儿很亲近，但他又不能十分肯定。莉莎和女儿手挽着手，女儿回到家里就喊妈妈，和他一起外出度假的莉莎电话一打起来就是几个小时，因为女儿和她讲个不停，这些他都记得。那时女儿还是一位少女。

九

"你想和我谈什么呢?"

他的女儿一边在起居室里为他准备过夜的沙发床一边问。他想去帮忙,女儿说不用,他只好两手插在兜里,在那儿站着。她以拒绝的口吻说道:

"我们明天再谈吧!"

她把被子铺在床上,然后直起身来。

"母亲去世之后,我们就邀请过你。我想,我们走得更近一点的话,对你我都有好处,因为我们俩……因为你失去了妻子,而我失去了母亲。你来的话,乔治和孩子们也会高兴的。你却拒绝了我们的邀请,令我十分伤心。现在你却来了,想要和我谈谈。还是和从前一样,你几个月之久对我们毫不关心,突然又要在周日早上和我们一起散步,和我们一起聊天。当我们不知道应该聊什么时,你就生气——我不愿这样的事再次发生。"

"有这么严重吗?"

"有。"

他看着他的鞋。"很抱歉。长期公务缠身，我失去了与你们相处的机会，我遭到良心的谴责，可是我又不知道应该问你们些什么，与其说我生你们的气，还不如说我是不知所措。"

"不知所措?"他的女儿用讽刺的口吻问道。

他点点头。"是的，真的是不知所措。"他想要对女儿解释解释他当时的生活处境，想告诉她，自己当时觉察到已失去孩子们的信赖，并因此感到痛苦。但是，从女儿的面部表情上他看得出来，她并不想听他啰嗦。她变得严肃尖刻起来。尽管他仍然能够从这副面孔的背后看到当年那个开朗活泼、无忧无虑、温顺可爱的小姑娘，但他已经不能再同她攀谈，不能使过去的她再现。一个无忧无虑的小姑娘怎么会变成一个尖刻的女人? 这个问题他当然也不能问。但他总还可以问问他带来的问题吧，即使遭到拒绝也无妨。"你母亲与你谈起过我们的婚姻吗?"

"你母亲——你就不能像其他男人一样干脆说'母亲'吗? 或者叫她'莉莎'? 你强调她是我的母亲，好像……好像……"

"你的……母亲说过她不喜欢我这样称呼她吗?"

"没有，她从未说过她不喜欢你做的事。"

"你还记得十一年以前的事吗? 你高中毕业了，在夏天……"

"你不必对我说我当时做了什么，这个我自己知道。那年夏天，为了庆祝我高中毕业，母亲和我去了威尼斯一周。你想问什么?"

"她在旅途中谈起过我吗? 谈起过我们的婚姻吗? 也许谈论过另外一位男人?"

"不，她没谈过。你应该为自己感到羞愧。提这样的问题，你真该为自己感到羞愧。"说着她走到过廊，很快就拿了两条毛巾回来。"给，你可以去洗澡了，七点半吃早饭，我七点钟叫醒你。晚安。"

他想要过去拥抱她一下，可是当他准备走近她时，她却向他挥挥手，离开了房间。也许她并不是挥手告别，而是摇手拒绝。

他没有去洗澡，他害怕，他已经没有足够的勇气穿过走廊到洗澡间去了。一旦搞错突然站在了女儿和她丈夫的房间怎么办? 或者跑到了孩子房间怎么办? 或者窜到楼梯间里，而房门一下子关上了怎么办? 那样，他就得按门铃，就要被训斥一通，就不得不赔礼道歉一番。他决定儿子那儿就不去了，也不去找莉莎最要好的女友打听有关罗尔夫的事了。

十

　　第二天，他开车上了路。当时家中空无一人，女儿和丈夫去上班了，孩子们去上学了。他留下一张问候的字条，算是告了别。

　　路上走了四个小时。他不太熟悉那座城市，但还是找到了那条街，找到了那座位于公园旁的房子，并在附近的一家旅馆找到了一个房间。他把衣服挂到衣柜里，然后就出去散步了。旅馆所在的那条小街与一条建有很宽的人行道的宽阔大街相交，最后通向一个小广场。坐在广场的一张长椅上，他可以看到那个人居住的街道。那座房子是一栋具有青春艺术风格的别墅，可以住几户人家。像邻近的那些房子一样，那座房子的后面就是小溪和公园。

　　在随后的几天里，每当他散步来到长椅前，他都发现椅子没有人坐。尽管温暖的天气盛情邀请人们坐下来，但是坐在仅有几步之遥的公园里的长椅上更惬意。他坐在那里，直到把报纸读完，时间不长也不短。之后他从那个人的房前走过，越过小溪，来到公园。他每天都走这么一圈，走的时间却一天比一天晚一点儿，

144

边走边构思他的行动计划：探问那个人的消息，设法与他接近，打听他的习惯和兴趣爱好，争取他的信赖，找到他的痛处，然后——他不知道会出现什么情况，也不知该如何应付。不管采取什么样的方式，他都要把那个人从他和莉莎的生活中清除掉。

第二个星期的星期二，大概十二点钟前后，他坐在长椅上，这时，那个人正好从房子走了出来。他身着正装，里面还穿了一件背心，脖子上扎了一条领带，胸前的兜里还露出了与领带相配的一块布。一个花花公子！他比照片上的他要胖，身材魁梧，迈着轻快的步伐。当他走到广场时，拐到了那条小街上，在交叉路口又拐到了那条宽街上去，走了几百米之后，坐到了一家咖啡馆的平台上。男招待不用他招呼就端来了一杯咖啡、两块法式面包和一副棋。那个人从兜里拿出一本书，摆好棋子，开始按棋书自弈。

第二天，当那个人到来的时候，他已经坐在那里开始下他的"张三"对"李四"了。

"印度下法？"那个人问道，他站在一旁观看。

"不错。"他用一个白子军吃掉了一个黑子卒。

"黑子必须牺牲皇后。"

"所见略同。"他用黑子皇后吃了那个白子军，用白子皇后吃了黑子皇后，随后站起来说，"请允许我自我介绍一下，我叫里曼。"

"费尔。"他们握握手。

"想坐下来看看吗?"

他们一起喝着咖啡,吃着法国面包,把那盘棋下完了。然后他们又对杀了一局。

"我的天啊!已经三点了,我必须得走了。"那个人匆匆忙忙地告了别。"我明天能再见到您吗?"

"好啊!我在这座城里还要逗留一段时间。"

他们约好了第二天再见,第二天又约好了下一次的见面时间,之后他们就不约而会了,每天十二点半见面,吃一顿迟到的早餐,下一盘棋,然后聊天,有时候在公园里闲逛。

"不,我从未结过婚,我不是为婚姻而生的,是为女人而生的,女人也是为我而生的。但是,婚姻——有时,当问题棘手的时候,我必须逃离,而且我总是逃得够快的。"他笑了。

"您从未遇见过想要与其厮守终身的女人吗?"

"当然了,也有想要留在我身边的女人,但是,一旦够了就够了。您知道泽普·赫尔贝格的理论:比赛之后便是比赛之前。"

有时他们谈论职业。

"您知道,多年来我一直承担着国际责任,今天在纽约,明天在香港。与那些每天都到同一间办公室从事同一种工作的人相比，职业对我来说，其含义是完全不同的。"

"您做过什么？"

"我们可以称之为'解决棘手问题'。我专门为其他人收拾残局，诸如叛乱分子绑架了德国大使夫人，或者是绑架了曼内斯曼首席代理的女儿；窃贼向国家美术馆回卖偷走的画；社会民主党在黑社会那儿存放德国统一社会党的财富等等——您明白我的意思吗？"

"您与叛乱分子、窃贼或者黑帮进行过谈判？"

"这样的工作总得有人做，不是吗？"那个人的神情看上去既显得了不起，又显得谦虚谨慎。

有时，他们谈论业余爱好。

"有很长的一段时间，我无法想象我的生活中没有马球该怎么办。您打高尔夫球吗？不打？我觉得，马球与高尔夫球相比就如同骑马与跑步。"

"真的是这样！"

"您也不骑马吗？那样的话，我该如何给您解释呢？那是一项速度最快、最激烈、最有骑士风度的游戏。很遗憾，自从上次从马上摔下来后，我就不得不放弃了。"

有时，他们谈论狗。

"这么说，您养了很长时间的狗。是一条什么狗？"

"是一条杂种狗，有点像狼犬，也有点像罗威纳犬，还有点其他品种的特征。我们得到它时，它只有一两岁，被推来推去，被打，是一个垂头丧气的家伙。后来它也一直这样。但是，它还是尽量争取活得快活一些，哪怕被打得粉身碎骨也不肯离开这个家。如果它不是一害怕就蜷缩在沙发下面的话就好了。"

　　"一个废物。那正是我不能忍受的，废物！我养了很长时间的杜宾犬，它获过很多奖，奖上之奖。真是个了不起的家伙！"

十一

一个吹牛皮说大话的家伙，他在想，一个花花公子和爱吹牛皮的人。莉莎喜欢他什么呢？

他给他的清洁女工打电话，请她把邮件转寄到旅馆里来。

不，我的棕色宝马，帮助我并不是一件糟糕到如此地步的事情。我们曾经想过，我们会获得成功。此外，你也曾经希望我需要你。对我来说，糟糕的是这些问题不是我个人解决得了的。

这对我是个教训。这期间，我的生活发生了变化。说我花言巧语，这不属实。我从中看到了别人看不到的美好的东西，我也给你指出过你自己没有看到的美好的东西，并使你因此而感到幸福。

让我再次帮你睁开双眼，再次令你幸福吧！

罗尔夫

由于害怕说走嘴，他没有对那个人说过他来自哪座城市，这是没必要的谨小慎微。现在他反而把它作为与那个人谈话的切入点，作为鱼钩，先让他把它吞下去，然后再抓住他。因此，他提到了那座城市，他说他在那儿住过一段时间。

"我在那儿也曾有过一套房子。您知道那些坐落在岸边、位于一座新桥和一座更新的桥之间的房子吗？两座桥的名字我都记不得了，我的房子就在那儿。"

"我们在那个区也有一栋房子，但是在田野里，在那所小学的后面。"他提到了那条街，他住的那条街。

那个人皱起了眉头。"您还记得您的邻居吗？"

"还记得一两个。"

"您还记得住在三十八号的女人吗？"

"棕色的头发，棕色的眼睛，是拉小提琴的，有两个孩子，丈夫是政府公务员？您是指她吗？您认识她？"

那个人点着头。"如此之巧，如此之巧。是的，我们曾经认识。我是说，我们曾经……"他看了看自己的手，"她是个文雅的女人。"

我的妻子是个文雅的女人？尽管那个人是怀着敬意这样讲的，但这话听上去让他感到此人傲慢自大，狂妄而不自量。这令他感到气愤。

当他下棋输给那个人时，他也感到气愤，不过这种情形很少发生。那个人下棋时漫不经心，不是望着大街，就是把目光抛向女人，或者盯着邻桌的一条狗，夸夸其谈，对自己的棋招自吹自擂，走错了就悔棋，输了就喋喋不休地解释自己本来是可以赢的，赢了就高兴得手舞足蹈，像小孩子似的吹起牛皮来，什么用一个军换一个马或故意牺牲一个小卒如何聪明啦，什么弱化皇后的侧翼并以此来强化中心是多么妙的招数啦，等等。那个人把下棋过程中发生的一切都诠释为他技高一筹的佐证。

第二个星期，那个人向他借钱，问他是否能为他付账，他说他忘记带钱了。第二天早上，他又向他借钱，说他的钱不是像他所想的那样忘在家里了，他一定是把钱放在了已经送到洗衣店里清洗的那条裤子的裤兜里，而那条裤子要在周末之后才能取回来。因此，他说他不得不多借一点儿，以便度过周末。四百马克可能太多了一点儿，三百马克如何？

他把钱借给了他。他对那个人的请求感到生气，对他请求借钱和接受钱时的面部表情感到气愤，好像从他手里借钱、从他手里拿钱反而是帮他的忙似的。

他也气自己不知道下一步该如何做。继续与那个人下棋散步？继续借钱给他？听他那些狂妄自大的故事？而且不知道哪一天会听到他与妻子之间的风流韵事。他必须把他们的距离再拉近一点儿。

他给他的清洁女工写了封信，里面附了一封给那个人的信，请求她给投递出去。

是的，也许我们该再见一面。过几个星期，我将去你所在的城市，我可以和你见面。你的生活发生了变化——让我看看。让我看看你的工作，看看你的朋友，以及你生活中的女人，如果有这么一个她的话。我们已无法从当年停止之处再继续，但是，在你的生命中也许有我一席之地，我的生命中也有你的，在生命之中，而不是在它的边缘。

B.

他去拜访了那个人，没被邀请，事先也没打招呼，他按响了他的门铃。黄铜制造的姓名牌、门铃、对讲机闪闪发光，与这座维护得很好的房子青春艺术风格的正立面和青春艺术风格的大门十分相配。那个人的名字在姓名牌的最下面。房子的大门开着。当他在一楼的两个房门前没有找到那个人的名字时，他又走了一层台阶下去。楼梯的台阶与门厅的地面一样，是用大理石铺的；扶手与楼上的扶手一样，是用橡木雕刻的。这是通往地下室的台阶，在台阶尽头的右侧有一扇铁门，上面书写着"地下室"，左侧有一扇房门，上面是那个人的名字。他按响了门铃。

那个人喊道："是瓦尔特太太吗？"过了一会，又喊道："我就来！"又过了一会儿才来开门。他穿着一条皱皱巴巴的运动裤和一件脏兮兮的背心站在那儿。透过门可以看到一扇通往花园的落地窗，一张没有收拾的床，一张堆满了刀叉、报纸和瓶子的桌子，两把椅子，一个柜子；透过另一扇敞开的门能看到坐便器和淋浴器。"啊，"那个人说着就一脚迈到了门厅里，几乎把门关上，"这真是出乎意料。"

"我只是想……"

"绝对出乎意料，真的绝对出乎意料。很抱歉，我不能体面地招待您，这里太拥挤了，但住在楼上不方便，因为我要照顾这里。我在地下室安营扎寨已经两个月了，因为我要照看乌龟。您喜欢乌龟吗？"

"我从未有过……"

"您从未与乌龟打过交道吗？即使那些家里有乌龟的人，对它们也知之甚少。不了解怎么能喜欢呢？跟我来！"他带他穿过了那道铁门和一个走廊，来到了供暖的地下室里。"过一会儿它们就出来了。但我要说，宁愿谨小慎微也不要粗心大意。在我们这儿，乌龟产子的情况几乎从来没有过。当老乌龟秋天在灌木丛中翻地时，我什么都想到了，可就是没有想到它在埋蛋，三只蛋，我把它们放到了地下室的暖气房里，其中的两只孵出了小乌龟。"

供暖地下室里的光线很暗，在他的眼睛尚未适应这里的黑暗之前，那个人就抓住他的左手，把一只非常小的乌龟放到了他的手掌中。他能感觉出它那笨拙地摆动着的腿在轻柔地抓来抓去，使他感到发痒。过一会儿，他能看到了，它像大乌龟一样身上披着铠甲，头下面有着同样褶皱的皮肤，老奸巨猾的眼睛上面的眼皮也像老乌龟一样慢慢地眨着。与此同时，它摸上去又是那么小，当他用右手抚摩它时，他感觉得到，它的龟壳仍旧很柔软。

那个人看着他，他的样子看上去很可笑，运动裤吊在大肚皮底下，手臂苍白，瘦骨嶙峋，而面部表情显示的内心愿望是想让人说几句称奇和赞赏的话。

他说的是真话吗？也许那些小乌龟是他买回来的？能买到这么小的乌龟吗？难道他平时穿的是能把大肚子勒住的紧身衣？难道他住在这个地洞里的目的是为了能向人提供一个体面的住址吗？难道为的是能够每天早上穿得西装革履地从一个体面的房子里走出来吗？

他手掌中的小乌龟几乎令他落泪，这么小就这么老了，这样无人呵护，这样笨拙，但又是这样聪明。与此同时，他对那个人感到气愤。他邋邋遢遢的外表，他破乱不堪的房间，他的夸夸其谈，他想得到认同的欲望——莉莎怎么会喜欢上这么一个不中用的家伙？

十二

几天之后，吃早餐时，那个人从上衣兜里掏出了一个信封放在桌子上说："我得到了一个重要的消息，"他用手抚摩着信封，"一位著名的小提琴家将要来拜访我，她的名字我不能说，这您能理解。我将为她举行一次欢迎宴会。您还要在这座城市待几天吗？我可以邀请您吗？"

但是，醉翁之意不在酒，邀请他只是为了能争取到他的经济赞助。"您能来？太好了！我可以请求您帮我摆脱眼前的困境吗？我目前与一家房地产公司打交道，我在这个行业里太久了，比我想要待的时间长多了。它的直接后果就是使我的现金流出了问题。不应该让这样的问题妨碍接风聚会，不是吗？"

"您需要多少钱？"他看着他问道。他又穿得西装革履的，穿着背心，打着领带，戴着与之相配的胸巾，一副很讲究的样子。领带和胸巾还经常更换，西装却只有两套。他穿的皮鞋只有一双，就是那双鞋眼为布达佩斯式样的黑皮鞋，总是擦得锃亮，一尘不染。只是到了现在他才注意到这一点，也只是到了现在他才意识到，为什么那个人在公园里散步时总是坚持走那些铺油漆和石子的路，原来是为了使鞋免遭磨损。还有，他与房地产有关，而且已经很久了，对他来说挺适合——难道他是那座具有青春艺术风格的别墅的管理员？他要给他钱，接风聚会将为他提供一次结识他的朋友和熟人的机会，一次让他在朋友和熟人面前出丑的机会。

"您知道再过两条街的左边有一个叫维托里奥·埃马努埃莱的饭店吗？那是我所知道的最好的意大利饭店之一，那里有一间后厅，面向花园，可以用来举行招待亲朋好友的聚会。我认识那里的老板，一顿二十人参加的晚饭不会超过三千马克。"

"一顿饭？我以为您要办的不过是个接风聚会。"

"我是这样设想的。您能接济我吗？"

尚在他点头的时候，那个人就已经计划开了：应该吃什么饭菜啦，如天气好的话，开胃酒可以在院子里喝啦，应该安排讲话啦，应该邀请谁啦，等等。

邀请谁的问题——这是随后每天早餐时谈论的话题。从他所提到和描述的可能来的客人中，他逐渐了解了他的生活情况。他谈到他看过的一部戏剧，谈到舞台上或电影里的一些无名小卒或已不那么有名的人，其中偶尔也有一两个听起来耳熟的人。他提到一位曾经的警察局长、一位教会会员、一位教授和一位银行行长。他说他曾经帮过他们的忙，他们肯定愿意来。他帮过的忙是什么呢？他说在一次绑架事件中，他给警察局长提供过线索；而如果没有他，那位教授和那位银行行长就不会及时发现他们尚未成年的孩子的吸毒问题；至于那位教会会员，他说他正受着独身生活的煎熬。他也想邀请棋友中排名第一和第二的人，他自己排名第三。在他眼下与之打交道的房地产圈内的人中，他说没有几个有水平的，但是他说也可以请那么一两个。"很遗憾，在我的国际交际圈内，我不得不谨慎行事，对他们来说保密就是一切。"

那个人一遍又一遍地数着这些相同的名字，然后说："还有我的儿子。"

"您有个儿子？"

"我与他几乎没有什么来往。您一定还记得，从前私生子是什么样子。至于私生子的父亲，他可以负担抚养费，但是相互探望、一起生活几天或一起度假却没有份儿。不管怎样，我的儿子知道我是他的父亲。"他摇着头说，"我怀疑，他对我有些偏见。正是因为如此，让他来看看我的生活圈是有好处的，您不这样认为吗？"

几天来，他充满喜悦地计划这计划那，现在他却变得忐忑不安起来。他又收到了一封标有来访日期的信。"两个星期之后的星期六，维托里奥·埃马努埃莱饭店有空位，我得抓紧时间发请柬，不过一旦没有人来可怎么办?"

"您为什么不在邀请时请求回复呢?"

"敬请回复——当然这要注在请柬上,但是回复可能是肯定的也可能是否定的。要么我这样写:'为向小提琴家……表示敬意,请允许我邀请您光临将在维托里奥·埃马努埃莱饭店举行的晚宴。'要么我这样写:'在小提琴家……光临我市之际,请允许我……'或者把名字去掉,只写:'一位老朋友、著名的小提琴家将来我市访问,请允许我邀请您……共进晚餐。'或者我把开头改成这样:'一位著名的小提琴家和老朋友……'"

"要是我的话,就把名字去掉。我认为那些简洁的请柬是最好的。"

那个人把名字去掉了,但是仍保留了著名小提琴家和老朋友的字样。在宴请日期到来的前两个星期,请柬就寄到了被邀请人的手中。等待答复的时间开始了。

他怀着一种复杂的心情观察着那个人的准备工作、他的希望和忐忑不安。如果他要寻找机会进行报复的话,那么这次宴请是一次极好的机会,尽管他尚不知道应该怎样利用这次机会。因此,他和那个人一样期待着肯定的答复。他既帮他出钱又帮他出主意。但与此同时,他又不愿意看到他的任何成功,哪怕是肯定的答复。那个人是个花花公子,吹牛大王,一个甜嘴巴,一个废物。他闯入了他的婚姻生活，也许他也插足过别人的婚姻生活；也许他不仅从自己这儿借钱，也从别人身上骗钱。

一天晚上，他们一起来到维托里奥·埃马努埃莱饭店，目的是体验一下环境，品尝一下菜单上的菜。法国国旗色的三色饼，羊肉配油煎玉米饼和配菜，圆形奶酪大蛋糕，还有白葡萄酒和红葡萄酒，饭菜好吃极了。但是，那个人事无巨细都要操心：饼是不是太硬了点？羊肉里是否放了足够的迷迭香料？配菜是否该换别的食物搭配？他担心人们是否会来赴宴，担心儿子是否能来，不知儿子会怎么想，不知他的讲话是否会成功，不知如何才能使著名小提琴家和老朋友的来访成功。他只好相信自己：即将到来的是一个曾经与他很贴近的女人。随后，他突然想到，眼前的这位曾是他女友的邻居。"我们最近曾谈到她——您还记得吗？她是一个文雅的女人，您不要得出错误结论。"

十三

　　大多数人都推辞了。答应来的只有几位舞台上和电影中的无名小卒、那位天主教会会员、那位排名第二的棋友，还有他的儿子。为了补缺，他又邀请了其他人。但是，对那些后来邀请的人，那个人并没有把握，被邀请的人他根本不熟悉，或者他认为对他们没有什么排场可讲的。

　　面对办一个成功的晚宴而日益增多的重重困难，他越来越底气不足了。"您要知道，在过去的一段时间里，我很少与人来往。您一定明白，人的生活有时更外向一些，有时更内向一些。我曾希望通过这次宴请重返社交圈。您能来，这很好。我完全可以相信您，不是吗？"有一天，在他们吃早餐、下象棋的咖啡馆里，他从厕所出来往咖啡馆的平台上走，路过一台电话机，那个人正在冲着电话机里讲他的一位曾在内政部任国务秘书的老朋友。他询问道："您的那位曾任国务秘书的朋友是谁？"——"喂，您不是说您在部里工作过吗？一个像您这样的重要人物——要是我，别人不说我也明白。"

他该让那个人在谁面前出丑呢？难道在那些像他一样的废物面前？有时，他生动地想象着：他将说，很遗憾，那位著名的小提琴家因故无法前来。他这位当年的老邻居怀着即将与她重逢的喜悦心情给她写了一封信，她给他回了信，并请求他在晚宴上朗读这封信。在信中，他要让那个人为自己的荒谬和对他的蔑视付出代价。但要做到既不粗俗，又没有任何破绽，要采取在表面上看来最可爱的方式："你的愿望终于实现了，我为此而感到高兴。我是多么愿意与你和你们一起庆祝你所取得的成就啊。我不仅为你感到自豪，而且也为我自己感到自豪——你懂我的意思吗？当时，在没有任何人相信你的情况下，我却相信了你，而且还对你解囊相助。如今你终于向世人展示了自己的成功！"

他确信，那个人从莉莎那里得到过的帮助就是钱。不难查出，他所经营的剧院是于十一年前破产倒闭的。他只要问一问现在的剧院所有者就行了，莉莎的银行存款他没过问过。但是，她在婚礼之后不久继承的一笔遗产在她死时已一文不剩了，这使他在注销她的银行账号时感到惊诧不已。如果是她把钱花掉了或给了孩子们，他不会不知道的。在他们婚姻生活最初的几年里，那笔钱还是能够让他们的日子过得更轻松一些的。但是他们决定，除非万不得已，不动用那笔钱。情况总是与预期的不一样。他们挣的钱不久就收入大于支出了，所以他感到奇怪。但是在她过世之后，他并没有去追究那五十万的钱款于何时消失到何处去了。

他并没有写那封让那个人出丑的信。他打好了每个段落的腹稿，但他却没有精力坐下来把腹稿写到纸上。起初是因为时间还早着呢，后来，面对那些即将到来的客人，连是否有必要实施他的计划都成了问题。

但是，这并不是由于他缺少精力，也不是因为他的嫉妒和愤怒失去了力量。不错，他是被欺骗了，被偷了。但是，莉莎因此受的罪难道还少吗？在过去的几年里，她不是一直用一种特殊的方式来敷衍那个人，使其一直蒙在鼓里而不知事情的真相吗？那个人怎么会知道事情的真相呢？他是一个废物，一个外强中干的家伙。莉莎当时若不是事事不顺的话，他在她那儿根本得不到任何机会。可让他再次唤起嫉妒和愤怒而对他进行报复，他认为自己还没有卑鄙到那种程度。

他决定离开。起初，他想到那个人住的地下室去看望他并与他辞行。后来，他又把辞行推迟到第二天的早餐桌上。

"我今天要离开。"

"您什么时候回来？也就只有三天时间了。"

"我不再回来了，钱我也不想要了。您和那些来的人一起吃吧，莉莎不会来了。"

"莉莎?"

"莉莎，您的棕色宝马，我的妻子。她于去年秋天去世了，您不是在和她通信，而是和我。"

那个人低下了头，他把手从桌子上抽了回来，放在两膝之间，耷拉着脑袋吊着肩。卖报纸的走过来，默默无语地放了一份报纸在桌子上，又默默无语地拿了回去。女招待问道："还需要点什么吗?"可并没有得到回应。一辆可打开车篷的小轿车开到路边，停在了禁止停车的地方，两个女人下了车，说说笑笑地穿过人行道，又说说笑笑地坐在了他们旁边的桌位。一只小狗从这一桌嗅到另一桌，现在又在那个人的两腿之间嗅了起来。"她是因为什么死的?"

"癌症。"

"严重吗?"

"她变得很瘦，瘦到我用一只胳膊就能把她抱起来。疼痛不是很厉害，到最后也不怎么厉害，现在人们对此已经能够控制了。"

那个人点点头，然后站了起来。"您看了我给莉莎写的信?"

"是的。"

"您是想要查出我是莉莎的什么人，我是谁? 您想要报复我?"

"大概如此。"

"这些您现在都知道了吧?"由于没有得到回答,他便接着说,"现在报复已经完成了,因为我反正是个废物,是不是?一个吹牛大王,一个爱炫耀自己的过去的家伙,就好像那过去的生活都是美好的,都是黄金,不是铁片,不是破产,不是蹲监狱,是不是?这些您过去还不知道,现在您知道了。"

"为什么?"

"您的妻子为我还了债,并为我支付了第二场官司的辩护费,但是第一场官司的赔偿金缓交期限到了。我曾试图挽救我的剧院。"

"因此……"

"……不是要坐牢吗?是要坐牢的,如果人家想让你坐的话。就好像一切都比实际情况好;就好像事实果真如此;本来没钱,就好像有钱似的;本来连一个对签合同感兴趣的人都没有,就好像我有合同似的;就好像我得到了一些尚未崭露头角的演员的允诺似的。但是,这您是知道的。您不是在写给我的信中说我是个说得比唱得还好听的人吗?是的,我把它们都说得很美,说得比一般情况要美。我可以做到,因为我看到了您所没有看到的美。"

那个人站了起来。"我不能形容莉莎的死多么令我感到惋惜。"他用挑战的目光看着他,"对您我却没有什么可抱歉的,因为我还有话对您讲。莉莎留在了您身边,因为她爱您,即使她和我在一起的日子比和您在一起要好得多,她仍然爱您,不要问我为什么。但是,跟我在一起她感到幸福,我要告诉您这是为什么。因为我是一个吹牛大王,一个爱夸夸其谈的家伙,一个废物;因为我不像您似的是个追求效率和本分的魔鬼,是个坏脾气的家伙;因为我把世界变得美好。您看到的只是事物的外表,却看不到其深藏的内涵。"他站了起来,"我应该看得出来的。那些信读起来阴阳怪气的,就像您本人一样。我却从中读出了美意。"他大笑起来,"您好自为之吧。"

十四

他开车回到家里。在房门的后面堆放着邮递员通过投递口投进来的信件和邮局发来的取邮包的通知单。在他请她转寄邮件之后，清洁女工就再没来过家里。他出门前从厨房里清扫出一袋垃圾，临走时把它忘在了走廊里，她把那袋垃圾丢在那里没管，现在走廊和楼道里臭气熏天。因怀念莉莎而养的莉莎喜爱的花，已在那龟裂的泥土上变成了枯萎的藤蔓。

他马上动手干起来，把垃圾和花搬了出去，擦厨房，给冰箱解冻，然后再把它擦干净，用吸尘器吸客厅和卧室里的灰尘，换洗床单和被罩，到邮局取那些尚未被退回的邮包，采购一些东西，在花园里转转，看看在接下来的几天和几周里有什么要做的。

到了晚上他才做完，已经很晚了。当他把最后一批衣物从洗衣机里取出来晾上时，已是午夜了。他感到很满意，一段不愉快的生活终于画上了句号。他把家打扫得井然有序，从明天起他将重新开始生活。

但是，他第二天早上醒来时的情形仍和旅行前一觉醒来时一样。阳光高照，鸟儿欢唱，徐徐的微风从窗户吹进来，晾晒的衣服闻上去很新鲜。他感到很幸福，直到又想起所有的不快：那些信，莉莎的风流韵事，他的嫉妒，他的气愤和厌倦。不，什么都没有完，他也没有达到任何目的，他既不能回到当初从头开始，也不能在过去生活的基础上继续，更无法开始全新生活。他过去的生活是与莉莎共同度过的，即使是在她去世之后，在他知道了她的风流韵事之后，在他嫉妒心大发之后。在他与那另一个人的斗争中，他失去了莉莎，她对他来说变得陌生了，就好像另一个人一样令他感到陌生。整天考虑爱情、嫉妒、澄清与复仇，已经成了他的工作，现在他对此感到厌倦。在这里，她曾在他的身边阅读。在她去世后，他对她的思念如此强烈，以至于他有时会感到，只要他伸一下胳膊就能摸到她。现在，他的身旁只是一张空床而已。

他开始在园子里干活，锄草，修剪花草树木，铲松土地，拔除杂草，买来新的植物种下去。他发现，桦树下面的坐板该换个地方了，临街的栅栏也该重新刷漆了。他在花园里足足忙活了两天才发现，他还要在这里干上三四天，甚至五天的时间。但是，第二天他就开始怀疑，用锄头、耙子和剪刀修整一下苗床、玫瑰或那黄杨树，除了能使生活变得整洁以外还能起什么作用。

他不再相信堕落论了，即不再相信人堕落后还能重新开始。他曾喜欢堕落，曾把堕落和上升想象得既不痛苦又不艰难。但是，堕落可能完全是另外一种情形。如果他堕落下去，也许会咔嚓一声撞在什么地方，也许会撞断胳膊腿，撞得脑袋开花，永远停在那儿。

第三天，他不再干了。快到中午的时候，他把油漆和刷子收拾了起来，在刷了一半的栅栏上挂了一块写有"刚刚油漆过"的牌子。他在火车时刻表上查了一下去南方那座城市的火车衔接情况，他必须得抓紧时间。晚宴将在七点钟开始，那个人对他说过不知多少次了，在他写给莉莎的最后一封信中也写着时间，那封信就在他的邮件中。

当坐在火车上时，他便开始自问是否该在下一站下车回去。当他抵达时，又自问是否应该住到旅馆，在城里逗留那么一两天，好好享受一下这里的美丽风光。但是，他交给出租车司机的地址却是维托里奥·埃马努埃莱饭店。他在那儿下了车，走了进去，来到了那间紧挨着花园的房间。通向花园的门都开着，客人们手里拿着酒杯和小盘子，三三两两地站着交谈。那个人一会儿同这几个人聊聊，一会儿同那几个人聊聊。深色的丝绸西服，深色的衬衫，与此相配的领带和胸巾，那双他所熟悉的鞋眼为布达佩斯式样的黑皮鞋，满头浓浓的黑发，满脸的活泼表情，姿势和动作轻松而自如——他是今晚的明星。他穿的衣服难道是借的吗？他的头发是染的吗？他穿紧身胸衣了吗？他的肚子怎么收得这么好？正在他想着这些问题并自己也试着收腹时，那个人看见了他，向他走来。"您来了，真是太好了！"

那个人带他转了一圈，向客人介绍说他是退休的国务秘书。他想，如果我是那位退休的国务秘书的话，那么在天主教会会员和那些男女演员的背后又隐藏着谁呢？那些正尴尬地微笑着的、来自房地产行业的同事们和那些来自艺术时装坊的、正在大声说笑的女人们又是何许人呢？那位位居第二名的国际象棋手倒是货真价实的，他是一位退休的卡车司机，他正在用开卡车转弯时挥动手臂的动作讲述着他在棋盘上取得的成就。那儿子也是真的，一位三十岁左右的电视技术员，他正惊奇又饶有兴趣、泰然自若地旁观着他的父亲和客人们。

那个人是出色的东道主，谁的杯子或盘子空了，哪位客人孤独地一个人站在那儿，哪儿的谈话出现了冷场——什么都逃不过他的眼睛。他把服务员使唤得马不停蹄，把独自站着的客人引荐到聊天的人堆中去，不断地调整客人们的圈子，直到每个人都找到彼此愿意聊天的人为止。半小时后，院子里就人声鼎沸了。

当天黑下来的时候，那个人把客人们都请到了屋里。那里已经用小餐桌拼起了一个长方形的大餐桌。那个人把每位客人引到各自的座位上，把退休的国务秘书让到自己的旁边，自己坐上座，左边是那位天主教会会员，挨着这两位入座的是两位来自艺术时装坊的女士。大家都就座后，他仍旧站着，客人们见此情景安静了下来。

"我把你们邀请来是因为我想与你们共同庆祝一位老朋友的来访。她来不了了，她去世了。重逢和欢迎的宴会变成了告别宴会。

"这并不意味着我们不允许快乐，我本人还是很快乐的，因为你们都来了，我的男女老朋友们、我的儿子，还有莉莎的丈夫。"他把手放到了他的肩上说，"这样，我就不必孤独地与她告别了，也不必悲伤地与她告别了。莉莎生前是快乐的。"

我的妻子生前是快乐的？他心中涌起了一股嫉妒的热浪。她与另一个人在一起时快乐，而与他在一起时不快乐，她与另一个人在一起时比与他在一起时更快乐，他不愿意这样。他回忆着容光焕发的莉莎，开怀而笑的莉莎，幸福快乐的莉莎，跟他谈情说爱的莉莎，对他微笑的莉莎，想用从孩子身上或音乐中或花园里得到的幸福来感染他的莉莎。但这样的记忆微乎其微。一个快乐的女人？

那另一个人谈到莉莎的小提琴演奏，她丰富多彩的演出曲目以及她对音乐独到的理解，赞美了莉莎如何从第二小提琴手变成了一名出色的独奏演员。接着他就讲起了在米兰听她演奏约瑟夫·海顿的弦乐四重奏作品七十六号第三号慢板的变奏曲的情景。他讲述着，仿佛听见了她的小提琴在拉响了的旋律中轻柔地上下起伏，仿佛在以既轻松又适度的步伐翩翩起舞，她如何如泣如诉地把旋律引入低沉，又如何像人们期待的那样用一个小摇摆再次把旋律推向高潮。随后，乐曲进入另一段，又是以缓慢的上下起伏开始，随后挑战性地上扬，然后自豪地停顿在一个和弦上，宛如在一个平台上逗留片刻，从那里迈上一个宽大的台阶，下来时尊严十足地穿过一座美丽的花园，在尚未完全穿过花园之前，她就怀着感激之情谦和地点头告辞了。随后，莉莎的小提琴又一上一下地飞舞起来。为了强调挑战性，她多次挺胸而出，拉出铿锵有力的旋律，把在平台上逗留的那种自豪，把下台阶时的那种尊严，都表现得淋漓尽致，尽管中间有激荡人心的变奏。但是，在反复时，在到达平台之前，她演奏的旋律就大胆地跃上了平台——就好像在进行强烈的抗争。

那个人停顿了一会儿。他是在与她第一次相遇的前一天晚上听到的这首曲子吗？在乐团的长期巡回演出中，一直有四重奏这个曲目。四重奏小组由乐团的首席小提琴手、莉莎、中提琴演奏者和大提琴演奏者组成。他看过她在其中的演奏并因此爱上了她吗？之所以爱上了她，是因为她——一个柔弱的女人——演奏得如此有力、清晰并充满激情，使得他在听完之后产生一种想从中分享点什么的愿望？她的确是这样演奏的，他们相识后不久，他就看过这样的演出。后来，他就不再注意了，因为后来莉莎成了他的妻子，演奏时坐在第二排的首席。晚上，她经常不在，尽管他很需要她，但他从来没有好好地得到过她。

那个人称莉莎为出色的小提琴独奏演员并没有言过其实，他亲眼所见她的演出是多么成功。她是不是一位独奏演员，是首席还是第二小提琴手，是否很有成就，或是成就一般，是否很有名气，还是不太出名——这些对那个人来说一点儿都不重要，他不是挑好听的说，而是真的认为好。他发现了被其他人埋没和误解的美，他变化别人表达对她钦佩的言辞用来表达他自己特有的钦佩。如果别人只是把一名小提琴演奏家视为非凡的小提琴演奏家的话，那么他就一定要把非凡的说成是著名的。同样，他认为自己与纠纷调停人、马球运动员和获奖的德国短毛猎狗的主人具有旗鼓相当的才干。也许他确实具有这方面的才能，因为他所赞叹的美不是具有较高而是具有确凿的真实性。不管怎么样，他并没有讲述莉莎如何作为独奏演员登台演出——尽管他的称赞和颂扬会使客人以为她是一名独奏演员，而且他也没有提到任何其他的人——他只是讲述了一首曲目，在演奏这首曲目时，第二小提琴手是如何例外地扮演了一个具有决定性的、给人留下深刻印象的、光彩照人的角色的。

莉莎的快乐也属实。莉莎与另一个人在一起时并不愉快，与他在一起也不愉快，也不是与另一个人在一起时比与他在一起时更愉快。莉莎以多种方式做出愉快的样子，以使他人愉快。莉莎给予他的愉快并不少，恰恰是这种愉快打开了他沉重而忧郁的心扉。她没有对他隐瞒任何东西，他能接受的，她都给了他。

那个人结束了讲话并举起了杯子，他儿子站了起来，所有的人都站了起来，他们站着为莉莎干杯。随后他儿子就他父亲做了简短的讲话，那位天主教会会员也讲了话，他讲到匈牙利的圣伊丽莎白、使其丈夫和儿子和解的葡萄牙的圣伊丽莎白。他喝得太快太多了，已神魂颠倒。一位女演员接着发言，谈关于女人和艺术的话题，几句话之后就扯到了音乐上，先说戏剧音乐，然后说起了她自己。位居第二的象棋手也站了起来，用叉子敲响杯子，用僵硬的舌头请求大家安静。他说他不是说大话的人，但是如果他为之努力几年的后兵开局一切就绪，他将以莉莎的名字命名这次开局。

他们一直欢庆到深夜。在与所有的人告别之后，他穿过空空荡荡的大街，直奔火车站。他在月台上等着，直到上了下一班回家的火车。当火车把那座城市抛在后面时，天已破晓。他在想着下一个在家的早晨，他将醒来，将看到太阳，听见鸟语，感受到微风，他将重新想起所有的这一切，一切都将正常起来。

甜豌豆

一

当托马斯意识到革命并没有来临时，他想到了自己在一九六八年前学习过建筑，于是就重操旧业，把建筑学学完了。他专门从事阁楼扩建工作，到处侦察屋顶，招揽感兴趣的人，负责制定建筑计划，办理建筑批文，并负责建筑监督。阁楼住房很时髦，托马斯的活做得也不错。几年之后，他的阁楼和对此感兴趣的人就多得让他招架不住了。然而，他感到有些无聊。阁楼——难道这就是一切吗？

有一天，他偶然看到一个招标广告，说是要在施普雷河上修建一座桥。穆尔格河床上粗大的桥墩，威风凛凛地支撑着拉施塔特的那座古桥；科隆的铁桥，拱拱相连，使铁路横跨莱茵河，让人引为自豪；那座在海上悠荡的金门大桥，体态轻盈，登之俯视，下面的巨轮也显得很小——这一切在他的孩提时代就给他留下了深刻印象。他在受坚信礼时得到的那本关于桥梁的书，他读了一遍又一遍，现在就和他办公室的书摆在一起。他设计了一座外表看上去很不牢固的桥，过桥人只能战战兢兢地踏上去，汽车司机在上面也自然会慢慢地、谨小慎微地驾驶，因为他认为人们不应该就这样我也平安你也无事地从此岸到达彼岸，对使用者来说，他们也不该把这种平安看作是理所当然的。

出乎他和所有人的意料，他获得了二等奖。此外，人们还要求他参加为威悉河设计一座桥的竞赛。既要不放弃阁楼的生意，又要设计威悉河大桥，还要参加其他竞赛活动——太多了。他把正在他办公室实习并刚刚获得学位证书的尤塔变成了合作伙伴。她扩建阁楼，他建造桥梁。当她怀上了他的孩子时，他们就结了婚。与此同时，他们迁入了他们的办事处曾经建造的最好的阁楼住宅。那个有意购买这所住宅的人因生病而不买了。从平台上一眼望去，可以看到施普雷河和动物园，进而看到国会大厦和勃兰登堡门，从阁楼花园里可以看到西方的日落。

后来，桥也不能使他感到十分满意了。成功、销售额、办事处和家庭都在向上发展，尽管如此，他仍旧感到缺少点什么。起初，他也不知道缺少什么，他以为自己还需要更多职业上的挑战，因此更加拼命地工作，结果是越来越感到不满意。只有当他夏天在意大利度假时，不是像往常一样绘制桥梁建筑图，而是画他所看见、所喜欢的桥，他才意识到自己生活中缺少的是绘画。他在读中小学和读大学时一直都在画画，直到他认为自己的绘画乐趣将在绘制建筑图中得到满足为止。他也一度有过这种满足感，但他还是在不知不觉中惦念着绘画。

突然，世界正常了。建筑学对他来说不再是一切，他现在大可不必认真对待它了。他已经通过在建筑方面取得的成就证明了自己的能力，他不必再通过绘画方面的成就来证明自己的能力了。他不关心时尚和潮流，只画他喜欢看的画：桥梁、水、女人以及窗外的景色。

二

　　他偶然认识了使他的画出名的来自汉堡的画廊女老板。在莱比锡飞往汉堡的飞机上，他们并肩坐着。她是从她的分画廊往家飞，他是在从一个建筑工地到另一个建筑工地的路上。他向她讲述了自己的绘画作品，几周之后还给她带了几幅去。在她的启发下，他画了一幅又一幅。有一天，他既惊又喜地发现自己的画在她那儿展出了。她找了个借口把他叫到了汉堡来，说她必须请他为自己的画廊改建工作出谋划策。当他到达时，却发现在所有的展厅里都挂着他的画，并且也布置好了开幕式的一切。他是四点钟到的，五点钟第一批客人就到了，八点钟卖掉了第一批画，九点钟薇罗妮卡和托马斯就喝起了香槟酒，陶醉在成功之中，陶醉在你亲我热之中。他们太陶醉了，以至于无法等到开幕式结束就开车去了她家。第二天早上他明白了：他找到了自己生命中的女人。

　　当他因熬夜而显得疲倦，但心里却感到十分幸福地坐在开往柏林的火车上时，他准备着和尤塔的谈话，那不会是很容易的。他们结婚十二年了，有过好日子和坏日子。为三个孩子操心；怀女儿时妊娠期很艰难；为了事业成功而奋斗；她有过一次外遇，他有过两次外遇——这一切都挺过去了。对他来说，他们仿佛长在了一起，她是他的一部分，他也是她的一部分。他们相互之间一直开诚布公，他们也坦率地认为世界在变化，情况在变化，随着情况的变化人也在变化。让孩子面对分居、离婚，并面对他生命中新的女人也不那么容易。但尤塔是会按规矩办事的，薇罗妮卡也会找到正确的方式与合适的语气与孩子们相处。她简直是太棒了。

柏林开始大乱了。他们刚刚扩建完的、地处安斯巴赫大街的阁楼住宅夜里起了火。女儿生病了，他们请来料理家务和照料孩子的女佣回波兰探亲，一走就是两个星期。当托马斯和尤塔晚上十点钟坐在厨房里吃意大利烘馅饼时，他们已经筋疲力尽了。

"我想跟你说点事儿。"当她吃完了饼站起来想到卧室去的时候，他把她叫住了。

"什么事？"

"我认识了一个女人，我的意思是我爱上了一个女人。"

她看着他，她的表情让他捉摸不透，也许那是疲倦的表情？随后她微笑着吻了他一下说："对，我的宝贝，上一次也有四年了。"她计算着，"再上一次有八年了。"她在那儿站了一会儿，眼睛看着地。他不知道她是还想说点儿什么，还是在等待他的回应。她说："请把蕾古拉房间的窗户关上。"

他点点头，女儿仍旧在发烧。他给她盖好被子，看了一会她安睡的样子。这时，尤塔已经躺在了床上。他本打算睡在客厅的沙发上，但突然又感到，那样很孩子气。他脱了衣服，躺到了床上他睡的那侧。尤塔依偎了过来，睡意蒙眬地说：

"她和我一样黑吗？"

"是的。"

"明天给我讲讲她的情况。"

三

　　薇罗妮卡没有催逼他。他明白，只要蕾古拉还在生病，只要料理家务和照料孩子的女佣仍旧在波兰，只要尤塔仍在为处理火灾的善后问题和培训两名新员工忙得不可开交，只要他仍在伏案设计一座横跨哈德孙河的大桥，与尤塔进行争论并和她分手都不是时候。至于薇罗妮卡，汉堡的画廊及莱比锡和布鲁塞尔的两个分画廊已使她忙得不亦乐乎了，再说，她本来就不是那种时时刻刻需要男人陪伴的女人。他与尤塔的婚姻现在不过是一个为办公室和孩子们尽义务的空壳而已，他真正的生活是与薇罗妮卡一起度过的，每分钟的空闲时间都给了她，难道还不够吗？他把假期分开来过，与尤塔和孩子们滑了一周的雪之后，他从慕尼黑飞到了佛罗里达，在那儿待上一周，薇罗妮卡在那儿有一套房子。夏天，在与薇罗妮卡到伯罗奔尼撒半岛漫游两周之前，他先和两个儿子骑自行车旅行十天。圣诞节期间，他在家过圣诞夜和节日的头几天，辞旧迎新的那几天和新年前夜在汉堡过。薇罗妮卡为他

183

在她的大房子里布置了一间画室，他在那里作画。他的家人对他隐居作画也表示理解，而且不让任何人知道他的行踪。

说来也快，春夏秋冬转眼就是一年。一月十五日是画展开幕一周年的日子，薇罗妮卡为他举行了第二次画展。像上次一样，第二天早上他乘火车回柏林，但并没有完全像一年前那样因熬夜而显得那么疲劳，也没有像上次那么幸福。但他还是感到幸福，尽管他认为自己的这种双重生活是不对的。人是不能这样生活的，不能这样与女人周旋，不能这样做父亲，仅仅把半个自己给孩子，而且又总是那样匆匆忙忙。如果薇罗妮卡生了孩子怎么办？她没有对他说，但是他注意到了，她已经不再避孕了。他下决心要和尤塔谈谈，但是家里和往常一样，一切都正常。现在，恰恰是现在，没有任何理由来谈分手和离婚。每当他们坐在圆桌旁共进晚餐时，他都会意识到，他不愿意失去他的家庭。两个儿子，虽然有点儿野，但都是可爱的小家伙，老实坦率，助人为乐；女儿是他的金发天使；而尤塔，热心诚恳，慷慨大度，办事高效，魅力不减当年——他爱他们。为什么要牺牲他们呢？

第二年，薇罗妮卡生了个女儿。分娩时由他陪着，只要允许探望，他都去看她。此外，他在她的家里等着她们，同时也画点儿画，直到他可以从医院把她和克拉拉接回来为止。他已经离开柏林两个星期了，两个星期过后，汉堡的住所变成了他的家，变成了第二个家——柏林的住所仍旧是他的家，但是，他再也不可能过那种以这里为家而同时在别的地方与第三者偷情的生活了。

所有这一切都变得越来越费力了。薇罗妮卡需要他，她常用激动但又极力克制着的声调敲打他，这几乎使他发疯。她没有把他当做一个冷酷无情的人来对待，但也不把他当做一个足以令人信赖的人，她认为他归根结底是个自私自利的跑龙套的无名鼠辈。他觉得这是对他的侮辱。"我不知道我该如何应付这一切。"有一天，她冲他喊道，"我也无法证明，我这儿比你老婆那儿更轻松，更好一些。"后来她哭了，"我现在变成了难以相处的人，这个我知道。如果我们最终能正常地在一起生活的话，我不会是这个样子。我从未催逼过你，但是眼下我得这么做，以我和我们女儿的名义这样做。在她生命的最初几年，她特别需要你。你在柏林的孩子早已过了这个年龄段。"

在柏林的家里，尤塔催逼他。他们从未停止在一起过性生活，在克拉拉出生前后的几个月，托马斯又像过去一样来了兴致，充满了激情。当他们筋疲力尽、心满意足地躺在一起时，尤塔向他描述了那个纽约的计划。他不是想要建造哈德孙河上的大桥吗？不是想要在他的一生中有那么一次由他自己负责建造一座大桥吗？难道他们不该在建造大桥的两到三年里举家迁往纽约吗？他们应该把孩子们送到那里的学校去念书，搬到他们上次旅行时看到的坐落在公园旁的那些漂亮房子中的一套里。尤塔并没有以要求的口吻提出这一切。但是，她对目前的状态受够了，要求尽快结束这一状态。他心里明白，也感到紧张。

秋天时，这一切令他吃不消了。他和一位中学和大学时代的老朋友起程到孚日山漫游了几天。树叶五彩缤纷，太阳依然温暖，几周前下了几场雨，现在大地散发着浓浓的泥土芳香。他们漫步的小路沿着山顶上的德法旧日边界延伸着。晚上，他们或者找一家乡村小客栈，或者到山谷里的某个村子投宿。第二天晚上，他们在客栈里遇到了两个来自德国的姑娘，一个是学艺术史的，另一个是学牙科的。第三个晚上，他们又不期而遇了。他们聚在一起轻松快乐，无拘无束，无忧无虑。末了，他的朋友把学艺术史的学生领到了他们两个男人住的房间，于是他就自然而然地和那个学牙科的姑娘住到了她们住的房间里。海尔伽是位金发女郎，一点都没有尤塔和薇罗妮卡共有的那种由苗条和敏感而产生的优雅和活力，却拥有硕大丰满的身躯。她在他身上得到的快乐和他在她身上得到的快乐就不言而喻了。她如此具有女人味，如此诱人，以至于使他感到一切劳累、一切烦恼以及所有要做的决定都微不足道了。

第二天，他们四人一起漫游。当姑娘们在第三天必须返回她们在卡塞尔的家时，他得知，她们将到柏林去修冬季学期的课程。

海尔伽把自己的地址给了他。"你会与我联系吗?"他点点头。十一月份,所有一切都令他不堪重负,他实在不行了,尤塔的建议他听不进去了,薇罗妮卡的责备也无法忍受了,对汉堡家里的甜甜的婴儿味道也感到厌烦了,柏林家里的儿子们正处于青春期,办公室里的事情太多,能待在画室的时间又太少,他对自己的处境深感不满,不想再这样下去了。于是,他给海尔伽打了电话。

他到了她那儿。当她听到他打了两次电话,说了两次他有急事还得去趟莱比锡时,她笑着问他:"你是不是有两个老婆?"

四

　　没有海尔伽，他连那个冬天都熬不过。她不多问，也不多讲无关的废话，她漂亮温柔，愿意和他上床，喜欢与他一起乘车，和他一起吃饭，也喜欢他的礼物。他们的关系使他感到非常幸福，所以他特别宠爱她。在无法应付所有那一切时，她这儿就是他的避风港。

　　这种情况一直持续到她进入考试阶段。她需要一名病人，请求他来充当，他也不想拒绝她的请求。他想，注射麻药时将特别疼，钻孔时将苦不堪言，牙将被补得糟糕透顶，牙套将被戴得七扭八歪。但是，为了她，他愿意承受这一切。不过，实际情况与他想象的不同。什么差错都没有出，治疗过程并不疼痛或令人难熬。与此相反，海尔伽进行的每一步骤首先都要经过助理牙医的检查，如果这位助理牙医也吃不准，或者这一步很重要，或者很难做的话，那么就要请主治医生过目。一切都很成功。等待助理牙医和主治牙医的过程也不算不舒服。海尔伽和另一位女学生彼此互做助手，她们与他聊天，与他开玩笑。当海尔伽在他上方弯腰时，他感觉得到他的脸与她的乳房的触碰。但是，一切都没完没了，他一个小时又一个小时、一个半天接一个半天地把时间耗在口腔诊所。如果他的约诊时间是九点钟，那么上午所有的约谈就都泡汤了；如果他两点钟来，五点钟仍旧会坐在那儿，不能进行洽谈，不能视察建筑工地，也不能跑机关。他必须把更多的约谈推迟到晚上，并把更多的工作放到周末去做。柏林和汉堡的艺术构架每时每刻都处在摇摇欲坠的状态。

他自讨了什么苦吃，或者说海尔伽让他受了什么罪，他都明白了。于是他想带着他被堵了一半的牙根、处理了一半的补牙和牙套到自己的牙医那儿去，用两个小时的时间把一切都解决掉。当他把这个想法告诉海尔伽时，得到的反应是冷淡和愤怒。她说如果他现在弃她而去的话，那么他就再也别想见到她。他的退出肯定会对她的考试造成损失，尽管她尚不知道怎样为此报复他，但她会想出一个让他终生难忘的办法的。他不想破坏她的考试，也不知道在治疗的过程中他的中途退出竟会危及到她的考试。他马上声明，说自己继续接受她的治疗。她对他的严厉斥责是：小题大做，多此一举。但他从中看到，在海尔伽诱人的女人味背后隐藏着坚毅和果断。

当她出色地通过考试之后，她向他展示了建一所私立牙科医院的蓝图。她说她将在做助理牙医期间就着手做准备工作，并问他是否想一起来做，是否作为建筑师和她一起规划和建造，是否愿意作为不参与经营的股东与她共创和共享经济上的成功？

"谁需要到私立牙科医院去就诊？"

"谁需要你的住房？你的桥梁？你的画？"她用挑战的目光看着他，好像在问：谁需要你？

他先是愣了一会儿，随后笑了起来。海尔伽是一个多么精明强干的女人啊！在签建筑和股东合同时，他必须得注意别让她占了便宜。

她发现他提出的问题都不是什么原则性的问题，于是就耐心地向他解释牙科医院较之于牙医诊所的优势。"你想一下，虽然你的内外科医生经常给你转到医院去，但是你的牙医却从未给你转到过什么牙科医院去。可是你会变老的，请你相信这一点。虽然你的牙医什么活儿都能勉强凑合，但如果让一个保养专家、一个假牙专家、一个牙周炎专家为你诊治岂不是更好？"

起初：谁需要你；然后：你会变老的——托马斯发现她在设计给予与付出时，对他缺少爱心。

她看出了他的心思。她对他说，自己的生活中有了他，她感到多么幸运；她对他这位建筑师和画家是多么钦佩；他是多么棒的一个男人；她在他身边是多么强烈地感到自己像是妻子。

这样，她就不必再多说什么了。

五

　　夏季充满了生机。那座城市有力地把吊车拉向了天空,掘地挖坑,一座座房子拔地而起。天空中的能量爆发在无数的电闪雷鸣中。白天天气很热,中午乌云密布,下午天空昏暗,渐渐风起,接着就电闪雷鸣,开始往下掉沉重的雨滴。倾盆大雨一下就是二十分钟,或半小时,抑或三刻钟。雨过之后,城市里散发着灰尘和雨的味道,开始宁静下来,直到晚上那些被雷阵雨驱赶到屋子里的人又来到了街上。短时间内,天空会再晴朗一次,会出现一道晚霞,即在雷雨时的黑暗和夜幕之间出现明显的黄昏。

　　托马斯感觉精力充沛,轻松愉快。他什么都没耽误:哈德孙大桥项目,一系列绘画、私立牙科医院计划的进展,办公室的正常运转。他计划和尤塔在纽约住上两三年,离婚后与薇罗妮卡共同生活,同时像海尔伽所说的那样与她共创和共享成功。他享受着耍环杂技演员演出成功的那种喜悦:环的数目不断增加,数目越多演出就越成功。

那么，杂技演员的恐惧如何呢？他的恐惧也会随着环的数目增加而增长吗？他难道不知道，戏不可能就这么一直演下去，终久要出乱子，要卡住，要失败吗？他难道不知道这些？这些对他来说都无所谓吗？托马斯在这个轻松的夏日轻而易举地把戏唱完了。他小心翼翼地把环一个一个放到一边。他对海尔伽友好地说，这事过去了，他仍旧是她的朋友，并愿意作为朋友帮助她，但作为不参与经营的股东共建牙科医院一事却没有下文。他与薇罗妮卡心平气和地谈他们的关系一旦结束该是什么样子：孩子的抚养费问题，他如何与克拉拉保持联系的问题，她如何代理他的画室的问题——她是个善于讨价还价的人，是个商人，对卖他的画从中获利感兴趣，而且这种兴趣不亚于他对与女儿保持联系的兴趣。他对尤塔解释说，十五年已足够了，为了孩子他们可以保持伙伴关系，同时保持办公室中的伙伴关系，但在其余的事情上都该放手。让那些环一个接一个地退出演出又有何难呢？让这个或者让那个。

八月，他过四十九岁生日，三个女人中的每一个都想和他一起庆祝。摆脱两个女人，他想和第三个女人在一起，这他已经习惯了。但把三个女人都摆脱掉同样是易如反掌的事。

他独自一人度过了那一天，就像逃学一样。他开车来到城外的一个湖边，游泳，躺着晒太阳，喝葡萄酒，睡觉，然后又游了一圈。傍晚，他在湖的对岸找到了一家带有露台的餐馆。他吃着，喝着，看着夜晚慢慢来临。他对自己、对这个世界都感到满意。

是因为红葡萄酒吗？因为这一天的白天和晚上都很美好？因为他在事业上取得了成功并在女人身上交了好运？再过一年他就五十岁了，该是总结一下的时候了。但是，他在自己人生的这个舞台上扮演的角色到那时将不会有任何改变。将近三十年，他参与到这个世界上来，为的是把它变得更美好，更公正。最好对每个人来说，世界上都有足够的面包，也有玫瑰、爱神木、美丽、乐趣和甜豌豆。海涅的甜豌豆曾让他特别着迷，比马克思的共产主义社会还让他着迷，尽管他想象不出甜豌豆长什么样、什么滋味以及和其他豌豆有何不同。同样，他也想象不出共产主义社会是什么样，与其他社会究竟有何不同。甜豌豆？对，只要豆壳一爆裂，人人都可得到甜豌豆。

他应该再去关心政治吗？再去为绿党做事，因为那里有老朋友？或者服务于德国社会民主党，因为那里有新朋友？他们都邀请他积极地参与到政治生活中来。行政上统一的东西柏林必须也要在政治上和建筑上共同成长，两者缺一不可，两者都离不开像他这样的男人，而他在政界将更容易遇到女人。一个在政治上要求女性解放的女人，戴着一副镍边眼镜，盘着发结；如果把发结打开，红色的头发就会浓密地披在肩上；如果把眼镜摘下来，她的眼睛看上去就会令人惊讶，具有诱惑力。

他暗自发笑。现在是红葡萄酒在起作用。但是，仅仅是红葡萄酒吗？难道红葡萄酒里没有隐藏一种深刻的智慧？一种谁向它敞开心扉，谁就能从中得到启迪的智慧？是甜豌豆的智慧吗？一个人要有好运，才能幸福。一个人必须让自己生活得很好，才能快乐，才能为他人的生活助一臂之力。如果一个人让自己幸福了起来——哪怕是这个世界上一点点微不足道的幸福，那么，这个世界就会变成一个更幸福的场所。自己更加幸福了一点儿，别人也更加幸福了一点儿。不要做对任何人有所伤害的事情。他的所作所为没有伤害任何人。

托马斯就这样在露台上坐着。月亮升了起来，夜晚很明亮。啊，有理有据地对自己、对这个世界感到满意是多么惬意的事情。

六

　　秋天，他不得不去了一趟纽约。与一家桥梁财团的洽谈持续了多个星期，洽谈的风格令他无法忍受。不贴切的直呼其名的亲密，不恰当的以谈论女人、孩子和周末游套近乎的方式，早上打招呼时虚假的热情——这些都令他厌烦。还有令他反感的，就是前一天口头达成的谈判结果在第二天起草的书面合同中总是仅仅将一半写了上去，而另一半必须重新交涉。此外，当一天的工作和谈判在纽约结束时，一天的工作却在东京刚刚开始。所有的一切必须与东京的伙伴再次电话洽谈一遍，一直谈到大清早。

　　终于有那么一天什么都进行不下去了。在新泽西出现了只有州长才能解决的政治问题。当知道州长不能在当天解决问题时，托马斯已经没有任何理由继续和其他人坐在那儿傻等。他走了。

　　他开始在城里闲逛，信步穿过公园，瞅了一眼博物馆，去看了看尤塔喜欢的房子。穿越了一个城区，在那儿他只听到了人们讲西班牙语。最后，他终于在一座大教堂的对面找到了一家喜欢的咖啡馆。这不是一家时髦的咖啡馆，不是那种顾客马上被接待、账单也马上送上来、顾客马上交钱走人的咖啡馆。顾客坐在那里，读点儿什么，或写点儿什么，或相互交谈着，就好像在维也纳的一家咖啡馆那样，就好像谁都没有急事。人行道上的座位都坐满了，这样他就坐到了里边的座位上。

在路上，他买了三张明信片。"亲爱的海尔伽，"他在第一张上写道，"这座城市又热又吵闹，我真不明白人们喜欢它什么。我对谈判感到厌倦，我对美国人和日本人感到厌倦，我对我的生活感到厌倦。我渴望画画，但我最渴望的是见到你。待我回去后，我们重新开始，好吗?"他写道，他爱她，然后签了名。海尔伽出现在他眼前，漂亮、温柔，同时又冷酷无情；爱打小算盘，但又不是深不可测；常常缺少爱人之心，也常常需要他人抚爱，而且自己也愿意去爱。对了，还有那些与她一起度过的夜晚!"亲爱的薇罗妮卡，"他在下一张明信片上写道，然后就不知道该如何写下去了。他们是在他上次去看她的时候吵架分手的。她伤害了他，但他知道她是出于绝望才那样做的。他走出去后，她站在门口从后面冲着他大声叫喊，让他滚开，她一遍又一遍地叫喊，期待着他回来把她拥抱在怀里，跟她讲几句悄悄话，一切就都会好起来。"待我回去后，我们重新开始，好吗? 我想念你，也想念画画，但没有什么比你更让我想念了。我对目前这种生活方式已经感到厌倦，我对工作感到厌倦，对谈判、对美国人和日本人感到厌倦。我对这座城市产生了反感，这里又热又吵闹，我真不明白人们喜欢它什么。我爱你。托马斯。"他在第三张明信片前坐了很久。这张明信片上的图案也是夕阳余辉中的布鲁克林大桥。"亲爱的尤塔！你还记得春天中的这座城市吗？眼下这里又热又吵闹，我真不明白人们喜欢它什么。不论是谈判本身，还是那些与我谈判的美国人和日本人，都令我感到极度的厌倦。我对我的生活也感到厌倦，为画画已不再在我的生活中占有一席之地而感到厌倦，为你不在我的生活中而感到厌倦。我爱你，想你。待我回去之后，我们重新开始，好吗？"他知道，她在读这封信时会怎样地微笑、惊奇、幸福，并对此半信半疑。正是她的这种微笑使他在二十年前爱上了她，这种微笑一直令他陶醉。他在明信片上贴上邮票，把夹克衫挂在椅背上，报纸放在桌子上，把明信片投到了马路对面的邮箱里。

他又回到了他的座位上，透过窗户望着人行道上熙熙攘攘的行人。窗户敞开着，他可以与行人打招呼，与他们交谈，他距他们仅有几米之遥，仅有几步远。如果不是坐在这里，他就成了他们中的一员，一个人行道上的行人。反过来，行人也可以走几步进入这家咖啡馆，像他一样坐到一张桌子前，也许会坐到他的对面或者坐到他旁边。刚好，一个人从人行道上摇摇晃晃地进了咖啡馆，在柜台那儿点了一块烤蛋糕、一杯咖啡，把他的名字留下，找了一张桌子，掏出了书、纸和笔。当女招待用托盘端着他点的东西喊着汤姆的名字时，那人冲她招手把她叫了过去。汤姆①，那人和他叫一样的名字。

他又把目光转向外面，人行道上熙熙攘攘，十分热闹。所有这些人都在干什么呢？这儿走过去的两个人搂搂抱抱，相互看着对方的眼睛，不时地亲吻着；那儿走过来的是父亲、母亲和孩子，手里提着买来的满满一兜子的东西；一个衣衫褴褛的黑人正在乞讨，不时地从左侧进入他的视线；一会儿是沿路漫游的游客，一会儿是小学生，或穿着棕色制服的联邦邮局的邮递员。但是，他们为什么做他们正在做的事情呢？为什么那个看上去很漂亮很可爱的女孩搂着那个肆无忌惮的、长了满脸丘疹的家伙的脖子不松手？为什么那对父母要把那个哭哭啼啼、纠缠不休的孩子生到这个世界上来呢？为什么要抚养他？还要给他买东西？为什么他们自己要待在这个世界上？看得出来，他是个一事无成的科学工作者，但他仍在摆架子，而他的太太明显已经被一个孩子搞得狼狈不堪了。那个乞丐在期待什么呢？他怎么会想到去期待别人的施舍呢？为什么有人对施舍感兴趣呢？如果地球突然把那些会无缘

---

① 托马斯的昵称。

无故地兴高采烈的游客吞下去，谁会想念他们呢？如果那些学生现在都死掉，谁又会想他们呢？他们的父母吗？但对这些学生来说，如果现在他们的父母，将来他们的孩子，再往后他们的孙子孙女们遭受这样的命运，他们会觉得无所谓吗？早逝是悲剧吗？在托马斯看来，一个人没有逃脱早逝的命运，和一个人活多长时间都免不了一死，以及还没有出生就胎死腹中，同样都不是什么悲剧。

那位联邦邮局的邮递员踉踉跄跄地走了几步就连人带邮包一起摔倒在人行道上。他为什么嘴里骂骂咧咧呢？如果死亡是件很糟糕的事情，那么他应该为自己活着感到高兴才是；如果死亡是件美好的事情，那么在永久的死亡面前，忙忙碌碌和摔跟头对他来说应该都是无所谓的。一对漂亮、苗条、充满活力、愉快的夫妇走了过来，从面部神情看，他们聪明，头脑清醒。她没有挽着那个肆无忌惮的、长了满脸丘疹的家伙的胳膊，他也没有搂着漂亮可爱的傻妞。但也并没有好到哪儿去，不过是还没有达到扎眼程度的徒劳和虚妄而已。托马斯看到了徒劳和虚妄，即使是在它们表现得不十分明显的情况下，他也看得出来。他随处都可以看到它们。

他在心里自问，如果他有个武器的话，他是否会向路上的行人乱突突一气，就像他的儿子们在电脑上对付他们的对手一样？

那样他会惹麻烦，但他是不想惹麻烦的。可是，对他来说，透过窗口看到的行人并不比电脑上的形象更贴近、更真实、更生动。他们是和他一样的人，然而，就是这一点也没有使他们与他更贴近。

七

后来他回想起来，发现他的下坡路就是从这一天起，在这个地方开始了。从现在开始，他成了往下坠落的人，就像他在建筑联合会主席家里看到的马克斯·贝克曼的一幅画里那样。他大头朝下地坠落下来，尽管肌肉发达，尽管像游泳时那样有力地伸展四肢也无济于事。他坠落到熊熊燃烧的房子上，那是他自己的房子，是他自己建造和在里面生活的房子。他坠落到讥笑嘲弄他的小鸟中间，坠落到那些能救他却没有救他的天使们中间，坠落到那些一定能在天堂游荡的小船上，就像他能在天堂游泳一样——如果他没有与房子打交道的话。

他回来了，重新开始了他的生活，即柏林生活，一种有家、有业、有朋友的生活。对朋友来说，他是尤塔的丈夫，三个孩子的父亲，是建筑师和业余画家。他与这些朋友及其家庭很久以来一直关系密切，与他们一起度假，一起战胜婚姻危机，一起为孩子的事情操心。在他们中间他如鱼得水，对彼此之间的信任非常珍视，虽然他并没有指望事情会这样；他对与朋友共同拥有的回忆、逸事和玩笑这些宝贵财富也非常珍视。与汉堡的朋友完全是另一种情形，朋友的数量也没柏林那么多，都不是通过工作而是通过薇罗妮卡认识的，大多数是单身，个别的有孩子。对这些人来说，他是与薇罗妮卡签约的画家，是与她生了一个孩子的男人；与他交往令人愉快，但他还过着另外一种生活，正是由于这个原因，他在她的朋友圈里又显得特别陌生。在他与薇罗妮卡最要好的女友——一位儿科医生——之间出现了一种真挚的信任，但这种关系没有发展成婚外生活。他在柏林的婚外生活又是另一番情形。跟海尔伽一样，她的朋友几乎都比他年轻二十来岁，都在为结束学业和开始职业生涯而忙碌。他们没有什么拖累，对什么都很坦率，即使是对他这位比海尔伽年纪大的朋友也是如此。他这位多面手朋友，慷慨大方，在建造牙科医院和购买房地产的问题上，是友好、聪明的顾问。如果海尔伽带着他，或者海尔伽请客时他在场的话，他们都很高兴。但是，他与他们的关系并不亲密，也许他们本身相互之间的关系就不那么亲密。

　　尽管是不亲密的关系，尽管他近来与汉堡的朋友保持了一定距离，如果说真话的话，也包括柏林的那些老朋友在内，与他们在一起已经成为一件劳心费力的事情。他不知道为什么。夏天的时候他还挺轻松的，可现在他感觉到，他每次都得重新塑造自己的角色，一会儿可能是海尔伽-托马斯，一会儿可能是薇罗妮卡-托马斯，一会儿可能是尤塔-托马斯，一会儿可能是建筑师托马斯，一会儿可能是画家托马斯，一会儿可能是三个长大了的孩子的父亲托马斯，一会儿又可能是几乎可以做那个一岁孩子的祖父的托马斯。有时，他害怕不能及时地、完全地转换角色，害怕在汉堡时仍然是那个柏林的托马斯，或者在海尔伽那儿仍然是尤塔-托马斯。一次，他在薇罗妮卡的一位朋友那里待到很晚，在很累和喝得酩酊大醉的情况下，他向他们阐明自己关于一个德国家庭带着学龄儿童在纽约生活的想法。又一次，在一对与尤塔和他有老交情的夫妻那儿，他大谈特谈起单身抚养孩子的画廊女经理的困境。打那之后，他对喝酒谨慎起来。他已习惯于从一种生活到另一种生活的转换，就像集中精力和商人谈判一样，之前要把脑子里所有的东西都掏空，只留下一步所需要的。但是，这样做也很累。

就连他做的梦也变得费力起来。他真的开始做当杂技演员的梦，不是耍环而是耍盘子，就像中国的杂技演员那样把盘子堆到一根杆子上，或者耍刀和燃烧的火炬。开始还玩得不错，接着盘子、刀或火炬的数量不断增加，最后多到他无法应付。当他被埋在这些东西下面时，他就大汗淋漓地醒来。他经常只睡几个小时的觉。

一天早晨，他在汉堡到柏林的火车上和他对面的人聊了起来。那位是一家百叶窗厂家的代理商，向他讲述了家庭使用的、办公室使用的、木制及合成材料制作的、吸热又吸噪音的百叶窗，讲述了百叶窗的发明，百叶窗较之于布窗帘的优点，还讲述了他的旅行经历和他的家庭。那是一次轻松愉快的闲聊，托马斯洗耳恭听了很长时间。当他自己被问到从哪儿来、到哪儿去、从事什么职业、家庭情况以及生活状况时，他就喋喋不休地讲起了自己在茨维考的企业、他所生产的绘图必需品、他所看到的由计算机代替绘图板带来的问题，讲述了他的家庭在五十年代和统一后为这个企业所进行的奋斗。他谈到自己拥有的坐落在河边的房子，谈到被束缚在轮椅上的妻子，谈到他的四个女儿。他说他是从汉堡回来，在那儿购买了檀香木和雪松木，目的是针对高雅需求制造一种新的铅笔系列。他说他有时为了铅笔木头要跑到巴西和缅甸。

八

　　他打算与薇罗妮卡断绝关系。他每次到汉堡来都打定主意，准备当女儿晚上躺在床上，他们坐在厨房的餐桌旁时对她说他想回到尤塔那里。当然了，她什么时候愿意，他都将就抚养费、与女儿的关系以及售画的问题与她商谈，然后心平气和地离开。但是，每当他们坐在厨房的餐桌旁时，薇罗妮卡都为一天的过去和他在自己身边而感到极其高兴，这让他无法启齿，说出准备好的话。当她不高兴的时候，他也不能谈这些，因为他不想让她更不愉快。于是，他把谈话推迟到早上，但早上的时间是属于女儿的。

　　他自言自语，说着在那种情形下该说的话，什么这种已经变得令人无法忍受的状态应该结束啦；什么如果他真的不想留在薇罗妮卡身边，那么他就不应该继续拥有她，而应该离开她，让她过她自己的生活啦；什么恐怖的结局胜于没完没了的烦恼啦。也许他将继续留在她身边？不，他在心灵和肉体上都已经离她太远了，不可能再留在她身边了，不可能在她身上重新找到感觉。不，没有什么，没有什么可以成为不能与她交谈的借口。他在身体上感到无能为力，他要交谈，可不论是嘴，还是舌头，或是喉咙都不听使唤，就好像瘫痪的胳臂一样，让它抬起来去运动，它是不会听使唤的。但是，他的嘴、舌头和喉咙并没有瘫痪。当他坐在去柏林的火车上时，他感到惭愧。

于是他决定把较棘手的事放一放，先从较容易解决的入手，先在解决较容易解决的问题中学习解决较棘手问题的经验。他决定首先与海尔伽断绝关系。他终于对她开了口。他向她解释，说他想要回到妻子身边，回归家庭，而且他们那个雄心勃勃的共同计划不会实现。但是，他仍旧愿意做她的朋友，并愿意作为朋友帮助她。难道他们没有一起度过一段美好的时光吗？难道他们不该也以一种美好的方式分手吗？

海尔伽认真地听着。当他讲完的时候，她把眼睛瞪得大大的，惊讶地看着他。她的眼睛湿润了，眼泪沿着面颊流淌下来，一滴一滴地滴到裙子上。随后她就放声痛哭起来，扑进了他的怀里，他搂着她，感觉得到她柔软的身体，想说点什么来安慰她，但是她摇着头，把她的嘴压在了他的嘴上。第二天早上吃早餐时，她向他讲述了她对牙科医院的新设想，问他这样可行吗。

他根本没有想马上与尤塔谈。一天晚上，他坐在她的对面，心里盘算着应该对她说什么，她会如何反应，到最后他将如何偃旗息鼓。是的，如果他能与她和解，如果她最终把他搂到怀里，那么他会马上偃旗息鼓，并且会为此感到高兴。他的决定显然是可怜与徒劳的，他的再三考虑显得可笑——他开始大笑，欲罢不能，笑得歇斯底里一般，直到尤塔不知如何是好，给了他两个耳光，才使他恢复了正常。

尽管发生了这些事情，他还是做出了许多成绩，他自己也感到惊奇。他审核了哈德孙河大桥的建筑方案，为德里纳河设计了一座新桥。他画了一个新作品系列，都是表现女人的。有的在划船，有的站着划，有的坐着划；有的穿着衣服，有的裸体；有的肤色深，有的肤色浅；有的苗条，有的敏感；有的金发、温柔，有的红发、健壮。薇罗妮卡在这个系列组画尚未完成之前，就展出了第一批作品，而且马上就有一位收藏家对整个系列发生了兴趣。

一天，他得了阑尾炎，就好像得到了解救一样。当疼痛发作时，他正开着车由德累斯顿前往慕尼黑。他开始以为是胃痛，但很快他就明白了过来，意识到一定是别的什么危急严重的病。他弯曲着身子伏在方向盘上，因为这样能稍微忍受一点疼痛。他总算把车开到了坐落在一个院子后面的一家县医院里，心里充满了恐惧。他马上动了手术。第二天早上查房时，医生告诉他，根据当时的症状判断也可能是胰腺癌。他为得的仅仅是阑尾炎而感到庆幸。

托马斯在医院住了一个星期。他想象着医生是怎样给他开刀的，想象着那不宜做手术的胰腺癌是什么样子，或者已经发生癌变的肚子是什么样子，医生又怎样把它重新缝合起来。倘若真是那样的话，他也就还有几个星期的活头，或者几个月，他也就不必对任何事情负责了，不欠任何人的债了，就会得到每个人体贴入微和关怀备至的照料，她们甚至还可能由于他的沉着镇静而对他产生钦佩感。他将与海尔伽、薇罗妮卡和尤塔辞别，不会遭到她们的谴责，他也不必自我谴责。他还要画一幅画，最后的和最深刻的一幅画。他要和他的孩子们一起度过一段时光，它是如此美好，在这期间他们如此亲近，以至于在他死后它仍会在他们的生活中久久闪亮。他要写一篇关于桥梁的论文，即自己对建筑学的理论遗言。要让自己对所有的人与事都有个交代，让自己得到安息，他只需要几个月的时间——多了不需要。至于幸福，比起羡慕一个幸福快乐的人，他更羡慕一个还能活几个月的人——一个地地道道的无忧无虑的人。

他为什么就不该是幸福快乐的人呢？他给柏林和汉堡打了电话，讲述了他做阑尾炎手术的情况。如果说他会在几个月内死亡，他在那种情况下将持有的沉着镇静的态度也适合现在的情况：首先谈阑尾炎手术的情况，为的是不惊吓到别人，以后再小心翼翼地把事实真相透露出来。

　　他就这样回到了柏林，像往常一样，只是稍微有些安静，心情有些沉重，看起来更庄重一些，有时心不在焉——就像一个濒临死亡的人。于是，他对她们说了自己濒临死亡的事。她们的惊慌，她们逼他继续求医问药，她们无济于事的同情，这些他都挺了过去。她们中的每个人都问他，现在他将做什么。他对每个人都说，他应该一如既往地生活，否则还能做什么呢。拣重要的事情做，不重要的就留下不做了。画一幅画，写一篇关于桥梁的论文，与孩子们一起度过一段时光。他真的在画架上布置了一块新的画布，买了一支崭新的自来水笔，制定了和孩子们在一起玩耍的计划。

九

尽管如此，他并没有相信他真的患有癌症。但是，当他有一次在汉堡度周末，因为吃过饭之后坐在那儿没有去洗碗而遭到薇罗妮卡的训斥，他感到十分气愤。她要想到他患有癌症啊！她怎么能够要求他做家务呢？再说，他的刀口真的仍然疼痛。即使真的打开了他的肚子，然后又把发生癌变的肚子重新缝上，他也不至于像现在这样疼痛。他也感到有气无力，累得很，疲劳得很。

不，薇罗妮卡待他不公平。其实尤塔和海尔伽也要更多地体贴照顾他才对。尤塔在家里见到他的时间比过去几年里任何时候都多，她让他辅导儿子们做作业，让他在女儿上完音乐课后去接她回家，让他修理百叶窗，还让他晾晒衣服。"这对你来说并没有什么，不是吗？"在去为牙科医院寻找一家合适的地产商而进行咨询时，海尔伽让他也跟着一起去，她虽然自愿为他当司机——他猜测，这与其说是出于体贴照顾他，不如说是因为她想开他的宝马汽车。但是，当他想和她睡觉的时候，她却摇着头说："这对你有好处吗？"

他变得满腹牢骚，爱吹毛求疵起来，这个连他自己也注意到了。但是，他觉得发生在他身上的事情就是不公平。他为了三个女人过度劳累，现在他的身体状况很糟糕，是他需要她们的时候了，但是她们却继续过她们的日子。他把尤塔提拔为与他享有同等权利的工作伙伴，与她分享了成功的喜悦；他使薇罗妮卡从他的画赚到了一般画廊赚不到的钱；他用赠送礼物的方式宠爱海尔伽，就像一个公侯宠爱他的情妇一样。她们每个人都说和他在一起的时间要是多一点就好了。但是，不论何时，只要他与她们在一起，他都会让她们幸福快乐。所有的女人都抱怨男人给自己的时间太少，即使是对那些除了她们之外再没有其他女人的男人也是如此。不，他为她们总是尽心竭力，而她们却没有给他应有的回报。她们把他推入了一种只能通过癌症和死亡才能逃避的境地。他究竟在几个星期或几个月里能做些什么呢？像健康人一样劳碌？她们使他走投无路。

一天，他去找裁缝量衣。到小店要从大街往下走几步台阶，小店的门上挂着一块书有"修补裁缝"的牌子。但是，那个蓄有浓浓髭须的希腊店主不仅能修补衣服，而且还能制作最好的衬衫、套装和大衣。托马斯定期让他制作齐到脚踝的睡衣，这样的睡衣在任何店里都是买不到的。当他站在店里想订做一件新睡衣时，正是此时此刻，他发现给自己订做衣服是多么的荒唐。他，一个在几个星期或几个月后就要死的人！

随后，他看到了一捆厚棉布料，正发出深蓝色的光泽。

"这块布料可以用来做一件大衣或一件夹克衫，一位顾客想要做一件披肩，但是后来又改变了主意。"

"您能用它为我做点儿什么吗？"

"您想要做什么？"

"一件袈裟，就像和尚穿的那种，长至脚踝，和我的睡衣一样。但要有一个风帽和几个深兜。"

"要纽扣吗？要衬里吗？要带套圈的皮带还是一根带子？"

托马斯考虑再三。和尚穿的袈裟带纽扣吗？有衬里吗？他决定要衬里，要套头，不要纽扣，要能从头上套进去的那种。他还决定要一条深绿色的腰带，并决定用深绿色的线缝制袈裟，衬里也要深绿色的。

"您也想要……"希腊人用手在胸前比画了一个十字架，"用同样的颜色绣上去吗？"

不，托马斯不想要十字架。

"那好，该知道的我都知道了。"

"您需要多长时间？"

"一个星期。"

一个星期。"我必须要独处一段时间。"他在随后的几天里分别对尤塔、薇罗妮卡和海尔伽这样说，"我还不知道我要去哪里，但是我知道我要走。我已经不堪重负，我必须要回到我自己的生活中去。"他以为她们会提出抗议，会挽留他，或会陪他一起去。但是她们只不过表示知道了而已。尤塔只是要求他晚动身两天，让他照看一下正在修理棚顶的工人。薇罗妮卡说，这样她就可以让她的女朋友下个星期在他的画室过夜了。海尔伽问他是否要开车去旅行，还是可以把车留给她用。

他为自己买了一件轻便的、深色的长雨衣。他把那件袈裟、一双鞋、一件毛衣、一件衬衫、内裤、黑色袜子、一条牛仔裤以及梳洗和刮脸用具一起都装进了一只皮兜子里。他把出发的时间推迟了两天，把宝马车留给了海尔伽，把他画室里画完的、没有画完的画都收拾到了一边，包括那个为他最后的和最深刻的一幅画准备的、已经铺好画布的画架。他带着那只皮兜子和一只大塑料袋进了动物园火车站的厕所。当他从里面出来时，已经穿上了那件袈裟，塑料袋里装的是他早上穿的衣服。他把塑料袋塞进了垃圾箱，买了一张车票，上了火车。

十

他旅行了一年之久。

起初，他花钱大手大脚。他在巴登-巴登的布伦纳公园酒店逗留了几周，在苏黎世的博安湖畔酒店住了几周。那里的员工和客人起初都惊异地打量他，后来都愿意和他交谈并开始对他信任。他听人们讲人生的故事，伤心和内疚的故事，幸福和不幸的爱情故事，婚姻、家庭和日常琐事。有一次，前台接待经理夜里把他叫到了一个女人那里。那个女人想悬梁自尽，偶然被一名女服务员及时发现，剪断了绳子。他同那个女人一直聊到第二天早晨。当她第二天离开时，她给他的修士会留下一张几千美元的支票。

有时，他往柏林和汉堡寄明信片，但不是写给尤塔、薇罗妮卡或者海尔伽，而是写给他的孩子们。有一次，他给海尔伽打电话，她首先问的就是他是不是想要收回他的车，接着谈到的就是他作为股东应付的款项问题。他挂掉了电话。当他信用卡上的钱款用完时，他开始感到害怕，他只能动用现金了。

但是，他实际上不必害怕。当他住够了豪华酒店之后，他也就几乎不再需要钱了。大多数情况下，他投宿于修道院，不必支付费用，并在那里免费就餐。起初，他羞于向别人讲述他的托马斯修士会的历史：它在特兰西瓦尼亚（罗马尼亚）的萨克森人中经受住了宗教改革和共产主义的考验，如今该会仍有五位兄弟，而他作为特兰西瓦尼亚的萨克森人的后裔，几年前加入了他们的行列。他每讲述一次，就增加一点儿自信。他添枝加叶，并沉着自若地应付提问。在通常情况下，修士们并不想知道很多。他们带他去他的房间，在教堂里和吃饭时跟他点头打招呼，并对他的辞别致意做出回应。当他过够了修道院的生活，他就到小旅馆和膳宿公寓投宿。在这些地方，在乘火车的途中，人们找他聊天。他不贬任何人，也不褒任何人，也不对任何人表示同情。别人讲述时，他洗耳恭听。如果有人问他什么，他就把球踢回去。

"我该做什么？"

"您想怎么样？"

"您为什么不知道？"

有一次，他差一点和一个女人发生了关系。他要洗袈裟，就在一个下午去了一家洗衣店，并请求允许他坐在一个角落里等到晚上袈裟洗完。在一个像洪斯吕克这样的小城里，等到袈裟洗完，天已经很晚了。那个女人关上了店门，放下了百叶窗，然后来到他身边，把罩裙往上提了提，两腿分开坐到了他的膝上，把他的头搂到了她的胸和胳臂中间。"我的小鸡。"她伤心而充满同情地对他说。因为他穿的那件白色的、变得过于肥大的 T 恤衫，那件变得过于肥大的牛仔裤，再加上他自己修剪的、显得并不怎么样的短发使她想起了一只落汤鸡。他在她那儿过了一夜，并未与她上床睡觉。第二天早上，当他穿着她死去的丈夫的晨袍坐在她对面用早餐时，她问他是否想留下来小住一段时间。

"你不必躲藏，你可以穿我丈夫的衣服，我说你是他的兄弟，是来看我的。很奇怪——你不穿袈裟的时候跟穿着的时候一模一样……"

这个他知道。在他旅行之初，他曾在火车上和一位经常与他有业务往来的莱比锡的建筑商坐对面，几个小时之久，那建筑商仔细打量他，但并未认出他。可他不想留下。他乜斜着眼睛对她笑笑，遗憾地耸耸肩："我必须走。"

他发现，如果自己留下来的话，就得和那个女人睡觉，但是他不想。多年以前，他一夜之间就戒了烟。在此之前，他每天都要抽掉五十到六十支香烟，却轻而易举地就把烟戒掉了，这引起了他对可有可无的东西的思考。下一步是戒酒，再下一步是禁欲，然后是禁食——这些对他来说似乎是很容易、很自然的步骤，到了最后一步，生理上的存在对他来说就会是多余的了。当他穿上袈裟上路的时候，他戒了酒，过上了无酒的轻松生活。在此之前，他每天晚上都要喝光一瓶红葡萄酒。在穿上袈裟过上男人的独身生活之后，他马上就迈出了下一步，饮食对他来说反正是越来越无所谓了。

他经常感觉像是在飘浮着，就好像他的双脚没有真的着地一样。他也有这样的感觉：就好像人们没把他看作是实际存在的人，或者他看见的面孔和躯体都不是真实的、活着的，而是幻影，是可形成可消失，可以再形成再消失的图像。有时候，他偶然地或故意地与之发生接触，于是他知道他们的身体是有抗力的。他深信不疑的是，如果躯体受到损害，是会流血的，也许会大喊大叫；如果伤势过重，就会动弹不得。但是，能动弹也好，不能动弹也好——这又意味着什么呢？难道不是所有充满能动弹的图像的东西都超负荷了吗？

他在柏林和汉堡的生活对他来说显得更加朦胧虚幻。他与三个女人处于什么样的关系之中？他为什么要画那些画？为什么要建造那些桥？为什么过去总是与许多人一起奔忙？为什么总是在办公室或是画廊里忙忙碌碌，或是为海尔伽的计划和项目东奔西跑？他的孩子们对他来说也不再有任何意义了，他们在这个世界上还想得到什么呢？是谁让他们来的呢？谁又需要他们呢？

在科莫湖，他曾目睹一个小男孩如何从桥形码头掉进水里。

那个小男孩先是呼叫着在水中挣扎了一会儿，然后就沉下去了，没有人救他。托马斯终于从他坐的长椅上站起来，跑到桥形码头，跳进水里，把那个小男孩救了上来，使他重新开始呼吸。他这样做是因为他不想惹麻烦，因为如果有人看见他坐在那儿袖手旁观，然后将所看到的情形报警的话，他穿袈裟的生活也就完蛋了。

十一

穿袈裟的生活终于遭殃了。从科莫湖到都灵的途中,他在米兰转了车。当他刚要登上由米兰到都灵的火车时,车门喀嚓一声自动关上了。他退了回来,发现他的袈裟被夹在了车门里。他试图重新打开车门,但徒劳一场。他扯着袈裟,拖拖拽拽地挨着已经启动的火车跑起来。随着火车速度加快,他很快就不得不随着火车飞奔起来,根本顾不上把袈裟从车门里拽出来了。他听见月台上旅客的笑声,他们不理解他的困境,反而觉得这个飞跑的醉和尚滑稽可笑。当他实在无法跟上火车时,他绝望地朝火车行进的相反方向一倒,希望袈裟能被撕破。但是那种厚棉布料很结实,火车继续行进,把他拖了起来,一直拖过月台,拖到铁轨旁的鹅卵石路基上。有位旅客从车窗探出头去张望,他先是看到月台上的旅客突然惊慌起来,随后他自己也看到了那紧急情况,他拉了紧急制动器,火车才最终停了下来。这时的托马斯已被卷成一团,血肉模糊。

人们把他送进了医院。几天之后他才从昏迷状态中苏醒过来。这时，医生对他说，他的脊柱受了伤，胸部以下将要瘫痪。他原本想要去都灵看看那儿是否还有出租马车和拉出租马车的马，就像那个发疯的尼采曾经拥抱过的那样的马。

在监护病房，所有的病人都一样。当托马斯被转移到普通病房之后，他被安置到了一间拥有六十多张床位的大厅里。这大厅是在二十年代建造的，为的是在发生灾难时应急，现在被用来容纳那些最穷困的病人。这里很吵闹，晚上也是如此。那些已经康复的士兵仍旧装病，因为他们宁愿待在医院里，也不愿意回到营房去。他们饮酒，欢聚，有时还带女孩子们回来过夜。白天这里很热，饭味、消毒水味、洗涤剂味，还有粪便味，什么味道都有，很难闻。托马斯的床臭气熏天，他大小便失禁。负责这家医院的修女们尽力照顾这位身受重伤的和尚，但是她们不会讲德语，而他也不会讲意大利语。有一天，一位修女给他拿来一本德文《圣经》。不知有多少人在读这本书的过程中死了，他感到惊讶，正是因为如此，他不想读它。

他的伤口愈合了。三周之后，他认为自己已无法继续忍受这里的吵闹和臭味。在这次事故发生之前，他的生活不是已经变得朦胧虚幻和无所谓了吗？生活不是已经脱离他了吗？他自己不也脱离生活了吗？眼下，生活离他非常近，非常实在，是能感觉到的———一个残疾人生活在阴沟里。只是在这次事故发生之前产生的那种飘浮感得到了证实：他曾经觉得自己不是真的以双脚着地，现在的感觉仍旧如此——他不再真的以双脚着地。

四周之后，他在没有得到通知的情况下被接走了。一天，四个男人抬着一副折叠担架站到了他的床前，把他放到担架上，抬着就走。

"去哪儿?"

"我们要把您送到柏林附近的一家康复医院去。"

"是谁派你们来的?"

"如果您还什么都不知道的话……可老板什么也没对我们说。但是，如果您不愿意去的话，我们就把您留在这儿。"

抬他的人站在那儿不走了。"您是想和我们走还是不想?"

他们站在他几乎躺了四个星期的大厅的门口。不，无论如何他都不想留下来了。

十二

他在康复医院度过了两个月。他学着对付他那不能动的、无
感觉的半个身体，对付自己的排泄功能，对付坐疮和褥疮，学着
使用训练器材和轮椅。他常泡在水里，起初是在游泳池，后来是
在湖水里。那家康复医院就坐落在一个湖的岸边。他在学习中取
得了很大进步，这使得他认为自己有足够的决心和勇气来重新征
服一切：用助泳器来征服水，用轮椅来征服地，用臂力使自己的
残疾身体达到舒展和灵活。当他第三次得了坐轮椅的人常得的坐
疮时，他才明白他无法再信赖自己的身体了，尽管他努力训练，
有决心，也有勇气。

他了解到，是他多年的一位医生朋友安排把他从米兰运送到
康复医院来的。他的疾病保险公司为此支付了费用，也支付了他
在康复医院住院期间的费用。当他需要钱购买诸如内衣、衬衫、
裤子、书、CD 机和 CD 光盘之类的东西时，他给他的银行打了电
话。他的账号被注销了，随后有几千马克被付清汇寄过来。在他

住在康复医院的第六周里，他的五十一岁生日到了。早晨，他收到了一个由五十一支黄玫瑰组成的花束，花束的贺卡上有 TTT 三个字母，是他从未听说过的一个产品利用和市场化公司送来的。下午，他的医生朋友来看他了。

"你看上去还不错，比上次看上去更黑了，更健康了，更有力了。上次见面是一年半以前了吧？或许是在春天举行的画展开幕式上？不管怎么样，你很快会回家了，这太好了。"

"我一点儿都不知道我今后的生活该如何继续下去。我一直不想给尤塔打电话，但我什么时候还得给她打。我会因为丧失工作能力得到一笔退休金，也会从社会福利局得到一套住房，并得到一个拒服兵役者的服侍——你觉得我能得到这样一个人吗？"

"这些人叫作民事服役者。如果你应该得到这样一个人，尤塔就会为你搞到的，她事无巨细都会照顾到的。"

他们坐在湖边，托马斯坐在轮椅上，他的朋友坐在长椅上。托马斯觉得自己必须要谨慎说话和问问题。但是，他很好奇。他小心翼翼地说："有些事情，我还是想知道。"

"到时候你就会知道的。我认为你还是应该明智点，把一切都交给尤塔去处理，你自己就什么事都不要管了。日常生活早早地来了，而且很艰难。"那位朋友用一只胳膊搂着托马斯，"你想在康复之后与尤塔见面，这也令我十分钦佩。"

"什么时候才能这样呢?"

"还要整整两个月。我和医生们谈过了，他们认为你还会好些的。让他们对你的心脏继续观察一段时间，这样很好。"

那位朋友给他留下了尤塔捎来的一个包裹，托马斯打开包裹，发现里面是为他在春天举办的画展而印制的作品画册。这个画展真的举办了，是薇罗妮卡的汉堡画廊在柏林举办的。薇罗妮卡把他的绘画作品——他的速写、草图和试作——都拿了出来，并大胆地标了价。此外，托马斯还发现了一本小册子，作者为托马斯，题目是《对在一条非凡河流上建造一座非凡桥梁的思考》。这是一篇报告，是尤塔于春天在汉堡代他做的。他又想起了那些常常在他脑子里萦绕并偶尔记到本子上的想法。尤塔一定是发现了那个本子并把他的想法整理成了一篇报告。她做报告时的开场白成了这本小册子的前言。尤塔在公众面前把他描绘成了一个为了能在自由与孤寂的状态下更深刻地理解与设计桥梁建筑而逃避现实生活离家出走的人。正是由于这个原因，他才没有亲自来做报告，把手稿委托给她是他唯一能办到的。顺便提一下，他也不想亲自建造哈德孙河大桥。他把这个任务委托给了她，以便他能完全投入到项目的构思中去，而不必为官僚的、政治的以及经济上的问题而烦恼。托马斯笑了。他真不敢相信尤塔会如此机智地利用了他，把他市场化，而把哈德孙河大桥抓在了自己手里。至于薇罗妮卡——她在利用他和使他市场化方面显示出的天赋也让他难以置信。他笑得更起劲了。现在只缺海尔伽了！

十三

海尔伽开了一辆新宝马车来。"我把你那辆旧的折价卖了。"

"为什么是你来接我？为什么尤塔不来接我？"他这个从前总是在最后一分钟才收拾行装、在最后一分钟才到达月台或者在最后一分钟才在机场验票登机的人，上午就收拾好了行装在等待尤塔来接他了。他显得很激动。

"尤塔很忙。你不想和我一起吗？难道我该给你叫一辆出租车、一辆配有司机的车吗？"

"不，但是如果我……"他看看自己的下身。

"如果你的导尿管出现了问题？就好像我不了解你的那玩意儿似的！"她笑了起来，"上车吧，别碍事。"

她开得又快又稳，同时讲起了私立牙科医院的事。"还有几周就该举行封顶庆典了，你一定得来，还要讲话。此外，你还要马上关心过问一下汉诺威和法兰克福的牙科医院计划。根据紧急状态法，免赔额这件事是行不通的。但是我有个主意，我们如何……"

"海尔伽!"

"……能取得同样的效果。我们只要……"

"海尔伽!"

"干吗?"

"难道你因为我当初悄悄地溜掉受到了伤害?"

"还算可以。你基本上已经把牙科医院引上了轨道,剩下的事情我们在没有你的情况下都办好了。"

"我指的不是牙科医院,我……"

"其他事情该由其他人来告诉你,我不是不能讲,但是,那样不公平。"

他们遇到了塞车,行程所需的时间比计划的时间长很多。他的导尿管不顺畅,海尔伽有效地帮助了他,她没有感到恶心,对他也没有表示同情,就好像那是世界上再自然不过的一件事情。

"谢谢。"他感到害羞。就像他常常希望或常常担心的那样,他并没有丧失性欲,只是不能再体验罢了。他患了阳痿,脑子里想要,身体却不行了。他已经无觉无感的生殖器帮不了他,海尔伽的冷淡和疏远也帮不了他。

他的轮椅刚好能进到电梯里,海尔伽只好走楼梯。当他到上面的时候,尤塔和薇罗妮卡已经站在门口。"欢迎回家!"

他狐疑地瞅瞅这位再看看那位，跟她们打了一声招呼。薇罗妮卡想要推他，但是他拒绝了，自己把轮椅转到屋里，穿过走廊到了阳台上。他眺望着施普雷河、动物园、勃兰登堡门和国会大厦，这一切太熟悉了。新的圆顶建筑已经竣工。

他转过头来，尤塔靠在门上。"孩子们在哪儿?"

"我们的孩子正放暑假，男孩们在英国，蕾古拉在我爸妈那儿。你们的那个小的在保姆那里。"

"你们是如何……你们是怎么认识的?"

"海尔伽把我们弄到了一起，她干脆把我们都请去了一次。"

托马斯听见了海尔伽上楼的脚步，听到她走进屋里和薇罗妮卡打招呼。他把轮椅转过来，停在尤塔面前："我们不可以单独谈谈吗? 请允许我给你解释一下这一切是怎么回事。我不想伤害你，我对你真的……"

尤塔做了一个拒绝的手势。"都是老黄历了，你不必道歉，让我们向前看吧，薇罗妮卡马上就要走了。"她推起了他的轮椅，没有理会他自己想要操纵，一边喊着海尔伽和薇罗妮卡，一边把他推到她们旁边。

他几乎认不出这个房间了，原来的客厅变成了一间画室，里面有画架、绷着画布的木画框、调料和画笔，墙上挂着几幅他的素描。"别这么看着，这些都是汉堡画室里的旧作。"薇罗妮卡指着素描，"我没有把它们拿出去展览，因为我想你可能需要它们。那个铁路主题——你应该从中发展出下一个系列，对致你伤残的铁路进行艺术阐释，每幅画都会是杰作。"

尤塔推着他穿过拉门进了从前的餐厅。窗前摆放着他的绘图桌，书架上摆放着从他办公室里取回来的书，在从前摆放餐桌的地方摆放了一张配有六把椅子的会议桌。尤塔把他推到了上席的位子上，女人们坐了下来。

"这是你的家，两间工作室你已经见过了，卧室没有变。男孩们的房间给妹妹当卧室了，我们当中谁来照顾你，谁就睡进蕾古拉的房间。"

海尔伽打断了尤塔的话。"打断你的话很抱歉，可是薇罗妮卡马上得走，我也得马上走。住房和家务的事他以后会知道的。草案的事很急，我们已经答应英国人秋天完成。明天我约了海涅尔来这儿，他将给托马斯看看他已经做了什么。海涅尔已经——"她转向托马斯，"就草案问题做了一些准备。后天上午，《时尚》杂志的一位女记者来这儿，到时候画架上要有点什么东西可看才行。如果我们现在就开始做媒体宣传工作的话，那么到了冬天办画展时，我们将会获得巨大的成功。"海尔伽想了想，然后看看尤塔，再看看薇罗妮卡，"还有什么？"

"讲几句整个的构思，好吗？"

海尔伽点点头。"薇罗妮卡说得对。你已经从你生日那天收到的花知道了我们的产品利用与市场化公司，TTT 代表三个托马斯的女人。你授权我们来处理你的作品，我们来关照你的生活。"

"处理我的……权利……"

"准确地说，你已经授予了我们这样的权利。当你溜之大吉，抛下你的孩子，抛下我们、你的办公室、你的画室和我的牙科医院而不顾时，我们的日子总还要过下去。倘若没有你的签字，那将寸步难行。你别激动，那样对你身体不好。我们既没有动用你的信用卡，也没有洗劫你的账号。我们没有利用你的签字，而是当我们需要它时使用了它。"

"如果我自己要对自己的作品进行利用和市场化将如何呢？如果我不想跟你们一起做怎么办呢？我是还……"

"是的，你是，你是一个坐在轮椅上的残疾人，需要帮助，需要全天候的帮助，而我们会为你提供这种帮助的。我们还会带你去度假，带你出去游玩。如果你想看某部录像片或者想吃意大利面条，你就会如愿以偿。别犯傻了，别逼我们关掉电梯和电话，让你得几次坐疮或尿路感染。另外，你将得到建筑家、画家以及一家牙科大医院的缔造者的美誉。如果你不和我们合作的话，我们会找一位年轻的画家来代替你，尤塔将要完成大桥的设计，而我自己会去管理我的牙科医院。这期间，你待在这上面，没有电梯，没有电话，而且我们要在窗户上装上护窗板。如果你愿意这么待着的话，那就继续这么待着好了。无论如何，对你的胡闹我受够了，我们都受够了。我们和你一起玩你的游戏的时间够长了，我们容忍了你的逃避，忍受了你的脾气，洗耳恭听了你的屁话，你的……"

"嘿，海尔伽"，薇罗妮卡笑着说，"慢点来，他会合作的，他只是想客套一番。"

"我走了。"海尔伽站起来，"你们一起走吗？"她转过身来对着托马斯，"六点钟我们来个人，一直待到明天早上。随后的几天也这样，刚开始这样好些。"海尔伽和薇罗妮卡没有告别就走了。尤塔抚摩着他的头说："别干蠢事，托马斯。"说着她也离开了。

他在家里转了一圈，他生活所需的一切应有尽有。他从屋里转到楼道里并按了电梯按钮，电梯没来。他转到了阳台上，把头伸过护墙向下面喊了两声"喂"。没有人听见他的喊叫。他可以不坐轮椅滑下楼去，可以把东西抛到街上去，直到引起路人的注意。他还可以把呼救的字写在一张巨大的绘图纸上，将它挂在阳台的护墙上面。

他坐在阳台上没有动，思考着在牙科医院封顶典礼上将要发表的讲话，思考着他还能画什么样的画，思考着英国委托人想要建一座什么样的桥梁。横跨泰晤士河？横跨泰河？他在想甜豌豆。现在他有时间从政了，他首先要竞选区代表，然后竞选下议院议员。为什么不接着竞选联邦议员呢？说不定残疾人所占的比例将超过妇女的比例。如果还没有规定残疾人的比例的话，他将要求做出这样的规定。人人都想要甜豌豆！

之后他就想不出还能干什么了。他朝国会大厦望去，在圆顶建筑上，有很小很小的人在螺旋梯上面上上下下地走动。他们都用健康的腿在走路，但是他并不羡慕他们，他也不羡慕那些用健康的腿在街上和沿着河岸行走的路人。他的女人们应该给他弄一只或两只猫来。两只小猫，如果她们不这样做的话，他就罢工。

切　割

一

庆典过去了，大多数客人都离开了，大多数餐桌都收拾过了。那位身穿黑上衣、白围裙的服务小姐拉开窗帘，打开窗户，把阳光、空气和噪音都放了进来。公园大道上车声嘈杂，汽车彼此之间保持一定距离在红绿灯前停了下来，暂时让横向街道上那些不耐烦的、正在鸣笛往前挤的车辆开过去，然后再开起来。吹进来的风把抽烟卷吐出的烟和烟味卷了起来，然后又把它们吹到外面去。

安迪希望萨拉回来，这样他们就可以走了。她和她的小弟弟在与家人一起参加成人礼时不见了，把他一个人和亚伦大叔扔在了那儿。亚伦大叔很友好，整个一家人都很友好，还有约瑟夫大叔和莉娅婶婶也很友好。从萨拉那里，安迪得知他们曾在奥斯威辛集中营待过，并在那里失去了父母和兄弟姐妹。人们问他是做什么的，靠什么生活，老家在哪儿，一生都想去什么地方——就像人们问被女儿、侄女或年轻的表妹第一次带回家来参加家庭庆祝活动的小伙子一样。没人问任何难以回答的问题，没人做任何具有挑战性的评论，没人说任何令人感到不舒服的含沙射影的话。安迪感觉到，没有任何人认为他与荷兰人、法国人或美国人有什么不一样。他被热情友好地邀请到家里，大家都用善意的、好奇的目光看他，他也同样以好奇的目光看这一家人。

但是，做起来并不容易。会不会因为说错一句话，或打错一个手势而把一切都毁掉呢？他们的友好可信吗？它靠得住吗？它是不是随时都会被取消和收回？难道约瑟夫大叔和莉娅婶婶没有理由在告别时让他感觉到他们不想再见到他了吗？避免说错话或打错手势是很辛苦的。安迪不知道在什么地方会出现误解。说自己服过兵役而不说拒绝服兵役？说自己在德国没有犹太人朋友和熟人？说自己在犹太教堂内感到一切都很新鲜和陌生？说自己从未到以色列旅行过？说自己记不住在座各位的名字？

亚伦大叔和安迪坐在长餐桌旁，斜对面，白桌布上满是污斑和面包碎屑，被揉成一团的餐巾纸和空酒杯堆放在他们中间。当亚伦大叔讲述他的环地中海之行时，安迪用拇指和食指捏着酒杯的细颈转动着。他的旅行用了八十天，与菲利斯·福格的环球旅行用的时间一样多。像菲利斯·福格一样，他也是在旅途中与他的妻子相识的。她出生于一个犹太家庭，这个家族于一七〇〇年前后由西班牙移民到摩洛哥。亚伦大叔讲得很有兴致，也很幽默。

随后他认真起来。"您知道您的祖先当时住在哪儿，是做什么的吗?"

"我们……"但是安迪并没有得到机会来回答这个问题。

"我们的祖先是一七一〇年发生在施特特尔的那场大瘟疫中唯一的幸存者。他们结了婚，他出身于普通家庭，她是拉比的女儿。她教会了他读书识字，他做起了木材贸易，他们的儿子扩大了木材贸易，他们的孙子在雷雍，或者说在波兰和立陶宛管辖区是最大的木材商。您知道我说的是什么意思吗?"

"不知道。"

"我是说在一八一二年那场大火之后，他用他自己的木材重建了那座犹太教堂，建得比以前更大更漂亮。他的儿子把木材生意做得更大了，直到一八八一年。那一年他的南方储木场被大火烧掉，从此他就一蹶不振，不论是作为商人还是普通人。您知道一八八一年发生了什么事吗?"

"一场种族大屠杀?"

"种族大屠杀，种族大屠杀，那是那个世纪最大的一场种族大屠杀。此后，他们开始流亡。他的两个儿子把他和他的妻子一起带上了，尽管他们不愿一起走。一八八三年七月二十三日他们到达了纽约。"他停了一会儿。

"后来如何?"

"后来如何？孩子们也总是问这个问题：当时雷雍的情况如何？为什么会发生那场大火？那位死于瘟疫的拉比都写了些什么？因为他写道……这一切他们都不想知道了。但是随后一家人到了纽约，他们刨根问底，后来如何？后来如何？"他又停顿了一会儿，摇摇头，"他们居住在东区南部，从事理发业。每天工作十八个小时，每天挣五十美分，每周工作六天，每周挣三美元。他们攒了足够的钱，这样，自一八八九年起，本杰明就可以在教育联盟里读书了。萨穆埃尔首先投入了政治，并参与了纳金塔萨耶特的写作。但是，当本杰明在经营木材和旧衣服倒霉后转而做起废铁交易大功告成时，萨穆埃尔入了伙。一九一七年，他们卖掉了自己的废铁企业，用变卖的钱在那疯狂的战争和股市年代发了一笔财。您能想象得出吗？一年就发了财。"

　　他没有等他回答。"一九二九年九月，在股市危机爆发之前的三个月，他们卖掉了所有的有价证券。他们开始谈恋爱了，两个人都开始谈，他们爱上了一对一九二四年由波兰移民来的年轻姐妹。他们坠入了情网，只关心那姐妹俩，而无心再去过问有价证券了。"

　　"哦，爱情击败了股市。"安迪一时有些担心自己的评价太鲁莽了。

　　可是亚伦大叔笑了。"是的，在经济危机达到最高峰时手里有一笔钱是很稀罕的，他们用那笔钱买下了匹兹堡的一家废铁企业，就是一九一七年买下他们的废铁企业的那家，在达拉斯还买了一家。他们成了最幸福的丈夫，同时又是最成功的商人。"

"这两者总能兼而有之吗？"

"不能。如果能当然好了。几乎所有的幸福中都有几滴苦水。萨穆埃尔和汉娜没有孩子，而本杰明和希尔扎生了三个孩子。我兄弟，那位医生，您认识。"他指着坐在窗前扶手沙发里正打着瞌睡的萨拉的父亲，"您现在也认识我了，只是您尚不知道我是这个家族里最不顺利的人，对家族的名望没做什么贡献。我的嫂嫂汉娜您将来会认识的。不管您相信与否——她掌管着企业，而且越做越大。她是如何做的对我来说是个谜，但这是个不错的谜，我们大家都靠它维生，包括幸存下来、后来到这儿来的堂兄堂嫂约瑟夫和莉娅。您的父亲在战争中做什么？"

"他是士兵。"

"在哪儿？"

"起初在法国，然后在俄罗斯，最后在意大利，并在那里进了美国的战俘营。"

"如果约瑟夫听到这话，他会问您，您的父亲是不是通过科萨罗夫斯卡到达那里的。可是，这个您不会知道的。"

"我一点儿都不知道。关于战争，我父亲给我讲的差不多就是我刚才对您讲的那些。"

亚伦大叔站了起来。"我们大家马上都要出去，约瑟夫和莉娅想要去犹太教堂。"

安迪露出惊讶的神情。

"您认为，今天早上四个小时已经够了吗？对我和大多数人来说是这样。但是约瑟夫和莉娅更愿意经常去，而且今天是大卫的成人日。"

"那个……"但是安迪变得词不达意起来，脸也红了，"大卫在吃饭时发表的那个简短的演讲我觉得很好。"

"是的，大卫的演讲不错，不论是对摩西律法的诠释，还是后来就喜爱音乐的问题发表的意见。他今天早上在做礼拜时朗读得也不错。"亚伦大叔目视着前方，"他不能丧失自我，任何人都不能丧失自我。"

二

　　安迪和萨拉徒步穿过中央公园。萨拉的父母住在公园的东边，他们自己的房子在公园的西边。傍晚，低矮的太阳投下了长长的影子，天气凉爽，长椅空空，路上只有几个慢跑、溜旱冰和骑自行车的人。他用手臂搂着她。

　　"为什么亚伦大叔给我讲述你们的家族史？我觉得挺有意思，可我觉得他并不是因此才讲给我听的。"

　　"那是因为什么呢？为什么他把它讲给你听呢？"

　　"你不必用反问来逃避我的问题。"

　　"你也不必教训我。"

　　他们默不作声地走着，两个人心里都对对方有些怒气，都被自己心里的怒气和对方心里的怒气搞得不愉快。他们相识已有两个月了，是在公园里认识的。他们是在各自为自己外出旅行的邻居遛狗时认识的。几天之后，他们相约下午一起喝咖啡，到了午夜才分手告别。当天晚上他就发现自己爱上了她，而她在第二天早上醒来时才意识到这一点。从此以后，他们一起过周末，一周内总有那么一两个晚上在一起，后来从共度夜晚发展到共度整日整夜。他们俩都很忙。他向他所在的海德堡大学请了一年假，为撰写他的法学博士论文获得了奖学金；她正在设计一个电脑游戏程序，并且必须要在几个月之内完成。时间在从他们身边流逝——需要花在工作上的时间，需要自己支配的时间。

"庆典搞得很好，谢谢你把我带来了。犹太教堂很漂亮，饭菜很好吃，交谈得也不错。我也知道应该怎样珍惜自己受到的友好礼遇，甚至约瑟夫大叔和莉娅婶婶也很友好，尽管这对他们来说一定不是件轻松容易的事。"他想起了在他们相识之初的某个晚上，萨拉曾向他讲述了约瑟夫大叔和莉娅婶婶的情况，以及他们的家人是怎样在奥斯威辛被杀害的。当时他不知道该说些什么。说"可怕"对他来说显得苍白，问"家庭有多大"也不得体，好像他认为一个小家庭被杀害了没有像一个大家庭被杀害了那么严重似的。

"他向你讲述了我们的家族史，目的是让你知道你在与谁打交道。"

过了一会儿他问道："为什么他不想知道他们是在与谁打交道呢？"

她停下脚步，焦虑地看着他。"怎么回事？你为什么如此神经质？是什么伤害了你呢？"她搂着他的脖子，在他的嘴上亲吻了一下，"大家都喜欢你，我听到了那么多称赞你的话，什么你长得多么英俊啦，你多么聪明啦，多么有魅力啦，多么谦虚啦，多么有礼貌啦等等。他们用历史来折磨你干什么呢？他们知道你是德国人。"

其他所有事情就都因此而变得无关紧要了吗？但是，他只是在心里这样想，并没有这么问。

他们去了她的家。他们做爱时暮色已经开始降临。在黑暗尚未笼罩房间之前，窗前的路灯亮了，把屋里的一切——墙壁、衣柜、床和他们的身体——都暴露在不柔和的白光下。他们点燃了蜡烛，房间的灯光变得温暖柔和起来。

安迪在夜里醒来。整个房间里都是路灯的灯光，从白色的墙壁上反射到每个角落，吞没了所有的影子，使一切都变得平淡轻松起来。灯光消除了萨拉脸上的皱纹，使她看上去非常年轻。安迪幸福地观赏着她的脸，直到心中突然涌起一股嫉妒的热浪。他永远不可能亲身体验萨拉第一次跳舞、第一次骑自行车的感受或者她第一次面对大海时的喜悦了。别人得到了她的初吻，她的第一次拥抱。而且，在家庭里举行的宗教仪式中，在她的信仰中，她有一个对他永远封闭的世界和价值观。

他想着他们的争吵，这是他们之间的第一次争吵。后来，他觉得这好像是他们后来所有争吵的一种预兆。但是，在过去的事情中看预兆是没有价值的。在人与人之间丰富多样的交往中，什么事情都有预兆，有的事后可以看出来，有的事后也看不出来。

在男孩的成人仪式上，他认识了萨拉的姐姐拉歇尔。她已经结婚，有一个三岁的儿子和一个两岁的儿子，她没有从事任何职业。她问他难道不想租辆车带她出去转一转吗，她是否应该带他看看他尚未看过的东西，去看看坐落在哈德孙河旁的一座漂亮的庄园。萨拉鼓励他去。"她会对你说，她是为了你才这么做的。可是她还从未离开过家门，当然是愿意去的。去吧，为了她，也为了我。你们能相互认识，我很高兴。"

他去接她。早晨，天空晴朗，空气清新。由于他不得不把车停在离她家稍远的地方，所以，坐在暖暖和和的车里使他们感到高兴。她带了咖啡和巧克力小饼干。在城里开车，他要全神贯注，只偶尔地喝一口或吃一口什么。这期间，她没有和他交谈，只是吃着饼干，喝着咖啡，用杯子暖和着手，从车窗向外望着。接着他们沿着哈德孙河向北行驶。

"这很好，"她把杯子放到一边，舒展着身体，把脸转向他，

"你们相爱了，萨拉和你？"

"我们还从来没有说过爱字，她有点胆怯，我也有一点。"他微笑着，"在没有和她说之前，先对你说我爱她，这有点奇怪。"

她等待着，看他还想说什么，接着就主动地讲起了她和她丈夫的恋爱过程，还谈到身为拉比的公公，谈到婆婆的厨艺和烘烤手艺，谈到在一家电子企业发展部供职的丈夫的工作，谈到她自己以前在一家基金会图书馆的工作，也谈到她渴望得到一份新的工作。"有许多喜欢读书而且多少还能理解其中意思的人，这种人就像海边的沙子一样多。但是，在可以用武之地，他们常常不被雇用。相反，被雇用的都是些阔太太，她们身无一技，但是雇用她们也不必付出代价，她们只不过想消遣解闷。雇用她们是因为她们的丈夫或是监事会成员，或是赞助商。你知道吗，我愿意照料孩子，而且在最初的几年里，每天都充满了惊喜。但是，要是能找一份一周只去两天或者一天的工作的话，我宁愿献出——不，不是我的左臂，而是我左脚或右脚上的小脚趾。这样对孩子们也有好处。我为孩子们考虑得太多，为他们担忧得太多，怕他们有所察觉而身受其苦。"

安迪讲述了他在海德堡的童年生活。"我们的母亲也没有工作。我知道，母亲们有足够的理由参加工作，但是妹妹和我都觉得母亲陪伴我们的那段时光是莫大的享受。那时我们尚能在街上玩耍，房子的后面就是森林，我们不必被人带着去做运动，去上音乐课，去朋友那里，或像纽约的孩子那样最好被送着去上学。"

他们谈论大城市和小城市里孩子们的成长问题，谈论某些地方孩子成长所面临的困难。他们都不愿意再重新年轻一次，在纽约也好，在海德堡也好，或者在任何其他地方，在这个问题上他们的观点是一致的。

"孩子们什么时候上高等专科学校？到那时最严峻的问题不是就过去了吗？谁在高中时没染上毒瘾的话，后来对此有了免疫力就不会染上了；谁要是能上高等专科学校，谁就能毕业。不是这样吗？"

"这就是最严峻的问题？染上毒瘾或者上不了高等专科学校？"

安迪摇了摇头。"父母可以在这方面保护自己的孩子免遭其害，不是吗？在这方面，还有其他一些方面。当然，有比这更糟糕的事情，但是，这些事情并不是父母能左右得了的。"他在扪心自问，不知道自己说得是否正确。他不敢肯定。"那么对你来说，什么是最糟糕的事情呢？"

"是指将发生在孩子们身上的事情吗？"她注视着他。事后，他为不能清楚地回忆起她当时的面部表情而感到遗憾。她当时是否在用疑惑的目光看着他，因为她拿不准他想要具体知道什么？

她是否在用犹豫的目光看着他，因为她不知道是否应该诚实地回答他的问题？或许她之所以犹豫不决，是因为她拿不准什么是最糟糕的事情？当她回答他的问题时，他们所经过的位置十分清楚地印在了他的脑海中。从那条沿着河岸弯曲延伸的道路上，在左边岔出一条支路，通向架在河上的一座长长的大桥。当拉歇尔说"如果我的儿子和一个非犹太血统的女人结婚，那将是最糟糕的事情"这句话时，那座桥——一个带拱扶垛的钢铁结构——正好完全进入他们的视野。

他不知道自己该说什么，该想什么。就像拉歇尔所说的对她来说最糟糕的事情一样，如果他的儿子和一个非德国人、一个非雅利安人、一个犹太女人或者一个黑人结婚的话，对他来说将是最糟糕的事情？也许这里涉及的仅仅是宗教？如果萨拉和他结婚的话，对拉歇尔来说会糟糕到什么程度呢？接着他想，她还会有什么补充，什么解释，或请求我不要误解她，不要感到是在说我。但是，她什么补充的话都没有说。过了一会儿，他问道："为什么那样的话会那么糟糕呢？"

"他们将丧失一切。在周五的夜晚点燃蜡烛，喝酒之前做圣餐祝祷，吃面包时念祷告词，按犹太教规进食，在岁首节要听羊角号，在赎罪日来临前和解，在住棚节期间用树枝和树叶搭造一个小屋，装饰一番后住在里面——我的儿子们怎么可能和一个犹太姑娘以外的任何人来做这些呢?"

"也许你的儿子们或者其中的一个儿子根本不想这样做,也许他愿意和他的信天主教的太太一起决定哪些节日该如何庆祝,是以犹太教的方式,还是以天主教的方式,抑或是以第三种方式。还有,哪个孩子该怎样教育:为什么他不能和他的儿子在安息日去犹太教堂,而她和她的女儿在星期日去天主教堂呢? 这有什么糟糕的呢?"

她摇着头说:"事情不会是这样的。在混合婚姻中,不是考虑有没有特别丰富的精神生活,而是根本就没有精神生活。"

"也许他们俩都对自己既不是犹太教徒也不是天主教徒感到幸福,然而,他们并不因此就是什么坏人。你也尊重和喜欢那些既不是犹太教徒也不是天主教徒的人吧! 不论是作为佛教徒,还是伊斯兰教徒,抑或天主教徒,或者犹太教徒,你的孩子们都会过上丰富多彩的精神生活。"

"如果我的儿子不再是犹太人的话,他怎么会幸福呢? 此外,你所说的理由根本就不对。第二代人已不完全具备犹太民族的特性。当然了,有个别现象。但是数据统计表明,谁过上了混合婚姻生活,谁就丧失了犹太人的特性。"

"但是,也许他或他的后代会得到其他价值观的认同。"

"你信什么教? 天主教? 新教? 还是一个不可知论者? 不管

怎么样，你们的人那么多，完全可以在混合婚姻中有所放弃，而我们却不能丢掉任何一个人。"

"世界上犹太人的数目在减少吗？我脑子里没有统计数字，但我想可能不是这样。此外，如果有那么一天再没有人愿意做天主教徒、新教徒、不可知论者，或者犹太教徒了，那么，我们对此能说什么吗？"

"如果有那么一天没有犹太教徒了，我们对此能说什么？"她用怀疑的目光看着他，"你是问这个吗？"

他生气了。她提出这样的问题是什么意思？作为一个德国人，难道不允许他认为犹太教和其他宗教一样，有人信，它就得以生存，没人信，它就会消亡吗？难道拉歇尔相信犹太教有什么特别之处？难道犹太人真的是上帝的特殊选民吗？

她好像听到了他的问题似的，说道："如果你对你的宗教信仰这么没有信心，以至于任它消亡的话，那是你的事情。我想让我的信仰继续存在下去，而且让我的家庭与之并存，让我的家庭存在其中。是的，我认为我的宗教是独一无二的。我不明白你为什么生气，因为如果其他任何人认为他的宗教也是独一无二的，我都不会阻止。对于家庭也是这样。可是，看，"她把左手放在他的手臂上，用右手指着前面说，"那里是去林德赫斯特的出口，我们到了。"

他们里里外外参观了那座富丽堂皇的新哥特式庄园，在到处盛开着鲜花的玫瑰园里漫步，吃午饭，坐在哈德孙河旁歇息，不停地聊着天，什么书啦，画啦，棒球啦，足球啦，校服以及农村的房子啦，无所不谈。那是轻松、亲密、愉快的一天。可是，在回家的路上，他的脑子里却仍然盘旋着这样的问题：她认为萨拉和他相爱到底有多糟糕？他觉得最好还是不问。

四

在纽约，他没有可以让萨拉认识的男朋友和女朋友。过了一段时间，萨拉开始把他介绍给她的男女朋友们，让他们相互认识。在最初的几个月，他们俩在一起太幸福了，他们彼此之间要了解的东西太多了，使他们感到没有进行社交的必要。他们一起在公园里散步，在中央公园，在河滨公园；一起去看电影，看戏剧，听音乐会，借他们喜爱的电影的录像带看；一起下厨房，一起聊天——他们自己拥有的时间已经太少了，怎么还能有时间给其他人呢！

在他们共度的第一夜里，萨拉一直凝视着他，直到他想知道她在想什么，她才说："希望你永远都不要停止和我交谈。"

"我为什么要停止呢？"

"因为你觉得你已经知道我脑子里在想什么，所以就不想从我嘴里知道了。我们来自两种不同文化的国度，我们讲两种不同的语言，即使你能把你的语言很好地翻译成我的语言，我们还是生活在两个不同的世界——如果我们之间停止对话，我们终将分道扬镳。"

他们之间的对话方式多种多样。其中一种是轻松、快捷的方式，因为有时欠考虑，所以其中难免掺杂更正、伤害和抱歉，但并不留后遗症。另外一种是慢条斯理、谨小慎微的方式。如果谈到他们的不同宗教，谈到他生活中的德意志民族特性，或谈到她生活中的犹太民族特性时，他们都小心翼翼，从不质疑对方。和她一起去犹太教堂时，他会说，这真令人难忘；和她一起听关于哈西德教派的报告时，他会说他觉得报告很有意思；和她一起在她父母那里共度周五晚上时，他会说过得很愉快。他真的很愿意和她一起参加这些活动，因为他想了解她的世界。对令他感到诧异的东西，他总是隐而不言，不但对她如此，对自己亦如此，但又不承认事情就是这样的。与拉歇尔的那一席交谈他也压在心里。当萨拉询问起他去林德赫斯特郊游的情况时，他说："不错。"自那次郊游后，他和拉歇尔比以前更真诚相待了，对此她很满意。反过来，她认为他为她搞到手的德国文学译本很美，觉得和他一起去参加由歌德学院举办的活动很有意思，一起去河边教堂做礼拜也很好。

四月，他过生日，萨拉安排了一个小型聚会，给了他一个意外的惊喜。她邀请了在大学里与他共用一个办公室的两位美国同事，还有她自己的朋友，两位程序员，一位讲师和她的丈夫，一位靠修复画维生的画家，拉歇尔和她的丈夫乔纳森，还有当时听她计算机课的几个学生。她准备了沙拉，烤了奶酪点心。当他进来的时候，客人们手里端着盘子，拿着酒杯站在客厅里，唱道："生日快乐，亲爱的安迪。"萨拉自豪地把他介绍给她的男女朋友们，他向所有的人微笑致意。

交谈的话题转到了德国。其中有一位萨拉当年的学生，作为交换生在法兰克福度过了一年。他大谈特谈准时、舒适、干净的德国列车，谈德国的面包和各种小面包，谈苹果酒、洋葱蛋糕和醋焖牛肉。但是德语却经常把他搞得稀里糊涂的。德国人喜欢谈论波兰式经济和犹太式匆忙，形容做某事直到做腻为止，就说做某事做到用毒气毒死为止。

"做到用毒气杀人？"那位画家看着安迪插话道。

安迪耸耸肩。"我不知道这种表达方式是从哪来的。我猜测，它早于大屠杀，产生于第一次世界大战，或者来源于毒气自杀行为。我也已经很久没有听到这种说法了，现在人们更愿意使用'直到不行为止''直到吐为止'，或者'直到叫停为止'等字眼。"

但是那位画家还是有些不知所措。"如果德国人对什么感到厌倦的话，就对它使用毒气？那么，如果他们对人感到厌倦了呢？"

安迪打断了他。"直到不行为止——意思是指人们做某事直到实在做不下去了。说直到吐为止，是因为人们实在吃不下去了；说直到死了人的程度，通过毒气毒死，是因为人们不知该如何生活下去了。这里说的是一个人自己的行为，不是指一个人对另外某个人的行为。"

"我不知道，我感觉好像……"那位画家摇着头，"波兰式经济？犹太式匆忙？"

"这些都是无害的种族玩笑，在德国人之间也有，像威斯特法伦州的犟脑袋啦，莱茵地区的乐天派啦，普鲁士的纪律啦，以及萨克森的懒散啦，等等。波兰人从波兰偷来汽车，然后又走私到波兰，现在整个欧洲都在开他们的玩笑。"他不知道是否真的有德国人在谈论萨克森的懒散，真的有其他欧洲人在开波兰人盗窃汽车这样的玩笑，但是，他觉得这样的事情会有的。"在欧洲，我们紧紧地挤着坐在一起，比你们在美国这里要挤得多，于是我们相互之间嘲弄的情况也就更加严重。"

那位女讲师对此提出反驳。"我认为恰恰相反。正因为在美国不同种族的人如此紧密地生活在一起，种族影射在我们这里才被禁止，否则的话，我们就会不断地遇到麻烦。"

"为什么会遇到麻烦？种族影射不一定是恶意的，也可以是幽默诙谐的。"

安迪的一位同事接过话题说:"是否幽默且受欢迎,是否恶意中伤,只能由当事人来决定,不是吗?"

"这总是既取决于言者,又取决于听者。"安迪的另一位同事更正说,"合同、提议、解约期限——你愿意的话就接受,但这是双方面的事情。"于是同事们开始没完没了地扯起业务来。

安迪舒了口气。当他告诉萨拉,说他在当天收到了一封信,信中讲,他的休假和奖学金被延长了一年时,她眼含幸福的泪水拥抱着他,把所有的人都叫到了一起。大家都向他致意,为他祝酒,那位画家和安迪特别热情地干了一杯。

晚上,当萨拉和安迪谈论起聚会和被邀请的人时,萨拉却说:"我忠诚的小战士,你为什么要为某种你自己也认为是不好的东西而战斗呢?你不必为了还任何人的债而为那些恶意的种族玩笑进行辩护。毒气杀人,犹太人的匆忙——这都是伤害感情的话。"

安迪不知道他该想些什么。他想起了小时候看过的美国和英国的战争影片。他知道人们有理由把德国人描绘成邪恶的人,尽管如此,他对此还是有些拿不定主意。至于犹太人的匆忙,他甚至不知道那是恶意中伤,还是真的只是开开并无恶意的玩笑而已。

在床上,他问她:"你爱我吗?"

她坐了起来,把手放在他的胸上说:"爱。"

"为什么？"

"因为你可爱、聪明、正派、慷慨，因为你是我忠诚的小战士，而且这使你的生活举步维艰。你想使一切都尽善尽美，尽管你做成了许多事，但是你不可能什么都能做成，你又怎么能什么都做得到呢！可是尽管如此，你还是努力去做，这使我十分感动。因为你对待孩子和对待狗的态度都非常值得称道。因为我喜欢你这双绿眼睛和你一头棕色的鬈发。因为我的身体喜欢你的身体。"她抱住他亲吻起来，对着他的耳朵悄悄地说，"不，它不仅仅喜欢它，它也需要它。"

后来她问："那你呢？你知道你为什么爱我吗？"

"知道。"

"能说给我听听吗？"

"可以。"他停顿了很长时间，萨拉以为他睡着了。"我还从未遇见过像你这么有见识的女人，像你这样关怀他人而且能理解和体谅他人的人，因此我爱你。我被你的目光俘虏了，我爱你还因为你开发了电脑游戏，你用你的智慧使他人快乐。你将会是一位出色的母亲，你有……你知道自己是什么人，从哪来，到哪去，需要什么，这样，我们的生活才没有出问题。我爱你还因为你在这个世界上拥有一个固定的地方。还有，你很漂亮。"他用手描摹着她脸的轮廓，好像房间不是亮的，而是黑的，好像他什么都看不见似的。"你有最黑的头发——我还从来没有见过这么黑的头发，你有最调皮的鼻子和最性感的嘴。与此同时，你的直觉如此灵敏，人又如此聪明，以至于让我总是感到不可思议。"他依偎在她怀里说，"够了吗？"

五

五月，当学期结束时，萨拉和安迪去德国旅行了。他们在天亮以前到达了杜塞尔多夫，从那里乘火车去海德堡。当火车在科隆途经莱茵河时，太阳冉冉升起，使得科隆大教堂和博物馆金光闪烁。

"嘿，"萨拉叫道，"真漂亮。"

"是的，还有更漂亮的呢。"他喜欢乘火车沿莱茵河行驶，喜欢看两岸时而可爱迷人、时而陡立险峻的蜿蜒的莱茵河，喜欢看山坡上的葡萄园，看长满树木的山坡，看城堡以及小村镇，看货船，它们有的急速地顺流而下，有的艰难缓慢地逆流而上。他喜欢在冬天走这段路，喜欢看寒冷的晨风使河水蒸发的景象，喜欢看太阳艰难地穿过雾气的景象。他也喜欢在夏天走这段路，喜欢看河对岸的那些沐浴着明媚阳光的城堡、小村镇、火车和汽车。春天，绿叶令他赏心；秋天，黄叶和红叶令他悦目。

他和萨拉乘火车沿这段路前行的那天，晴空万里。在蓝天白云下，清爽的空气中，弹丸之地的德国在展示着自己。安迪像孩子一样，热情地指给她看这所有的一切：布吕尔城堡大街、修女岛、罗雷莱、地处考布附近的行宫。当火车拐到莱茵平原时，他感到了家乡的亲切，同时心里也有些忧伤。在火车从曼海姆驶向海德堡——他的家乡——路途中，他可以看到宽阔的平原、东西两边的山脉以及红砂石断层。他属于这里。现在他把萨拉也带到这里来了。在海德堡，当出租车穿过市区，在河对岸向山上行驶时，他让她下车散散心。他们下了车，朝哲学家小路走去。然后，他自豪地为她指点脚下的家乡：城堡、老城、古桥和内卡河，他就读过的高中、市政厅——在那里，他和另一位同学在毕业典礼的音乐会上作为第二把长笛手参加过演出，还有他上大学时就过餐的食堂。他讲啊讲，想要让所有的一切都引起她的兴趣，与此同时又要让她感到亲切。

"我的宝贝，"她说着把手指按到他的嘴上，"我的宝贝，你不必担心我不喜欢你的城市。我看到了它，看到了小安迪在这个城市里上学，后来又去大学的食堂吃饭，我喜欢这儿，我爱你。"

他们来到了他父母家，他的姐姐和丈夫以及他们的两个孩子也刚好在这个时候到了。又过了一会儿，他父母的兄弟姐妹、他的表姐表妹、堂兄堂弟们以及家里的几位朋友也都来了。他的父母邀请了二十位客人来参加他们自己称为大理石婚的庆祝活动，也就是结婚四十周年纪念日。他心想，萨拉在我家人面前多么轻松自如，她用她那混杂的德语和英语与所有的人交谈得多么好，她看上去是多么精力充沛，尽管她几乎都没有睡觉。我所拥有的是一个多么好的女人啊！

午饭前，他们和他的父亲以及他的姐夫坐在一起聊天。

"您的老家在什么地方呢？"萨拉问他父亲道。

"在福斯特，在平原的另一边。能追溯到的最早的家族先人是葡萄酒酒农和小客栈的店主。我是第一个另搞一套的人。正是由于这个原因，我的女儿才又做了酒农。"

"您觉得葡萄酒不好喝吗？"

父亲笑了。"好喝，我觉得葡萄酒很好喝，而且葡萄种植也很吸引我。但是，在我尚未能够就此做出选择之前，我必须去当兵，去打仗。在那里我才发现自己对组织工作感兴趣，于是在被解除监禁之后我从了商。再者，我的堂兄由于腿的原因不能去打仗，在家经营葡萄园，长达七年之久，我不想再从他那儿要回葡萄园。但是，我真有点想它。所以，我也很晚才结婚。结婚，但又不与我妻子一起搬到我们的葡萄园去住——这在很长一段时间里简直令我无法想象。"

"您在战争期间都从事了什么样的活动？"

"什么样的都有。在俄国，我做的与艺术有关。战争把教堂变成了储藏室、工场、粮仓和牲畜棚。我们在瓦砾废墟下抢救出许多精美的圣像、灯架和法衣。"

"那些东西后来都怎么样了?"

"我们把它们都编了目,装箱运回了柏林。在柏林的情形如何,我不知道。在法国的工作比较有意思,在那里我负责粮、酒的运输。"

"在意大利呢?"

"意大利?"

"安迪提起过,说您当兵时在法国、俄国和意大利都待过。"

"在意大利,我在墨索里尼的最后一届政府中担任经济专员。"

安迪听得目瞪口呆。"你还从未讲过这么多战争中的事情。"

"我必须得这么做,如果我不想让她永远不信任我们的话。"父亲看上去既胸有成竹又友好亲切。

晚上,当萨拉和安迪躺在床上时,她谈起了他父亲那既胸有成竹又友好亲切的目光。她说,他父亲的脑袋具有显著的特征,再加上一头剃得很短的白发,看上去很帅。在他的脸上,农民特质和聪明睿智完美地结合在一起。但是,那种目光令她感到恐惧。"他怎么知道我是犹太人呢? 你对他说过吗?"

"没有。可是我也并不清楚,当他说到具有威胁性的永不信任时，暗指的是否就是这个。从你提出的问题可以看出，你毫无疑问是想要得到回答。"

"但是，我得到的是什么样的回答呢？一位德国经济专员在只能靠德国的恩赐才能存在的墨索里尼那儿还能做什么呢？负责从法国向德国运送粮、酒，这又意味着什么呢？这些东西都是战利品，不论在法国，还是在俄国，这都意味着抢劫和掠夺。"

"你为什么没有问他呢？"但是安迪甚感欣慰，因为她没有这样问他的父亲，他的父亲也没有回答她，没有把他书房中的圣像拿给她看。

"正因为如此我才要说说他的目光。他的目光告诉我，他对我的每个问题都有答案，而且每次都让我的疑虑显得理亏，又什么都不对我说。"

安迪想起了与父亲的争吵，在争吵中他也有过类似的感觉。同时，他又不想把抢劫和掠夺的罪名加在父亲身上。"我相信他说的话。如果他和他的部下不进行抢救的话，俄国教堂的财宝将遭到损毁。"

仰面躺在床上的萨拉举起手来，好像在为发表一番原则性评论做准备。但是她把手臂又放了下来。"也可能。什么俄国的圣像、法国的酒和粮食、墨索里尼的交易，这些东西对我来说都无所谓了。只要你的观点与你父亲的观点不一样就行。他持什么观点，由他去。你母亲很和蔼可亲，我也喜欢你的姐姐和她的孩子们。"她沉思了一会儿，"你父亲就是那种人，天晓得。"她转过身来，侧身躺着，看着安迪，"乘火车的那段路程真好！还有从山上往下俯瞰！明天我们到城里转转？现在我们做爱，好吗？"

六

在柏林，他第一次感到担心，怕他们来自不同世界的背景会危及他们的爱情。他们去了慕尼黑、乌尔姆、博登湖、黑森林和弗赖堡，萨拉非常专注和高兴地观看了所有这一切。她喜欢大自然的程度远远胜过喜欢城市，就像安迪喜爱莱茵平原周围的风光一样，她也喜爱那里的风光。她喜欢盘山路道、乡间小溪以及白葡萄酒产地。他们在巴登－巴登温泉浴场度过了一整天。他们分别从男士入口和女士入口进入浴场，分别进行了浴前冲洗，分别在芬兰式的干热浴和罗马式的蒸汽浴中发了汗，然后在高高的圆顶下面周围有圆柱装饰的旧游泳池中心会面。安迪先到，正期待着萨拉的到来。他还从未远距离看过她穿着泳装向他走来的姿态。她多漂亮啊！一头齐肩长的浓浓黑发、清秀的脸蛋、圆圆的肩膀、丰满的乳房、柔软的臀部，还有那稍稍有点短但造型美观的两条腿。她走起路来是多么优美——对自己的美丽感到自豪，同时又有些不好意思，因为他在毫不掩饰地盯着她看。她的微笑多么迷人——带有嘲笑的意味，因为她总能发现可以嘲笑的东西。她对他的赞赏感到幸福，对他充满了爱。

在他们观光过的城市中，她讽刺挖苦德国人在指出二战所造成的破坏时表现出来的真诚态度。"战争已经过去五十年了！你们最后还是成了欧洲的最强者，你们是不是为此而感到自豪？"当他们来到城郊时，她就嘲讽那些坐落在干干净净的花园里、周围的栅栏整整齐齐的白色小房子。当他们驱车穿越乡下时，她就挖苦说见不到一件破烂东西，见不到生了锈的汽车，或者腐烂的沙发，就像人们在美国的小农庄前面所能看到的那样。"你们这儿所有的一切看上去都像刚刚做完似的。"她也嘲笑马路上的标记，而且总是提醒安迪注意：这儿，人们小心翼翼地把停车线的出口用三角阴影线画了出来；那儿，给在十字路口拐弯的司机指路的路标线是条虚线，正好与对面的交通虚线相交。"你们的马路要避免车辆通行才行，然后从空中进行拍照——那可能会是一件艺术品，真正的艺术品！"

萨拉笑着嘲讽着，她的笑带动了他一起嘲讽，一起笑。安迪注意到了这一点。他也知道嘲讽是萨拉占有世界的一种方式。在纽约时，她也同样喜欢嘲讽——嘲讽指挥家，尽管她在音乐会结束后兴奋不已；或者嘲讽一部庸俗的影片，尽管她最后总是流泪，并在第二天想起它的时候仍旧眼泪汪汪的。她甚至嘲讽她小弟弟的成人庆典，与此同时，当他在犹太教堂里读经文，在就餐时高谈阔论摩西五经和对音乐的喜爱时，她又为他担心。所有的这一切，他心里都明白，但是他对她那种对什么都不依不饶的嘲讽却感到为难。他跟着笑着，可是嘴上和下巴上的肌肉却痉挛着。

在柏林，他们住在他的一位叔叔家。这位叔叔继承了绿森林里的一栋别墅，他在别墅为他们准备了一个配有卧室、客厅、厨房和洗澡间的套房。他请他们吃了一顿他自己做的饭，除此之外，他不打扰他们，随便他们做什么。但是，在他们准备上路去奥拉宁堡的那个晚上，他们在大门口与他不期而遇。

"奥拉宁堡？你们想要去奥拉宁堡做什么呢？"

"看看它曾经是什么样子。"

"它应该是什么样子？它就是人们想象的那个样子，可是它仅仅就是那个样子，因为人们能想象到的也就如此而已。几年前，我去过奥斯威辛，没有什么可看的，什么都没有。有那么几栋砖砌的营房，在中间有点草和树，也就是那样了，一切都在脑子中而已。"这位已经退休的教师大叔既惊讶又满怀同情地望着他们。

"那么我们就去看看在我们的脑子中能看到的东西。"安迪笑了，"难道我们想就此提出一个认识论的问题吗？"

叔叔摇摇头。"你们想干什么！到现在已经五十年了。我不明白，为什么我们不能不再提起过去。为什么我们不能把这段历

267

史像其他已经过去的事情一样搁下不谈。"

"也许这是一段特殊的历史呢？"萨拉用英语问道。令安迪大吃一惊的是她竟然听懂了用德语进行的对话。

"特殊的历史？每个人都有他自己认为的特殊的历史。抛开这个不说，历史本来就有一般和特殊两种。"

"是的，对我的亲戚来说，德国人创造了一个特殊的历史。"萨拉用冷漠的目光看着安迪的叔叔。

"当然那是可怕的，但是，奥拉宁堡或者达豪或者布痕瓦尔德的居民因此就得拥有一个可怕的现在吗？那些在战后很久之后才出生的人，并没有伤害过任何人的人，因为那个特殊的历史会让人们想起他们居住的地方，就把罪过都归到他们身上吗？"那位大叔从大衣兜里掏出房门的钥匙，"你们究竟想如何！你的女朋友是美国人，美国游客眼中的欧洲和我们自己眼中的欧洲是不一样的。你们去拐角的那家意大利餐馆吗？祝你们大饱口福。"

萨拉一直沉默不语，直到他们找到一个座位坐了下来她才开口说话。"你的观点应该和你叔叔的观点不一致吧？"

"哪个观点？"

"就是不要总谈论过去，如果犹太人不煽风点火的话，过去的事也就没人提了的观点。"

"你不是也经常说战争已经过去五十年了吗？"

"对，说过。"

"不，我同我叔叔的观点不一致。但这也并非像你所想的那样简单。"

"它有多复杂呢?"

安迪没有兴趣和萨拉争吵。"我们一定要就此谈论下去吗?"

"就只回答这个问题。"

"它有多复杂? 人们一定要牢记历史，这样它才不至于重演；人们一定要牢记过去，因为这是对受害者及其子女的尊重；大屠杀和战争都已经过去五十年了；不论父辈和子辈负有什么样的罪责，孙辈并没有犯下任何过错；如果谁在国外不得不说他来自奥拉宁堡的话，那么他的处境就会很糟糕；年轻人变成了新纳粹，因为他们对摆脱过去的缠扰感到厌烦——正确地对待所有这一切，我认为不那么简单。"

萨拉默不作声。男招待走过来，他们开始点菜。萨拉继续保持沉默，安迪看到她在轻轻地哭泣。"嘿，"说着他弯腰把身子探过桌子，用胳膊搂着她的脖子，"你不是因为我说的话在哭吧?"

她摇摇头。"我知道你是好意，但是，这并不复杂。正确的东西总是简单的。"

七

　　安迪不敢说他在奥拉宁堡的感觉真的就像他叔叔所预言的那样，他所看到的并不令人震惊，令人震惊的是呈现在脑海中的情景，那确实足够令人震惊了。萨拉和安迪默默地在集中营里走着。过了一会儿，他们把手拉了起来。

　　与他们一起在集中营参观的还有一个班的小学生，大约有三十名十二岁的男孩子和女孩子。他们的言行举止就像十二岁的孩子应有的言行举止一样，他们大声喧哗着，咯咯地嬉笑着。他们对于老师指给他们看的东西和给他们讲解的内容并不怎么感兴趣，他们更对他们的同伴感兴趣。他们把看到的东西当做了让别人留下深刻印象，或使他人难堪或使他人发笑的材料。他们扮演看守和囚犯，蹲在牢房里痛苦地呻吟，好像他们被拷打或口渴得要死。老师是下了工夫的；从他所讲的内容可以看出，他为带孩子们参观集中营做了充分的准备，但是所有的努力都是徒劳的。

难道萨拉对我们的感受就像我对那些孩子们的感受一样？孩子毕竟是孩子，对他们的言行举止我没什么可说的。尽管如此，我是否还是不能容忍他们？父亲在战争中发现了他在某些方面的乐趣；叔叔不想谈及过去；而我一则与他们不同，二则认为事情复杂。尽管如此，这一切是否还是使她极为气恼？如果孩子们中间有我自己的孩子的话，那么我的感受又该如何呢？

他们在晚上没有碰到他叔叔，安迪对此感到高兴。他也对他们第二天要去看这座城市的新东区并将获得新的印象而感到高兴。在德国发生大转变之际，他正在柏林工作。现在他愿意再迁回柏林，并想使萨拉对这个城市产生热情。他对这座城市有这么多可以向她展示的东西而感到高兴——他曾经常这样对她说，你将会看到，柏林几乎就像纽约一样。但是当他想象着他如何带着她参观波茨坦广场的建筑工地、弗里德里希大街的建筑工地以及国会大厦的建筑工地，还有他们随处都会遇到的建筑工地时，他知道萨拉会说什么，或者如果不说的话，也知道她会怎么想。为什么这一切都必须在一夜之间就完成，让人看上去好像这座城市没有历史似的？好像它没有过创伤和疤痕？为什么也必须马上把大屠杀清理到纪念碑下面去呢？他将尽最大努力去解释，而且他既不能说蠢话，又不能说错话，同时又要让萨拉听起来感到新鲜。

难道只有不是这样就是那样：不是男人就是女人，不是孩子就是成人，不是德国人就是美国人，不是基督教徒就是犹太教徒？难道这样讲话没有意义，因为它尽管有助于理解他人，却无益于包容他人，因为起决定性作用的是包容，而不是理解？就包容而言，难道人们最终只能包容自己的同类？当然人们可以区别一些事情——也许没有区别根本就不行，但是，难道区别本身没有一定的尺度吗？如果我们对我们之间存在的差异也提出质疑的话，那还好得了吗？

他的问题还没有说出口，他自己就大吃了一惊。人们只容忍同类——那不是种族主义、沙文主义或者是宗教狂热主义吗？孩子和成人、德国人和美国人、基督教徒和犹太教徒——他们为什么就不能相互容忍呢？他们处处都在相互容忍，至少在当今世界的每个和平的角落。随后他又狐疑不定，他们之间之所以能相互容忍，是不是因为一方或另一方放弃了自我——因为孩子在不断长大，或者因为德国人和美国人一样，犹太教徒如基督徒一样？难道种族主义或者宗教狂热主义只是在人们没有准备好放弃自我的时候，在我尚未准备好为了萨拉变成一个美国人和犹太人的时候才会孳生吗？

第二天正如他想象的那样，她对他带她去看的一切都感兴趣。波茨坦广场变成了建筑工地，弗里德里希大街和国会大厦附近被果断地翻修一新，这些都令她感到钦佩。但是她也问他创伤和疤痕的问题，问他为什么这座城市对它们的过去不能忍受，问他计划修建大屠杀纪念碑的意义何在。她问他为什么德国人不能容忍混乱，是不是在国家社会主义疯狂的纯正癖和秩序癖中蕴涵着一种德意志禀性，一种显然不正常却富有个性的禀性？安迪不喜欢萨拉的问题，可是过了一会儿，他的回答比她的问题更令他不喜欢。他为自己努力做出的、经过掂量的，但又与他人有所不同的评价而感到惭愧。实际上，他带萨拉观看的东西，他自己也不喜欢，他不喜欢那种在所有的新建和加建中表现出来的蛮横和匆忙。萨拉是对的：为什么他要坚持连自己也不相信的事情呢？为什么他就叔叔所说的话做了一番复杂的解释，而没有干脆地说那些话令人气愤、令人伤心呢？

晚上，他们去歌剧院听巴赫的 B 小调弥撒曲。她对此不熟悉，而他不仅感到棒——就像一个人与他的心上人在一起分享所喜爱的书和音乐时一样，同时也担心，怕她认为这种音乐的基督教和德国味太浓了，怕她产生这种音乐不属于音乐厅而属于教堂的感觉，怕她产生被欺骗了的感觉，好像他强迫她在笃信宗教、笃信基督教的德国世界里寻找欢乐似的。实际上他很愿意与她就所有这些事情进行交谈，可是他对此也顾虑重重。他认为他必须对自己如此喜欢那音乐的原因做出解释，可他又没有能力做出解释。他变成了肉体，被钉在了十字架上，后来又复活了①——这歌词对他来说说明不了什么，但是，为歌词所谱的乐曲却令他感动，令他愉快，几乎没有任何乐曲可以与之相比。不过，如果他把这种感受说给萨拉听的话，难道她不会认为她在他心里的陌生程度远远比她到目前为止所意识到的要深？因为这种陌生深埋在他的心灵深处，他对此既不理解，又无法做出解释。

但是，当他们从地铁站出来的时候，宪兵广场正处在晚霞余辉的照耀之中。大教堂和皇家剧院华丽而淳朴，与广场三位一体，显示着还有一个更好的柏林。由于商店都已打了烊，而喜欢在晚上出来的人还没有出动，所以这里一片空旷寂静，好像这座城市停止了呼吸。"噢。"萨拉感叹道，她停住了脚步。

在听弥撒曲中的祈祷歌时，她向四周观看了一下，然后闭上了眼睛。过了一会儿，她拉住了他的手。曲子快要结束时，她把头靠在了他的肩上。我期待着死者的复活②——"是的。"她小声对他说，好像她在与他一起期待着死者的复活，期待着他们俩从深深陷入的困境中复活。

---

①② 原文为拉丁文。

八

　　第二天，他们飞回了纽约。三周之久，他们形影不离。这期间，他们相互之间有时会有一种自然而然的熟悉的感觉，就好像他们之间一直就是这样，也理应这样，并应该继续保持下去似的。在返程的飞机上，这种感觉尤其强烈。他们两人都知道对方需要多少安静，知道自己将享受到的对方的亲近程度，也知道对哪种小小的关心的手势应该感到高兴。他们就飞机上放映的电影展开了争论，因为把争论的仪式放到一个没有炸药的主题上来进行是非常好的。到达纽约后，他留在她那儿过了夜。因为太累了，就没有做爱。但是，她在入睡时对他温存了一番，而他感觉就像在家里一样。

　　夏天来到了。曼哈顿的中国城、小意大利、格林尼治村、时代广场和林肯广场都要比其他地方更拥挤。在哥伦比亚大学附近，也就是萨拉和安迪居住的地方，空空荡荡的没有什么人。观光旅游的人很少到这里来，学生和教授们都离开了这个城市。白天天气闷热，在街上没走几步衣服就贴在了身上，晚上和夜里稍微凉快一些。但是闷热和潮湿的空气不是人们感觉不到的轻元素，而是浓浓重重的东西，使人的身体产生一种轻微的抵抗。安迪对纽约人外出旅行而错过这样的夜晚感到不理解。由于无法忍受办公室里空调发出的嗡嗡的噪音，他把工作地点转移到了公园里的一张长椅上。他一直工作到深夜，把一只靠电池发电的小灯夹在书上或文件夹上。工作结束后，他便去萨拉那儿。她的爱、他的工作、空气，还有照在柏油马路上闪闪发光的灯光都令他感到轻松愉快，步履轻健。他很容易感觉到那令他产生抵抗的空气。空气的沉重与他的轻松形成了对比。他好像毫不费力地阔步走在银河中。

如果晚上能和萨拉一起去散散步，并不要说很多话，或者坐在百老汇旁边一家饭店门前的一张桌子旁，或者去电影院看一场电影，或者看一盘录像带，他就会很满足了。但是，本来就比他健谈的萨拉，在电脑前寂寞地工作了一天之后，更有交谈的需求。她想听他讲讲他都读了些什么或写了些什么，也想向他汇报一下她制作电脑游戏所取得的进展。在编程序的过程中，她的头脑里出现了各种各样的想法，她想就此和他交谈交谈。可是他一旦把精力集中在一件事情上，就无法在这期间一心二用地再去思考别的事情了。到了晚上，除了他的工作，他什么话题都没有了。可是，他又不想谈工作。曾因继续谈工作而引起过一次争吵，他不想再去冒险。

　　他的论文的研究对象是美国乌托邦计划中各派提出的种种法律设想和秩序设想，从震颤派、拉宾斯派、摩门教徒、哈特派信徒提出的设想，到社会主义者、素食主义者以及自由恋爱的追随者们提出的种种设想。安迪认为这个主题很有趣。了解乌托邦的纲领，追踪乌托邦主义者的书信、日记以及回忆录，并从发黄的报纸中了解他们是如何对待环境的，他认为这样的工作很有趣。有时候，他觉得乌托邦计划是一种已经形成规模的集体的堂吉诃德；有时候，他觉得乌托邦主义者们好像早已知道他们的努力是徒劳的，他们只不过是想要把一种英雄的虚无主义赋予一个集体的、具有创造性的形象而已；有时候，他觉得他们就像早熟的孩子，他们生活的目的就是给社会以讽刺。当他把他的论文主题以及这个主题如何使他入迷讲给她听时，她思考了一下，然后说："这很德国，不是吗？"

　　"你指的是美国乌托邦计划的题材吗？"

　　"乌托邦的魅力，由混沌到有序的宇宙的魅力，完美秩序的魅力，纯洁社会的魅力。也许还包括徒劳的魅力——你不是给我讲过你们的一个传说吗？在传说的结尾，所有的人不都一同英雄地、虚无地死了吗？尼伯龙根人？"

安迪听到的不是论证，而是攻击。他反击道："但是，与我论文题目有关的资料，美国要比德国多上千倍，而且，就集体自杀而言，美国人和犹太人所做的并不比德国人逊色。"

"没错，他们是这样。你说过，你们的那个传说是你们最重要的传说，而且公布的数目在这里是不重要的。我知道美国出版过一些这方面的书籍，不过我没有读过。它们都是些关于这个和那个乌托邦的实验故事，关于人的故事，关于他们的家庭和工作、欢乐和痛苦。那都是人们怀着兴奋和同情的心情写下的故事。德国出版的有关书籍就事论事，比较全面，已形成类型和体系，人们从中感觉到的狂热是一种科学分析的狂热。"

安迪摇着头。"那是不同的科研风格。你听说过那个笑话吗？一个法国人、一个英国人、一个俄国人和一个德国人要就大象提交一份科学论文。法国人写的是大象及其爱情，英国人写的是如何击毙一只大象，俄国人……"

"我不想听你愚蠢的笑话。"萨拉站了起来，走到厨房里。他听见她用力打开洗碗机的声音，听见她叮叮当当地把盘子、杯子和刀叉取出来再放到桌子上的稀里哗啦的声音。她走过来，站在门口。"当我严肃认真地和你交谈时，我不喜欢你拿我开心。这跟科研风格不相干。即使是在你没有从事科研的时候，比如在与我的朋友、我的家人讲话的时候，你总是缺少同情心，至少不是我们所理解的那种同情心，我们看到的只是你分析解剖式的好奇心。这没什么，你就是这样的人，我们也喜欢你这样。在其他事情上，你用另外的方式表现得极富同情心，可是在谈到……"

"你不是想说你的朋友们和家人对我都是有同情心的吧？那充其量是好奇，而且是非常表面化的好奇。我……"

"安迪，别破罐子破摔了。我的人对你既好奇也富有同情心，你对他们也是一样。而我所说的一切……"

"至少他们对我有成见，他们对德国人已经了如指掌，对我也无所不知。所以，你们也就不必再对我感什么兴趣了。"

"我们对你感兴趣的程度难道还不够吗？难道不如你对我们感兴趣吗？为什么我们经常会感到你处处谨小慎微呢？为什么我们只从德国人身上才能感觉到这种冰冷的处世方式呢？"她大声地说。

"你认识多少德国人呢？"他知道他平静的语气会激怒她，可他又不能不这样。

"够了！那些我们愿意认识的人没有认识，反而认识了一些我们不愿意认识但又必须认识的人。"她仍旧站在门口，两手叉腰，以挑战的目光看着他。

她在说什么？她把他与谁在比较？将门格勒的冷酷与他的分析解剖式的好奇相比较？他摇了摇头，不想问她指的是什么。他不想知道她的话是什么意思。他什么也不想说，什么也不想听，只想安静一会儿，最好和她一起，但是如果什么事都没有的话，宁愿不和她在一起。"很抱歉，"他穿上了鞋，"我们明天打电话吧，现在我回我那儿去。"

他还是留了下来，萨拉说她需要他，以至于他无法走开。但是他决定以后不再与她谈论他的论文。

九

就这样，他把自己的爱剪裁得越来越小。谈论家庭问题很棘手，德国、以色列、德国人和犹太人同样是棘手的话题，谈论谁的工作都不可能，因为话题很容易又扯回到他的论文上。他逐渐养成了习惯，知道自己想要说什么，知道评论什么时应该审慎，知道对纽约生活的种种不良印象中的哪些应该保持沉默，而且当发现她的朋友们发表的关于德国和欧洲的见解有误和过于狂妄时，他最好也不要接茬。其他可谈的话题够多的了，共同度过的亲密无间的周末也不少，还有那共同度过的充满激情的夜晚。

他已经习惯于把握自己言语的分寸，并已到了如此自觉的程度，以至于他自己已经意识不到他在这样做。他们共处的时光变得越来越轻松，越来越愉快，这对他来说是一种享受。他也为奖学金和居留许可得到了延长而感到高兴。去年的秋天和冬天，他刚来到这座城市，经常感到孤独寂寞。今年的秋天和冬天他将会是幸福快乐的。

后来，由于一个微不足道的原因，一切又都重新爆发了。萨拉所有的毛衣和紧身连裤袜都有窟窿眼，她对此毫不介意。自从安迪有一次指出了一个洞之后，他才知道她认为他也不应该介意。但是，他们一天晚上正准备去看电影，她在换衣服时，穿了一件两个肩膀都有漏洞的毛衣和两个后跟都有窟窿的一双紧身连裤袜。安迪笑了，把窟窿指给萨拉看。

"这些破洞有什么好笑的?"

"别当回事。"

"你非得说说不可，为什么我的这些破洞这么有意思这般可笑，以至于你不得不把它们指给我看，而且还非得笑话它们不可。"

"我……我不得不……"安迪几次改口，"在我们那儿就这样做。如果谁的衣服上有个破洞或者一块污斑的话，人们就会指出来。因为谁都是这么做的：如果让其他人看见自己的衣服上有破洞或污斑的话，他就不会再穿那件衣服了；而且别人给他指出这个缺陷，他会感到高兴。他下次就不会再穿那件衣服了。"

"啊哈，这倒是一个有趣的观点。可又有什么可笑之处呢?"

"我的天啊，萨拉，同时有四个破洞——我正是觉得这个可笑。"

"如果某人挣的钱少得可怜，以至于没有能力对他的东西进行选择，这些破洞还可笑吗？"

"补窟窿并不贵吧，又不是魔术，就连我自己都缝补破洞。"

"你是个有条有理的人。"

他耸耸肩。

"是的，你就是这样。蒂娜会说，这就是你血液中的纳粹。"

他沉默了一会。"很抱歉，我无法再听下去了。我血液中的纳粹，我血液中的德国人——我无法再听下去了。"

她吃惊地看着他。"怎么了？你为什么反应如此强烈？我知道你不是纳粹，我也不反对你是个德国人，就让蒂娜……"

"不仅仅是蒂娜在我身上寻找并找到了纳粹，你其他的朋友也这样做。你说你不反对我是个德国人是什么意思？我有什么可反对的呢？你为什么如此宽宏大量地不反对我呢？"

她摇着头。"你没有什么可反对的，我没有反对你，我的朋友们也没有这样做。你知道他们喜欢你，而蒂娜和埃坦夏天将和我们一起去海边——如果她认为你是个纳粹的话，她是不会这样做的。你所遇见的人，他们的脑子里总想着你是个德国人，他们总想知道你的德国情结有多重，德意志气质在你身上表现得如何，是否很严重——这些对你来说并不新鲜吧？"

"你脑子里也在想这些问题吗？"

她惊异地、充满爱意地看着他。"嘿，我的宝贝！你所喜欢的音乐和书给了我多少乐趣，我们的德国之行是多么令我幸福愉快，这些你是知道的。你给我生活中带来的所有美好的东西我都珍爱，也珍爱带德国特点的东西。你难道连这个都不记得了吗？我三天之后就昏天黑地地爱上了你，尽管你是个德国人。"

"你不明白困扰我的是什么吗？"

现在她充满爱意和担忧地看着他，慢慢地摇着头。

"如果我对你说我爱你，尽管你是个犹太人，你会感觉如何呢？如果我的朋友在你身上寻找犹太人的特征，如果他们实际上认为我和一个犹太姑娘在一起很糟糕，尽管如此他们还是喜欢你，你难道不认为那是一种反犹太的愚蠢行为吗？我认为反德国的偏见同样愚蠢，这又有什么难以理解的？如果我从一个我所爱的女人和她的朋友们……"

"你怎么能，"她气愤得颤抖着，"拿这两者做比较。反犹太主义……犹太人没伤害过任何人，德国人杀害了六百万犹太人。如果有人与你们其中的一位打过交道的话，他就会想——你有多么天真，或者多么迟钝，或者多么自作多情！你在纽约生活很快就一年了，难道你想对我说你不知道人们摆脱不了大屠杀的阴影吗？"

"我与……"

"你与大屠杀有什么关系呢？你是德国人，这就使你与大屠杀有关系。人们都这样认为，尽管他们太客气了，没有把这种想法表露出来。他们太客气了。此外，他们认为他们不必把这种想法告诉你，因为你自己知道。所以，这并不意味着他们没有给你机会。"

他用手摸着沙发套，在沙发的两端他们面对面地坐着。她盘腿端坐，整个身子都朝着他；而他两腿着地，只是把肩和头转过来看着她。他用手把沙发套的褶皱抚摩平整，又弄出新的波浪形和星形褶皱，然后再把它们抚摩平整。当他从沙发上抬起头来向上看时，他先看了一下她的眼睛，然后又看了一眼她合十在膝间的双手。"尽管我是个德国人，我还是不知道我是否能适应这种被喜欢或被爱的方式。我把反德国情绪与反犹太主义相提并论，激怒了你。我现在太累了，或许太困惑了，所以想不出还有什么东西可以与反犹太主义进行比较——你可能不会明白，我不是作为被你们接受的我，而是作为一种抽象、一种虚构和一种偏见的产物，这使我感到困惑。这是减轻负担的机会，但同时也是负担。"他停顿了一下，"不，我就受不了这个。"

她伤心地看着他。"如果我们结识一个人——我们怎么能不去了解他所来自的世界和那些与他在一起生活的人呢？以前我认为，典型的美国人、意大利人或者爱尔兰人的言论听上去极具沙文主义的味道。的确有这样的典型。但在我们绝大多数人身上也都隐藏着这种东西。"她把手放到他的手上，他还在用手把沙发套捏出褶皱，然后再抚摩平整。"你感到困惑？你必须明白，我的朋友和家人也对德国人的所作所为感到困惑，他们一直在思考什么是典型的德国特征，这种特征在这个德国人、那个德国人或者在你身上是以什么形式表现出来的，但是他们对你并没有纠缠不休。"

"不对，蒂娜就纠缠不休，其他人也同样。你们的偏见和所有的偏见没什么两样，它与现实有点关系，与惧怕有点关系，它使生活变得更加简单，就像那些人们用来隐藏其他偏见的小箱子和抽屉一样。你们将永远会在我身上发现某种能够验证你们偏见的东西，譬如我怎么思维了，我怎么穿衣服了，现在是我如何把你衣服上的窟窿当笑柄。"

她站了起来，走到他身边，在他前面跪了下来，把头放到了他的膝间。"我将努力使你尽可能少在我的文化背景前露面。在我的文化背景前，你的言论有时候……"她在寻找一个不会再引起争吵的词，"会引起困惑。相反，我要更多地在你的背景面前见到你，更好地了解你的背景。"

"你真是个好人。"他弯着身子把头靠到了她的头上，把手臂放到了她的肩上。"很抱歉，我太暴躁了。"她闻上去感觉很好，摸上去也很好。他们将要做爱，那将是一件美事，他高兴地期待着。他朝对面房子亮着灯光的窗户望去，看见有人走来走去的，他们在聊天、喝酒和看电视。他想象着对面房子里投过来的目光：一对吵了架又和好的人，一对情侣。

十

　　人们什么时候才不得不承认争吵不再仅仅是争吵了呢？难道它不是雨过天晴、阳光明媚之前的电闪雷鸣吗？连绵的雨季随后而来的难道并不是晴朗的天空，而是正常的糟糕天气吗？和解什么也没有消除，什么也没有解决，它仅仅是一种筋疲力尽的表现，是一个或短或长的间歇，间歇过后争吵会继续进行吗？

　　不，安迪自言自语地说，我言重了。有时我们相互不能容忍，于是就争吵，而后又和好，又可以相互容忍。两个相爱的人有时候相处得很好，有时候很糟糕，有时候相处不来。事情本来就是如此。多长时间可以争吵一次——对此没有统一标准。这本来就不是相互能否合得来的问题，而是相互能否容忍的问题。人们或许能够相互容忍，因为他们是同类，或许不能容忍，因为他们不是同类。人们或者是放弃使自己区别于他人的特点，或者是保留它。

　　所有的乌托邦都始于信仰的转变。人们与旧的宗教、信念和生活方式告别，重新参与到乌托邦计划中来。告别与参与——这就是信仰的转变，它不是天空中的闪电，不是醒悟、陶醉和类似的空谈，当然这种情况也有。但是令安迪感到惊奇的是，向乌托邦的信念转变在绝大多数情况下意味着一种冷静的人生抉择，尤其是对于献身于乌托邦的男男女女们。爱情，在一起生活的愿望，同时在一个正常和乌托邦式的世界里生活的不可能性，为改善孩子们的生活创造机会，为他们自己取得事业和经济上的成功创造机会——也就是这些。去理解他人对乌托邦表现出的热情还不够，还要去分担这种热情，他认为没有这种必要，必要的是应该放弃把人们彼此分开的正常世界。

有一天，安迪问与他在同一个办公室工作的同事们："如果一个成年男子改信犹太教，而他尚未切割包皮的话——他必须要切割吗？"

其中的一位同事抬起头来，把身子靠到椅子上："欧洲人不是不割包皮吗？"

另一位同事继续伏在书前："他必须切割。为什么不呢？亚伯拉罕切割包皮的时候已经九十九岁。但是改变宗教信仰的人不必自己切割包皮，这个要由割礼执行人来做。"

"他是医生吗？"

"不是医生，但是个行家。割下上边的包皮，剪开后面的，把龟头下面的包皮后移，伤口弄干净——做这些不需要医生。"

安迪把手放到两腿中间，用手护着他的生殖器。"不打麻药吗？"

"不打麻药？"那位同事转向他说，"你觉得我们会做出那么可怕的事情来吗？不，一个成年人的包皮割礼是在局部麻醉下进行的。你参加了一个放弃了割礼的乌托邦犹太社团？在十九世纪，曾有些犹太人想要修正或取消割礼。"

安迪问那位同事他的这些知识是从哪学来的，于是得知他的父亲是位拉比。他还得知，已经做过包皮切割的改变宗教信仰者还要举行一种象征性的割礼。"已经做过切割的就不能再做切割了，但是完全没有仪式是不行的。"

安迪明白了，没有仪式行不通。但是，在一种仪式中，在局部麻醉的情况下，由割礼执行人割下上面的包皮，剪开后面的，把龟头下面的包皮后移，把伤口弄干净，把自己的身体置于宗教的支配之下，把自己的生殖器裸露在与他没有任何关系的人面前。没有爱，没有病人与医生间的那种贴近，没有挚友与挚友之间的那种信赖，让别人来处理，来让自己伤残。很可能不仅仅要把自己交给割礼执行人，而且还要交给经师、某些长老们、证人以及教父。整个过程要脱掉裤子，或者不穿裤子只穿袜子，然后站着等候，直到仪式结束。然后麻药的作用开始减弱，塞在裤子里的生殖器开始疼痛，那被割下来的包皮血淋淋地放在一个仪式盘里——不，对此他极不情愿。如果切割包皮的话，那是他的事情。那样的话，他将会把它安排得不令他难堪和疼痛。如果想变成犹太人，那么就切割。

安迪想到了洗礼、剃了光头的尼姑和新兵、文了身的党卫队士兵和集中营的囚犯，以及带有烙印的牛。头发能再长出来，文身可以去掉，洗礼进行的方式也不过像潜水一样，无论如何还能浮出表面。象征性地委托还不够，还要更多地在身体上留下不可磨灭的痕迹，这是一种什么宗教呢？头脑中的信仰可以改变，但身体却必须永远忠诚？

十一

到达海德堡的当天，他就拜访了他的一位成了外科医生的朋友。他的朋友问他：“对一种首先要求你做切割的宗教，你将怎么办呢？”

“那只涉及到包皮。”

“我知道，但是如果刀打了滑的话……”他冷笑了一下。

“别开玩笑了。我爱那个女人，她也爱我。由于我们所处的世界不同，我们相处得不融洽。所以，我决定把我自己从我的世界换到她的世界中去。”

“就以这种方式？”

“德国人变成美国人，新教徒变成天主教徒。在犹太教堂里我认识了一个黑人，他从前是基督复临安息日会教徒，现在却是犹太教徒。这样，像我这样没有坚定的信念又不做祷告的基督徒也可以成为犹太教徒。我能在基督教堂里默念，那么，为什么我不可以在犹太教堂里默念呢？就像在基督教堂里一样。犹太教堂里的宗教仪式并不比基督教堂里的逊色。至于家庭仪式——你知道吗，我在家里没有经历过多少，但愿多经历些。"

他的朋友摇摇头。

"是的，或者她变成我这样，或者我变成她那样。人以群分。"

他们坐在一家意大利餐馆里，读大学的时候他们就总在这里见面。除了服务生当中换了几个新面孔，墙上换了几幅新画外，其他没有什么变化。像当年一样，安迪要了一盘沙拉、一盘意大利面条、一杯红葡萄酒。他的朋友要了一碗汤、一份比萨饼和一杯啤酒。像当年一样，他的朋友觉得他是一个冷静、务实的人，也是有责任感的人，即在与浪漫主义者和乌托邦主义者打交道时，自己觉得有责任使他们冷静地进行思维的人。安迪在过去的几年里都产生了一些什么想法啊！

"一个要求你……的女人……"

"萨拉没有要求我做任何事情，她甚至不知道我想割包皮，所以我才会在这儿。我对她说我要在一个会议上做一个报告。"

"那好啊。可是一个你不能与之推心置腹的女人对你有什么用？"

"开诚布公是以共同的立足点为前提的，两个人是否要站在同一个立足点上——这没有什么可商量的，只要做决定就行了。"

那位朋友摇摇头。"试想一下，如果你的女朋友认为你不想要她所怀的孩子，在没有和你商量的情况下就把孩子打掉了，你一定会气死的。"

"是的，因为那意味着她夺走了我的东西，而我没有夺取萨拉任何东西，我是在为她奉献。"

"这很难说。也许她喜欢你的包皮，也许她不赞同你那奇怪的理论，也许她想和你生活在一起是因为你和她不一样，因为你特别。当你们发生口角时，也许她没有像你那么当真，也许她喜欢口角。"

安迪伤心地看着他。"我只能做我认为正确的事，你认为我的理论奇怪——我从不同角度考察过，历史、现实、大的方面、小的方面，而且发现它们都得到了证实。"

"如果我说你用这个理论做出的决定是一个谎言，这话你听了并不觉得糊涂吧?"

"为什么呢?"

"你是为了萨拉而想成为犹太教徒，但是为了满足成为犹太教徒所需要的条件，你却在想方设法地欺骗自己。这对你来说很痛苦，这种痛苦可能超过了能够忍受的程度，你是不想那样的。"那位朋友开始冷嘲热讽，"我算是开始明白了，为什么犹太人想出了割包皮的主意，他们不想要疲软的家伙……"

安迪笑了。"他们不想要没有切割过的疲软的家伙，就是这么回事了。所以我想让你把我那疲软的家伙的包皮切掉，你能办到吗?"

那位朋友也笑了。"试想……"

他们当学生的时候就是这样讨论的。试想你的朋友是个恐怖分子，正被警察追捕，他请求你把他藏起来；试想你的朋友想要自杀，但他已经呆若木鸡，需要你的帮助；试想你的朋友承认他与你的女朋友睡过觉；试想你的朋友作为画家取得了成就——你会对他说他的画并不怎么样吗? 如果他的妻子欺骗了他，你会告诉他吗? 如果你的朋友不知不觉地正在走向毁灭的话，你会警告他吗?

"你想尽快了结此事?"

"我想尽快回纽约，回到萨拉身边。"

"那么你明天中午来吧。你将被短暂的麻醉，当你醒过来的时候，伤口已经缝好了。而且不必拆线，里面的线将被吸收，外面的将自己脱落。油膏绷带、药帖和纱布要不时地更换。三周之后，你就被重新塑造了。"

"此话怎讲?"

"此话怎讲? 小鸡鸡被重新塑造这话怎么讲? 还能怎么讲!"

十二

　　手术不算太糟糕，手术过后的疼痛也可以忍受，几天之后就一点儿也不疼了。但是安迪的脑子里始终想着他的生殖器，知道它是自己身体的一部分，是受了伤遭受破坏的一部分。他要包扎它，在穿裤子时要小心翼翼地把它塞到裤子里，若是动作不对或触摸得不对就会感到疼痛，因此在每次活动和触摸中，他都要尽力去保护它——它要求他的精心呵护。

　　他目前所处的城市是他的家乡，他在这座城市里长大，在去纽约之前在这里工作过，从纽约回来后仍将在这里工作。他住在父母家里，父母非常愿意看到他在家里住，却不去打搅他。他常与同事和朋友们会面，继续谈论他去纽约之前没有谈完的话题。有时他会遇见同学或当年的老师或者从前的女友，他们都不知道他几乎离开他们一年了，而且不久又将离开。他们和他打招呼，好像他就生活在他们中间。他在家乡本来可以如鱼得水。

　　但是，他却感觉自己像搁浅了一般，仿佛来到了一个不属于他的地方，仿佛处在山峦、河流和平原之间的这座城市和这片田野不再是他的家乡。他走过的大街到处都充满着回忆：这里是一间地下室的窗户，在它前面的人行道上，他和一位朋友玩过弹子；那里是一个自行车棚，在大门入口处，他和他的第一个女朋友曾顶着大雨站在那里亲吻过；在一个十字路口，他曾在上学路上骑着自行车滑到了街上的有轨电车道里，摔了一跤；他的母亲在一个星期日的早晨曾带着他在城墙后面的公园里面对大自然练习画水彩画。他能用回忆之笔画出他在这座城市里经历的幸福、希望和忧伤。但是，现在与以前不同了，他已无法把自己融入到这幅图画中去。如果他这样做，或者如果他的记忆想把他过去的生活和现在的生活融为一体的话——这就意味着，即使是一种动作，一种下意识的摸钱包或在裤兜里摸钥匙的动作，也会在他脑子中唤起完全不同的对家乡的记忆。这就是随切割包皮而产生的自己的文化归属问题。

回纽约？去"迷失的耶书仑"犹太教堂？回到萨拉那儿？他每天都给她打电话，一过中午就打，因为这时在她那儿正是大清早，她这时或是还躺在床上，或是在吃早餐。他编造了一些会议的事情，说他常常出去散步，也遇见一些朋友和同事以及在大理石婚宴上她所认识的亲属。"我想你。"她说，还说"我爱你"。他说："我也想你。"还说"我也爱你"。他问她在做什么，近况如何。她分别给他讲述了她邻居的狗和他邻居的狗的情况，给他讲了她和一个教授打了一场网球，讲了编另一个电脑游戏程序的女士对一家出版社耍的阴谋诡计。他每个字都听得清清楚楚，可还是什么都不明白。他把对纽约人的那种含沙射影、讽刺挖苦和严肃认真的感觉遗留在了纽约。或许是因为他切割了包皮？也许是因为萨拉所讲的话本来就有点讽刺挖苦的味道？她所讲的话在大多数情况下都有点讽刺挖苦的味道，但是她讽刺这挖苦那究竟想要干什么呢？

在纽约，当他工作时，总是幻想他与萨拉做爱的情形，就是在考虑其他问题或在想一句话的时候，这种幻想也并没有离他而去。可是当他想完了问题或写完了那句话的时候，他就会抬起头来把目光移向窗外，看着外面的雨，想象着一边与萨拉做爱一边听着沙沙雨声的情景。当他坐在公园里的长椅上时，他就会一边看着孩子们一边想象着与萨拉做爱，共同缔造一个孩子的情景。当他看见一个倚在墙上背朝着他向哈德孙河眺望的女人时，他就会把她想象为萨拉，想象自己走到她的身后抱住她，与她亲热的情景。当他疲惫不堪的时候，他就会想象他们做完爱之后一起入睡的情景：他紧紧地贴着她，手放在她的乳房之间，笼罩在做爱的气味中。但是这些幻想和渴望也被他遗留在了纽约，之所以如此，是因为阴茎勃起令他疼痛，而那些幻想却正是引起勃起的原因。

难道事情必须如此吗？这很自然吗？他不再属于自己的故乡又尚未融入新的家乡，这难道自然吗？谁要想换个阵线就一定要通过真空地带吗？

十三

　　飞越大西洋的飞机也是一块真空地带。人们吃喝、睡觉、醒来、休息或者工作，但是不管人们做什么，都不能超越空中的限制，直到飞机着陆，人们到达目的地为止。只有当人们把酒足饭饱的肚子、休息好了的身子或者完成的工作带到地面世界的时候，它们才是真实的。如果飞机坠毁的话，安迪是不会感到震惊的。

　　在纽约，他从凉爽的机场大楼出来，扑面而来的是闷热的空气。外面很吵闹，小汽车拥挤在一起，出租车的喇叭鸣叫着，一个交通调度员吹着哨子在出租车和等车的顾客中间维持秩序。安迪用眼睛寻找着萨拉，尽管她对他说过她不来接他。在纽约，人们没有到机场接人的习惯。他坐在出租车里，如果把窗户关上，里面就太热；如果把窗户打开，风又太大。"叫一辆出租车，到我这儿来，越快越好。"萨拉这样对他说。实际上，他打不起出租车。他不明白为什么他应该到她那儿去，而且要尽可能以最快的速度去。他要是晚一个小时到，又会怎样呢？或者晚三个小时、晚七个小时？或者晚一天？或者晚一周？

萨拉买了花，一束很大的红玫瑰和黄玫瑰，她早就把香槟酒冰了起来，床单也重新换过了。她穿着一件刚刚到屁股的男式短袖衬衫在等他。她的外表很有诱惑力，在他尚未来得及害怕之前，他就上了钩。他曾为切割之后的第一次做爱感到担心：他担心疼痛，担心摸上去感觉不对或不舒服，或者担心出现阳痿。"我想你，"她说，"我太想你了。"

她没有注意到他切割了包皮。在他们做爱时没有注意到；当他裸着身子起来把香槟酒打开，端着装满酒的杯子回到床上时，她没有注意到；当他们一起淋浴时，她也没有注意到。他们出去吃饭，去看电影，然后踩着闪闪发光的柏油马路回家。萨拉对安迪来说太熟悉了，她的声音、她的气味、她的臀部，他的手就放在了她的臀部。他们彼此之间更贴近了吗？他更属于她了吗？更属于她的生活圈子了吗？更属于这座城市了吗？更属于这个国家了吗？

在吃饭的时候，她讲了自己将要和她的客户一起到南非出差的事，问他是否愿意陪她一起去。他对自己没有去过种族隔离的南非，没有亲眼看到过另一个世界的情景而感到遗憾，因为他是那个世界的同时代人，而那个世界一去不复返了。她用眼睛盯着他，他知道她在想什么，但是他发现这对他来说已经变得无所谓了。他在自己身上寻找过去会出现的愤怒以及那种急于反驳和要求更正的愿望，可是什么都没有找到。她也什么都没有说。

入睡前，他们面对面地躺在一起。他看着她被白色灯光照亮的脸说："我割过包皮了。"

她抓住他的生殖器。"你做过……不，你没有……还是……嘿，你真是把我搞糊涂了！你为什么要说你割过包皮了呢?"

"随便说说。"

"我还想呢，你没有割过包皮，可是如果你真的割了……"她摇着头，"切割包皮在你们那里不像在我们这里这么普遍，是吧?"

他点点头。

"以前我想知道我对一个没有割过包皮的男人感觉如何，是否不一样，是更好一些还是更糟糕一些。我的女朋友对我说，没有什么区别，可是我不知道她的话是否可信。不过我在心里暗想，和一个没有割过包皮的男人在一起，如果有另外一种感觉的话，那也说明不了什么问题，因为其原因可能是多种多样的。割了包皮的不同男人摸上去感觉也是千差万别的！"她依偎在他的怀里，"你的摸上去感觉就非常好！"

他点点头。

第二天早上，他四点钟就醒了，他想再接着睡，可是睡不着了。他的家乡那边是上午十点钟，天已经大亮了。他起床穿上了衣服。他把公寓的门打开，把鞋和行李放到了走廊上，然后轻轻地把门锁上，锁只是咔哒响了一下。他穿上鞋，走了。

儿　子

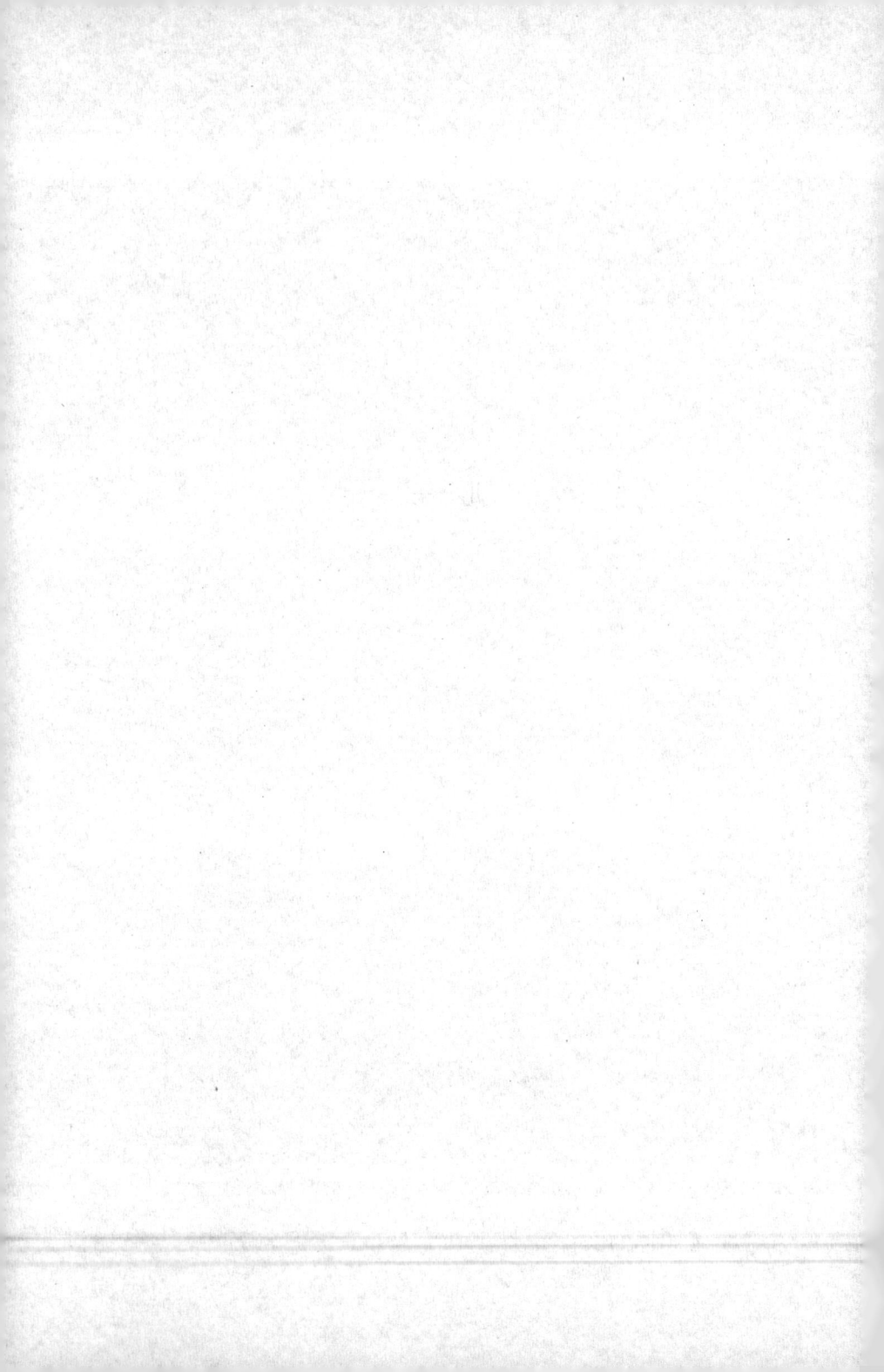

一

　　自从叛乱分子袭击了机场并击中了一架客机之后，民用客机的运营就停止了，观察员们是乘坐一架白底蓝标的美国军用飞机抵达的。他们受到了军官和士兵的欢迎，被护送着通过了滑翔道，穿过长长的过道和一个大厅，从停着的传送带、关闭的柜台和空空如也的商店旁走过。广告宣传牌里的灯也不亮了，显示板上什么也没有显示，大窗户用齐胸高的沙袋保护了起来，有些窗户上没有玻璃。玻璃碎片和沙子在观察员和他们的护送者脚下咔嚓咔嚓响个不停。

　　在大厅前等着一辆小面包车，车门开着，观察员们被彬彬有礼地请上车去。还没等最后一位上完，在它前面的两辆吉普车和在它后面的载有士兵的大卡车就开动了，车队快速离开。

　　"先生们，我欢迎你们。"观察员们认出了这位站在前排中间、紧紧扶着椅背、一头白发、留着一撮八字胡的老头曾经是这个国家的总统。他是个传奇人物，一九六九年被选为总统，两年之后被军人推翻。他没有离开这个国家，宁愿被关在监狱里。七十年代末，在美国政府的施压下，他的监禁被转为软禁。八十年代，他被允许从事律师工作，到了九十年代，他开始组建反对党。当叛乱分子和军队不得不进行和谈时，他们都一致推举他出任总统。在即将举行的自由大选中，他的总统地位将得到确认，对此没有人会有任何疑问。

车队经过首都郊外的营地，那都是用木板建成的小屋，外面罩着塑料布和油毛毡。还有一块墓地，墓室里也住着人，墓碑被用来做棚屋的基石，此外还有用砖砌起来的、屋顶是用带波纹的白铁皮搭建的小房子。马路上到处都是拿着盛水容器的行人，有男有女，还有小孩。天气非常炎热和干燥，沙尘飞扬，甚至柏油马路上也都是尘土，车队经过时把它们都卷了起来。过了一会儿，小面包车的玻璃窗就模糊不清了。前总统谈到内战、恐怖及和平。"精疲力竭是和平的前提。但是什么时候所有的人才能精疲力竭呢？如果绝大多数人都感到精疲力竭了，我们就会感到欣慰。但是不能太疲惫了——他们必须阻止那些想要继续战斗的人继续进行战斗。"他疲倦地笑了笑，"和平是不可能维持的，因此我请求你们派遣一支两万人的维和部队，结果却来了十二位观察员，来观察协商好的混合分担额的执行、州长的选举和民政管理的恢复是否都符合程序。"他看看这个人的脸，又看看那个人的脸，

"各位来到这里，说明各位都很勇敢，我感谢你们。"他又微笑了一下，"你们知道我们的媒体是怎么称呼你们的吗？十二名和平使者，上帝保佑你们。"

他们来到了市中心，它处在一条山谷的末端，有几条街道，两边有建于十九世纪的老教堂、议会厅、政府和法院大楼，也有现代化的办公楼、商业大楼和公寓。前总统与他们道了别，面包车继续往前行驶，最后停在了坐落在半山腰的希尔顿饭店的入口处。饭店靠山这边的墙上有枪眼，有的窗户用木板钉死了。停车场上用沙袋筑起了工事。

饭店老板亲自出来迎接他们，他请求客人对饭店尚不完美的经营和服务给予谅解。他说军队只是在几天前才把饭店交还回来，但至少客房又恢复了完美的状态。"请你们把阳台的门敞开！夜里天气凉爽，花园里花香宜人，蚊子都停留在海边了，你们不会需要那还不能运转的空调设备的。"

二

　　晚饭是在平台上吃的，观察员们分别坐在六张桌子旁，这六张桌子代表着这个国家的六个省。每个桌上安排了两名观察员，分别由一名当地部队的军官和一名当地反叛分子的指挥官陪同。气温就如饭店老板所说的那样，很舒服，花园里散发着花香，偶尔会有一只夜蛾扑火，被烧死在烛光中。

　　那位德国观察员是民法教授，是在最后一刻代替别人来的。他已经为不同的国际机构工作过，担任过许多委员会的成员，起草过报告，草拟过协议书，但是他还从未被派到现场工作过。以前他为什么逃避到现场来呢？是因为作为观察员既施加不了什么影响又享受不了什么威望吗？为什么他现在又力求当观察员了呢？是因为他感觉自己像一个江湖骗子一样，整天纸上谈兵，而从未投身于现实吗？也许，他想，也许就是这样。他是所有观察员当中年纪最大的一位，飞越大西洋和飞越海湾，再加上和他纽约的女朋友吵架，他显得非常疲惫。他和女友在两次飞行的间歇中整整吵了一夜。

与他同桌的同事是位加拿大人，他是工程师和商人，他在自己的企业没有他也照样运转的情况下投身到了一个人权组织。当明天要和他们一起到两个沿海省份北部去的军官和指挥官对他所讲述的从前被派遣做观察员的事情不感兴趣时，他掏出了一个皮夹子放在桌子上，开始翻看他妻子和四个孩子的照片。"您有家庭吗？"

那位军官和那位指挥官吃惊和尴尬地相互看了看，有些犹豫。可是随后他们就把手伸到了夹克衫里，掏出了皮夹子。那位军官随身带了一张结婚照，他穿着一套黑色礼服，戴着一副白手套，他的妻子穿着一套带面纱和拖裙的白色婚服。两个人的目光都很严肃和忧伤。他还带了一张和孩子们一起照的照片，他们紧挨着坐在两把椅子上，女儿穿着用薄纱制作的带网眼的衣服，儿子穿一套仿制的军装，两个人都太小了，脚还都够不着地。他们的目光同样严肃和忧伤。"这个女人多漂亮啊！"那位加拿大人对新娘赞不绝口，啧啧有声。新娘是位黑眼睛、红嘴唇、面颊丰满的姑娘。那位军官赶紧把照片收了起来，好像要把他的东西保护起来以免被拿走似的。那位加拿大人仔细看着指挥官太太的照片，一个面带微笑、头戴考试帽、身着考试长袍的女学生。"噢，您的夫人也一样，多么漂亮啊！"指挥官又把另一张照片放到了桌子上，是他自己和两个小男孩的合影，他一手牵着一个，他们前面是一座坟墓。德国人注意到军官的眼睛眯缝了起来，腮帮子也绷紧了。但是指挥官的夫人不是被士兵打死的，而是在生第三个孩子的时候死的。

然后，其他人把目光都转向了德国人。他耸耸肩说："我离婚了，我的儿子也已经长大了。"但是，他知道自己应该同样带一张照片在身边。就是以前，当儿子还小的时候，他也没有随身带过照片。为什么呢？是因为照片会让他想起自己没有对儿子尽父亲的义务吗？他们离婚时儿子才五岁，是由他母亲养大的，他很少见到他。

饭菜上来了。第一道菜上过之后，紧接着就上第二道、第三道和第四道菜，配饮是产自海边的红葡萄酒。指挥官全神贯注地吃着、喝着，头和胸都弯到了盘子上，每道菜吃完，他都拿一块面包把盘子擦干净，再把面包塞进嘴里，然后直起腰板，好像要说什么，却什么都没说。尽管并不比军官年长多少，可他看上去好像属于另一代人——一代节奏缓慢、反应迟钝、沉默寡言，而且什么都经历过的男人。有时，他仔细观察其他人，观察那个讲述自己的妻子和孩子情况的加拿大人，观察那个在使用刀叉时把小手指翘起来并礼貌地提问的军官，也观察那个累得不想吃饭、靠在椅子上的德国人，他俩的目光不时相遇。

我该说点儿什么，德国人想，练习练习我那已经生锈的西班牙语。但是他不知道应该说些什么。尽管其他人把他们的照片拿出来传看，但是他们作为结了婚的男人和父亲，相互之间并没有成为亲密朋友。不过对他来说，好像他们跟他不属于同一类人，而且他们在这个世界上拥有一种他没有享受过的权利。

当他们在吃饭后甜点时，突然响起了枪声，是冲锋枪的哒哒声。谈话中断了，所有的人都屏住了呼吸，仔细倾听着夜幕中的动静。那位德国人好像看到军官和指挥官相互瞥了一眼，并轻轻地摇了摇头。

"是你们的人，"加拿大人看着指挥官说，"那是卡拉什尼克夫冲锋枪。"

"您的耳朵还真灵。"

"如果所有的卡拉什尼克夫冲锋枪都掌握在您手里的话，"军官把头转向了指挥官，"那就好了。"

整个晚上，从山谷里传来的沙沙声不断，其中有发电厂的噪音，有办公室、商店和公寓里的空调机发出的噪音，有交通的噪音，以及工场和饭店的噪音。那位德国人想，其中还有呼吸的声音——睡眠人的呼吸，活人的呼吸和濒于死亡的人的呼吸——他为自己有这种想法而感到惬意。

三

　　他四点钟就醒了，每次飞越大西洋都是如此。他走到阳台上，山谷里一片漆黑，那里就是城市。从花园里飘来阵阵花香，天气不冷不热。他打开躺椅，然后躺在了里面。在他的记忆中，他还从来没有看到过这么多的星星。一束光在游动，他用眼睛盯着它，一会儿就盯丢了，一会儿又找到了它，一会儿又丢了，一会儿又找到了，他一直把它目送到地平线上。

　　快五点钟的时候，天亮了，天空一下子由黑暗变成了灰白，星星消失不见了，城里和山坡上不多的路灯都熄灭了。鸟儿一下子都开始叫起来，所有的鸟叫声在一起形成一首响亮的、不协调的协奏曲，有时候其中某个乐曲片段听上去就像是一种低声的问候。难道音乐在不同的文化中听上去就因此而有所不同吗？抑或是因为鸟叫的声音不同？

　　他回到了房间。六点钟该是吃早饭的时候了，而七点钟他们就要出发了。他冲了个澡，穿好了衣服。他在自己的衣服箱子里发现了一条从来没有见过的领带，这一定是他的女朋友在他们争吵之后放到正装中间的。她是否该搬到德国到他那里去？或者他搬到纽约到她这里来？他们是否应该要孩子？他是否能少干些工作？他们怎么能就此谈了整整一夜呢？这对他来说是个谜。更令他大惑不解的是，他的女朋友在他们争吵得满腔恼怒和筋疲力尽之后，竟然又若无其事地给他装了一条领带。

他拿起了听筒，没指望电话还能用，但它却还能用。他给他儿子的医院打了电话，几周前他儿子开始在这家医院当医生。在他等儿子来接听电话的时候，电话线里的沙沙声让他联想起这座城市里的噪音。

"出了什么事？"儿子上气不接下气地问。

"没什么，我想问你……"他想问儿子是否能传真一张他的照片过来，因为能通电话也就一定能发传真。可是他不敢问。

"什么事，爸爸？我正在值班，必须马上回到病房去。你从哪儿打的电话？"

"从美国。"他已经几周没有和儿子通话了，有段时间他每个周日都给儿子打电话，但是交谈起来很费劲，于是他放弃了。

"如果你再来这里，告诉我一声。"

"我爱你，我的儿子。"他还从来没有对儿子说过这样的话。每当在美国电影中听到父亲或母亲轻松地对自己的儿子或女儿说这样的话时，他就下决心也对儿子这么说，但又总是感到不好意思。

儿子也感到很尴尬。"我……我……我祝你一切都好，爸爸。回头见！"

后来，他想他是否该多说几句，对他说他一直想把对他的爱说出来，或者说他在远离亲人的环境中首先想到的就是对他来说真正重要的人，说他由此……但是即使这样说的话，也不会好到哪儿去。

他们乘四辆吉普车出发了，前面那辆坐的是军官，第二辆是加拿大人，第三辆是德国人，最后面的那辆坐的是指挥官。他们都坐在后排的座位上，前面的座位坐着司机和副驾驶。加拿大人和德国人本想坐在一辆车上，但是军官和指挥官没有同意。"不，工程师先生。"他们对加拿大人这样说道，然后对德国人说，"不，教授先生。"如果在穿越山岭的道路上碰到地雷的话，那么就不该用一辆吉普车同时把两位观察员一起送上西天。

车队拼命地向前行驶。空气很清新，吉普车敞着车篷，迎面吹过来的风在呼啸，德国人觉得很冷。过了一会，柏油马路就到头了，车队继续在满是碎石泥土、坑坑洼洼的路上行驶，速度慢了一些，但仍旧快得足以使他摇来晃去，尽管他紧紧地抓住扶手。这也使他感到暖和起来。

道路盘山而上。中午他们将在山口歇息，晚上将住在坐落在半山腰的一家修道院，第二天下午将到达省会。

"您能告诉我他们为什么不用直升飞机把我们送到这座鬼山这边来吗?"第二辆吉普车的轮胎爆了，当司机换车轮时，加拿大人拿出一个扁扁的、银光闪闪的酒瓶，请德国人喝威士忌酒。

"这也许是个外交礼仪问题。乘直升飞机的话，我们就被掌握在了军队手里，像现在这样，我们既在反叛分子手里，同样也在军队手里。"

"他们宁愿让我们冒被炸飞之险，也不愿意就外交礼仪达成一致吗?"加拿大人摇摇头，又喝了一口酒，"我得问问。"

但是他没有问。军官和指挥官站在那儿，激动地试图说服对方。然后指挥官向他的吉普车走去，坐到了方向盘前，从另一辆吉普车旁开了过去，把斜坡上的草和泥土都溅了起来，也使加拿大人和德国人不得不跳到了一边。指挥官把自己的车停在了那位军官的吉普车前面的马路中间。加拿大人一边把酒瓶递给德国人，一边说:"我箱子里还有呢，不止这些。"

四

坡度越高，车速就越缓慢。路面变得越来越窄，路况越来越糟糕。路是在碎石悬崖中开凿出来的，一面是悬崖峭壁，一面直入山谷。有时候，他们不得不把一块岩石挪到一边，或者不得不用石头和树枝把一个坑填上，或者把下一辆吉普车用绳索做些保险，害怕前面的车过去之后，山崖碎石会被震落。空气闷热潮湿，峡谷中雾气茫茫的。

当他们到达山口的时候，天已经黑了。指挥官把车停住说："我们今天不再继续往前开了。"军官走到他身旁，两个人小声交谈着，德国人听不清楚他们在说什么，直到那位军官喊道："下车！我们明天继续前进。"

路的左边有一个大广场，广场的尽头有一座小教堂，从这里已经看不到远处笼罩在雾气和黄昏朦胧中的山脉。教堂已化为灰烬，门窗都成了空洞，周围被熏得漆黑，屋顶架被烧成了木炭，但是尖塔却没有受到损坏。尖塔是个敦实的立方体，上面坐落着一个细长的、同样也是立方体的钟架，钟架的上面是个小圆屋顶，再上面是一个大十字架。当火烧的痕迹被黑暗吞噬之后，教堂就成了完好无损的黑洞洞的侧影，耸立在夜色中。你完全会以为它就是位于巴伐利亚或奥地利境内的阿尔卑斯山中的一座教堂。

德国人眼前又浮现了曾经经历过的一幕。那是二十多年前的事情了。他和儿子在慕尼黑后面的一个湖边度假两周。他们每天晚上都到村头的教堂去，第二周之初的一个晚上亦如此。教堂坐落在一座小山丘上，在它前方的下面是通向村里的广场，它的后面是草坪，与小丘和大山连成一片，伸向远处的阿尔卑斯山。他们坐在广场的石椅上。已是秋天了，天气凉爽，但石椅上仍旧留有白天日照的温暖。这时在广场的边上停下来一辆敞开车篷的轿车，他的前妻和她年轻的新男友从车上下来，向他们走过来，站在了椅子前面。他的前妻显出一副卖弄风骚的神态，穿一件白色的连衣裙，扎一条金色皮带。她的男朋友穿一条裤腿很肥的黑色皮裤，一件敞着怀的白衬衫。

"你好，妈妈。"男孩子最先开口讲话了，身子在椅子上往前挪了挪，好像要跳起来跑过去，可是却坐着没动。

"你好。"

然后，她的男朋友说话了，他坚持要把儿子带走。他说秋季假期里法院把儿子只判给他一周，另外一周是判给母亲的。

这没错，可这个秋天他们之间另做了协商，他的前妻心里明白，嘴上却什么都不说。她害怕失去她的男朋友，尽管她发现他多么目中无人，他在说到男孩属于他的母亲时，口气是多么傲慢。父亲看出了她的恐惧，看出了在她男朋友那自高自大背后隐藏着的恐惧。就成就和地位而言，她的男朋友自己都能感受到处于劣势，甚至连年纪的优势都无法发挥。他也看出了儿子的恐惧，但他处之漠然，好像所有这一切都与他无关。

那人火冒三丈地叫嚷着，像劫持、上法庭、蹲监狱这样的词都用上了，并盛气凌人地叱责儿子，让他和他们一起上车。儿子耸耸肩，站起来等着。父亲看出了儿子眼中的疑问和抗争，接着又失望地看到他投降了。他本该大骂那人一顿，或把他痛打一顿，或者领着儿子跑掉。怎么做都要比现在这样强得多，现在他只能服从，只能耸耸肩，只能以无助的微笑遗憾地向儿子点点头，好让他高兴起来。

他是想为儿子少惹一点麻烦呢，还是为他的母亲？抑或是为他自己？儿子走了，他又可以开始工作了，他暗地里会为此感到高兴吗？

吉普车驶过了广场，在教堂前停了下来，但发动机还开着，前灯也开着。军官和指挥官开始发号施令，士兵们在教堂里忙碌起来。德国人越过广场，从教堂的尖塔旁走过，发现在教堂的后面有同样被烧毁的两层楼和两个房间大的附属建筑，在圣坛的后面有一个台阶通向山坡。天太黑了，他无法看清楚它到底通向什么方向。他站在那儿，目不转睛地看着台阶，时而有喊叫声传到他这边来，好像是一只鸟在做梦。接着军官就在喊他了。

他转过身去，开始往回走，这时才看到在台阶的最上面蹲着一个人。他大吃一惊，感到自己被偷听，被监视了，他无法辨认身披黑色斗篷的人影是男是女。这人没有抬头看他，她说话了，但说的什么他听不懂。他问了一句，她又说话了，但他甚至无法明白她是在重复刚才说过的话，还是说了别的什么。军官又喊了他一遍。

在教堂里，司机们在汽车前灯的照耀下正在忙忙碌碌地把烧得还不太焦的屋顶架一层一层地堆放在一起，把长椅子和忏悔室里的椅子堆放在一起，把圣坛周围打扫得干干净净。看不见军官和指挥官在哪里，在通往尖塔的石头门槛上坐着加拿大人，他手里拿着那个扁扁的银白色酒瓶。

"您过来！"加拿大人举着手里的酒瓶招呼他过来。

德国人坐下来，喝了一口，把酒含在嘴里，直到嘴里灼热起来。

"您能对我说说，既然我们要在修道院过夜，为什么他们还要把睡袋和给养带在身边？这帮家伙应该在里面生火做饭，那才符合我们的处境。"

他把威士忌咽下去，接着又喝了一口。"为了应付紧急状况。他们了解路况，知道可能会出现紧急情况。"

"他们了解道路的情况？尽管如此，却宁愿开吉普车带我们来这里，也不让我们乘直升飞机飞越山脉？"

"我还从未坐过直升飞机。"

"嘟嘟嘟嘟。"加拿大人模仿着飞机的声音，举着酒瓶在头上晃来晃去。他喝醉了。

随后他们听到两声枪响，喘口气的工夫又听到第三声。"这是指挥官干的，至少是他的手枪，您身上也带着一支吗？"

"一支手枪？"

指挥官和军官从黑暗中出现了。"您朝哪儿开的枪？"加拿大人冲他喊道。

"他觉得自己听到了响尾蛇的声音。"指挥官用手指了指那位军官，"可是，这儿没有响尾蛇，请您放心好了。"

五

吃饭时，加拿大人力图说服指挥官，说是他开的枪，不是军官，还说自己知道他为什么要对此矢口否认。过了一会儿，那位军官就拿这位工程师开起玩笑来。他说，原来如此，他听得一清二楚，枪声是从托卡列夫手枪射出来的。这样看来，他不但能听出托卡列夫枪声是什么样的，也能听出马卡洛夫以及勃朗宁枪声是什么样的。这难道不令人感到惊讶吗？偏偏是他能如此准确地辨认出不同的枪响？偏偏是他对武器如此在行？偏偏是他？

加拿大人有些疑惑不解。

"您当初是从美国到加拿大去的，原因是您不想和武器有什么瓜葛，不是吗？"

"那又怎么样？"

军官拍着大腿哈哈大笑起来。

当火烧尽的时候，他们躺在了睡袋里，德国人透过残余的屋梁望着天空，他又被满天的繁星征服了，他在寻找可以用眼睛追踪的流光，可是没有找到。

一个真正的父亲为了儿子是会去争吵、去打架，或者带着他逃走的，不会只是坐在那儿袖手旁观，或只是耸耸肩而已，不会脸上带着迟钝的冷笑眼睁睁地看着儿子被领走。

他又想起了其他类似的令他感到耻辱的场面：与老同事一起吃饭的场面，这些人都不愿理他，他也看不起他们，尽管如此，他还是想迎合他们；与妻子和岳父岳母在一起的那个晚上，她父亲话里话外让他感到，他希望女儿找的是另外一个男人，而他却礼貌地坐在那儿微笑；在一次舞蹈课上，当他与那位漂亮的姑娘跳完最后一支舞曲时，姑娘却被另外一位高大强壮的男人笑着从他身边抢走了，而按一般的做法，他是要陪着最后的舞伴回家的，可是他对此却显出一副逆来顺受的样子。

他感到脸上火辣辣的，几乎无法承受这些耻辱。回忆起生活中遇到的挫折，那些失败了的计划，那些化为泡影的希望——什么都没有这些耻辱让他在身体上有如此强烈的感受。他试图摆脱这种耻辱的困扰，却又无法摆脱，好像耻辱拉住了他，把他撕开，撕成了两半。没错，他想，这就是耻辱。之所以感到身体被分成了两半，是因为心被分成了两半或者曾被分成两半。我用一半来蔑视同事，同时用另一半来讨他们的欢心；我用一半来恨我的岳父，同时为了妻子的缘故，用另一半来尊敬他；我想要得到那个漂亮的女孩，却不是全心全意的，没有十足的勇气；对我的儿子来说，我仅仅是半个父亲。

他睡着了，当他醒来时，他彻底清醒过来。他坐起来，在黑暗中倾听着周围的动静，他想知道是什么把他给弄醒了。但是夜很静，他只是听到了一只鸟儿的叫声和簌簌声，好像是风卷残叶的声音。突然，随着砰的一声巨响，停在大门前面的那辆吉普车开始燃烧起来。还没等德国人从睡袋里爬出来，那位军官就朝大门跑去，跑到广场上，跑向停在那辆燃烧的吉普车旁的另一辆吉普车，松开车闸，把车推了起来。德国人随后跑过来帮助他。火光灼热，他想火焰随时都会扑过来。但是，他们还是成功了。另外两辆吉普车已远离危险。

"您没有……"

"有，我派了一个警卫在大门旁站岗。"军官把德国人拉到了教堂里，圣坛那里空无一人，其他人都站在教堂门口，火焰并没有通过入口把教堂的里面照亮。火熄灭之前没有人说一句话。火熄灭之后，军官和指挥官轻声低语地下达了命令，于是那些男人们又消失在黑暗的夜幕中。

"我们到尖塔上去，你们到圣坛那儿去。给您，教授先生，拿着我的手枪。"军官把他的武器给了德国人，随后他和那位指挥官也走了。

加拿大人紧紧抓住德国人。"等早晨天亮之后，我们搞一辆吉普车，拉住其中的两位小伙子，开车回去。如果他们不想让我们进入那个讨厌的城市，我们就不去吧。我当初没有去越南去了加拿大，到这儿可不是来送死。"

"可是……"

"您的理智哪儿去了？他们不欢迎我们，可是他们没有杀害我们，尽管他们完全可以把我们杀掉，因为他们是在讲礼貌。但这对他们来说是个严肃的问题，如果我们不礼貌地回应他们的礼貌的话，他们就会对我们不客气的。"

"他们是什么人呢？"

"我怎么知道呢？我对此也不感兴趣。"

德国人犹豫着。"我们有没有……"

"……完成为这个国家带来和平的任务？我们难道不是十二名和平使者中的两位吗？"加拿大人笑了，"您难道还搞不懂吗？这就像那位前总统所说的那样：如果他们在战斗中感觉很好的话，那么在他们那儿就无和平可言。这也就像喝酒一样，如果嗜酒者没有喝倒的话，也就是说还没有喝到醉得不能再醉的程度的话，那么他就会不停地喝下去。"他从兜里掏出了酒瓶说："干！"

六

尽管德国人感到很冷，他还是睡着了。当他醒来时，天已经
蒙蒙亮了。他感到四肢僵硬，他坐了起来，看见左边整整齐齐地
停着两辆吉普车，广场中间的那辆已经烧毁了。他当时并没有注
意到，他们在夜里把它拖了那么远。广场后面有个山坡，山坡的
树上雾气缭绕，光线很模糊，但很刺眼。

他听到了声响，那是金属撞击石头时发出的叮当声，泥土吧
嗒吧嗒地不断落到地上。司机们在挖墓穴吗？太阳升起来了，它
是个淡黄色的圆球。

铁锹叮当的碰撞声让他回忆起在海边度假，和儿子一起用沙
子堆城堡的情景，因为所有的父亲都和他们的孩子用沙子堆过城
堡，因为他的儿子也想拥有一个父亲，就像所有的孩子都想有父
亲一样，因为儿子也想和他一起做其他孩子和他们的父亲一起做
的事。他还记得儿子想要堆一个别具一格的城堡，一个可以炫耀
的城堡。但是，他想要在他们面前炫耀的同学和玩伴没有一个人

在那儿，这样父亲和儿子花费很大力气堆成的城堡也就没有达到目的。几年之后的徒步游山也没有达到目的，他们没有走到想去的地方，或者说没有走到他想去的地方，以至于无法向儿子展示挑战成功的快乐。另外一些他在其中扮演了失败者的情景也浮现在他眼前：没有得到表扬反而受到挑战，没有得到安慰反倒受到责备，没有进反而退。他穿过自己的记忆，就像远处的一列火车穿过视野一样。那是一列他应该赶上的火车，但它却早就开走了。

他感到很虚弱，于是靠到了一个柱脚上，望着太阳。他冻得上牙磕着下牙，他觉得太阳似乎是挂在天空上的，他害怕太阳会掉下来。它会坠落到地球上来吗？在它坠落的地方，所有的一切都将咝咝地燃烧起来，然后变成气体吗？也许它会落到地球后面的宇宙空间？

他知道自己在胡思乱想，他知道自己之所以在胡思乱想是因为自己在发烧。担心就像寒冷一样在他身体中上升，但他知道那种担心是不对的。他从未感到如此之冷，也从未有过如此之多的令他感到害怕的理由。他不必担心自己的儿子会生来就有残疾，会吸毒，会在学习上跟不上，会患上忧郁症，会完不成大学学业，或者会找不到女人。所有一切进展得都很顺利，尽管这不是他的功劳，尽管自己在该做出贡献的时候没有做出贡献，尽管自己没有尽到义务，尽管自己还没有偿清债务。

挖坑的声音停止了。德国人听到的仅仅是自己的上牙碰下牙的声音。现在该是做出决定的时候了，或者和加拿大人一起回去，或者自己单独回去，或者和那位军官和那位指挥官继续前进。他不想拿自己的生命去冒险。再说，他的孙子不久将需要一位和蔼可亲、乐于助人、慷慨大方的祖父。还有……但在此之前，吉普车上得先坐上人，也许军官和指挥官将坐第一辆，让加拿大人坐第二辆，而让他坐第三辆。也许加拿大人真的会手里拿着酒瓶上车，也许所有的人都会耐心地等待，直到他不再阻碍正常运作，不再为这次艰难的旅行雪上加霜为止。他必须得做出决定了。这时，他不靠着柱脚几乎就无法站立了。

加拿大人、军官和指挥官突然出现在他的面前，他没有搞清楚他们是从哪儿冒出来的。他们站在教堂门口。

"我们的使命是把您带到城里去，我们现在就带您进城。"

"你们的任务是安全地送我们进城。但是那个在夜里杀死哨兵、烧毁吉普车的人会在我们继续行进的路上把我们炸上西天。太可怕了！"

"您当初是怎么想的？是想坐车到这儿来兜风吗？是想来这儿野餐吗？"指挥官怒容满面。

军官劝慰道："不管昨晚的事是谁干的——他在夜里作案，

而且昨天也没敢露面，这意味着他弱不堪击，所以他白天根本不敢露面。"

德国人站了起来，走到了教堂前面。他打着哆嗦，感到浑身疼痛。在教堂的右边，司机们已经挖好了一个坑，在坑一侧的土堆上插着几把折叠铁锹，在另一侧停放着两具尸体。德国人认出了昨天给他们开车的那个男人，他的喉咙已裂开，血肉模糊。在他的身边躺着一个女人，胸部中了好几颗子弹。德国人还从未看见过死人，他没有感到恶心，也没有受到震撼。死人看上去仅仅像睡了一样。这个女人是曾经坐在台阶最上边的那个女人吗？为什么军官或者指挥官开枪把她打死了呢？是由于失误？是由于神经过敏？

两个司机来了，把死者放到了坑里，一锹一锹地把坑填上，用铁锹把泥土拍实。没有十字架，他想。但是随后他看见其中的一个司机把两个木柱绑在一起，做了一个十字架。

其他人把行李、睡袋和储备都装到了吉普车上。那位加拿大人在劝说军官，后者根本就不搭理他，这里走走，那里走走。加拿大人在他身边转来转去试图与他搭上话，却徒劳无获。指挥官已经坐在吉普车上了。

加拿大人看到德国人，丢开指挥官，朝这边走过来。"他们不想让人开车把我们送回去。"然后他看到了德国人被手枪坠得沉甸甸的夹克衫。那支手枪是那位军官夜里给德国人的，他把它插在了兜里。在德国人还没有搞清楚加拿大人把手伸到他兜里是什么意思时，加拿大人已经把手枪掏了出来。他朝那位军官跑去，站在他面前，挥动着这个武器。

七

随后是举枪、呼叫、枪响，所有这一切都发生得如此之快，让德国人莫名其妙。当他发现自己被击中时，他首先想到的是：我将永远不会知道究竟发生什么事了。

他的脑海中浮现出一本书，有人在书中对心肌梗死进行了描述：额头和手心冒汗，肺里好像有一个有毒发亮的东西，左臂有拉痛感，腹部像分娩时的阵痛一样一阵一阵地疼痛，此外，心里还有恐惧感。原来如此！当初他可曾想到自己总有一天会遇刺身亡？然而，他并没有感到自己身体里有什么毒物，并没有拉痛感，没有疼痛，没有恐惧。他的腹部摸上去很胀，像一个装满了温热液体的什么囊袋破裂了，液体从里面流了出来。

枪击过去了。指挥官高声下达命令，几个男人向吉普车跑去，另外几个向军官和加拿大人跑去。加拿大人趴在地上，他的伤势有多么严重，德国人无法看到。他想自己必须帮助他，不过这种想法在他脑中只停留了片刻，因为他马上就意识到自己的这种想

332

法是多么可笑。他想自己一个人支撑下去，他一步一步地挪着，摸索着，用右脚支撑着，沿着教堂的墙往前挪着，他想挪到台阶那儿。

淡黄色的太阳又升高了一点儿，他看到教堂后面的山坡上长满了齐腰高的灌木丛和杂草。在这个山坡后面还有山坡，一坡接一坡，偶尔会有一株树冠被盗的棕榈树高高地冒出来。这片土地十分贫瘠，偏僻，令人望而却步。一股冷风吹了过来，在被高高的野草覆盖着的山丘上吹过，看上去就好像风在水面上吹过一样，他这样想。

随后，他又想到尚未偿清的债务。难道他的儿子必须为他偿还债务吗？人们会把账单交给他吗？或者他死亡的意义就在于能够使债务随着死亡一笔勾销吗？人们不会把账单交到他儿子手里吗？儿子不会为了他的死而付出代价吗？

有那么一会儿工夫，他恢复了生气。啊，他心想，现在去爱我的儿子还为时不晚，还为时不晚。他是否能马上出现在台阶上？如果他现在就上到台阶上来，身穿医生穿的白大褂，戴着听诊器——他还从未见过他这身打扮，或者穿着那条总不下身的牛仔裤和蓝毛衣，像他小时候那样上气不接下气地笑着跑过来，即便仅仅是一种幻象，那该有多好啊！

上气不接下气？他胸中的热气跑到哪儿去了？为什么刚刚还

支撑着他的腿不想再支撑他了？还没等他坐到台阶上，他的腿就瘫软了下去，他跪倒在石板地上，从这里可以一直登上最高一级台阶。他向左侧躺下，看到石板之间已经凝固的血迹和杂草，还有一只甲虫。他想坐起来，想爬到台阶上，想坐到最高一级台阶上去。他要在那里那样坐着，即使在咽气时瘫软下去，也要瘫而不倒地保持着坐姿。他想要在那里那样坐着，使他死后能够眺望到远方，远方也能够眺望到他。他要笔挺地坐在最高的台阶上，坐着死去。

他将永远不会明白为什么他在死的时候还要讲虚荣，尽管无人在场，尽管没有人能看见他，尽管没有人会对他留下什么印象或对他感到失望。如果他就此进行思考的话，他是能够把原因搞清楚的。但是他需要更多的时间来进行思考，他有足够的时间吗？他已经坐不起来了，他仍旧躺在地上。他能感觉到冷风一阵阵吹来，但是已无法再看到它在杂草上面吹过的情景了。他还很想看一眼被风吹得东倒西歪、摇来摇去、没有树冠的棕榈树。它们使他想起了什么，也许他会想起来的——如果他能再看到它们的话。

他意识到他的时间不多了，还有一点儿时间来想想他的母亲，还有一点儿时间来想想他一生中遇到的女人，还有一点儿时间……他的儿子没有到台阶上来，他来不了了。在生命的最后一刻不能把自己人生的这部电影再看一遍，他感到悲伤。他很想再看一遍，但愿什么都不做，只是全身放松地观看。他没有看到，只能对此耿耿于怀，直到生命的最后一刻。那部电影……为什么连死亡也不能履行自己的诺言？可是，他已经太累了，无法再去看那部电影了。

加油站的女人

一

　　他已经无从知道自己是否真的做过那个梦，还是那个梦从一开始就只是他的一种幻觉而已。他也不知道那个梦是由哪一幅画、哪一个故事抑或是哪一部电影引起的。当时他大概只有十五六岁——那个梦已经伴随他这么久了。从前，当他觉得某节课无聊时，或与父母度假的某一天，他就幻想那个梦。后来在商谈公务时，或在乘火车旅行时，在觉得累了的时候，他就把卷宗放到一边，把头仰到后面，闭上眼睛做那个梦。

　　他也把那个梦给他的一些朋友讲过几次，也向一个女朋友讲述过。这个女朋友与他相爱多年，后来分手了，他在一个陌生的城市与她不期而遇，与她闲逛、闲聊了整整一天。他并不想对他的梦有所保密，但也没有理由总是把它挂在嘴边。此外，他不知道为什么那个梦总伴随着他，他知道他为此付出了代价，但不知道是什么代价。他一想到另外一个人也能梦见那个梦就感到不舒服。

二

在梦中，他开着一辆汽车穿越一个辽阔荒凉的平原。道路笔直，它有时消失在一块洼地里，有时消失在一座山丘的后面。但是，如果把目光投向地平线上的山脉，就能追踪到它。烈日当头，热气在柏油道路的上空回荡着。

很长时间都没有车从对面开过来，他也没有超任何一辆车。根据路标和地图显示，下一个居民点在六十里以外，在山中的某个地方或在山后。在他目所能及的地方，左右两侧也都没有房子。但是，随后在马路左边出现了一个加油站，一个巨大的沙石停车场，中间有两个加油塔，后面是一栋带有封顶阳台的两层的木房子。他减慢了车速，把车拐到了停车场上，在加油塔旁边停了下来。停车时，被他车子扬起的沙尘又都落了下来。

他等待着。当他刚想下车去敲门时，门就打开了，从里面走出一个女人来。当他最初几次做这个梦的时候，她还是个小姑娘，随着时间的推移，她变成了一个年轻的女人，等她到了三四十岁的时候，她就不再变老了。当他超过了四十岁、五十岁的时候，她还是那么年轻。在大多数情况下，她总爱穿一条牛仔裤和一件格子衬衫，有时穿一件长至脚踝的、摆来摆去的连衣裙，布料同样是洗得发白的牛仔蓝布，或者是褪了色的蓝花布。她中等身材，身体结实而不胖，脸上和胳臂上长满了雀斑，一头深褐色的头发，蓝灰色的眼睛，一张大大方方的嘴。她步伐坚定地走过来，沉稳地用左手抓过加油管，用右手转动加油曲柄，给他的汽车加满油。

然后，梦有一个跳跃。他是如何和她打招呼的，她是怎样回答他的，他们是怎样地相互对视着，他们彼此交谈了些什么，她是否邀请他留下来喝一杯咖啡或喝一杯啤酒，或者他自己是否问过他是否可以留下来，他会怎样和她一起走到卧室里去——这些他从未梦到过。接着他在梦中看到，在一起睡过觉之后，他们躺在被弄得乱七八糟的床上，看到被漆成浅蓝色和绿色的墙、地、衣柜和五斗橱，看到那张铁床，看到阳光穿过百叶窗，透过同样被刷上了浅蓝色的木叶片，照到墙上、地上、家具上、床单上和他们身体上，并在上面形成了清晰的条纹。这仅仅是一幅画，是一幅没有情节和语言的画，只有颜色、光线、阴影、白色的床单和他们身体的形状。只是到了晚上，那个梦才又重新开始有情节。

他把他的车停放在了那座房子旁，紧挨着她的那辆小型敞篷货车。房子的后面也有一个封顶阳台，还有几个苗床，上面种有西红柿和甜瓜。房子后面还有一座植物房，是她为了防沙而建造的。在这座植物房里，她种上了各种各样的浆果。往后面是一片荒地，时而有几簇灌木丛，还有一处干涸的溪床。这条溪涧在冬天时才有水，经过几十年或几百年的冲刷，多石的溪床被吞噬了三四米深。那是她带他去看一个把水从深深的水井中泵上来的水泵时，指给他看的。现在他坐在阳台上，看着天空慢慢变黑。他听见她在厨房里忙碌着。当有车来的时候，他会站起来，穿过房子，去给车加油。还有，当她把厨房里的灯打开，灯光透过敞开的门照到阳台的地上时，他也会站起来，把过廊里的灯打开。过廊里的灯位于两个加油柱之间，是给停车场照明的。他在心中琢磨着，不知那盏灯是否整夜都亮着，光线是否会照到卧室里去，在这个夜晚，下一个夜晚，还有将要来临的所有的夜晚。

三

　　伴随我们的梦通常与我们的现实生活形成鲜明对照。冒险家梦想着回家，土生土长的本地人梦想着离开本地，梦想着远方，梦想着做大事。

　　做上面讲述的这个梦的人却过着一种安宁的生活，不庸俗，也不无聊——他讲英语和法语，不论在国内还是在国外，他的事业都很成功。即使在遇到阻力的时候，他也坚信自己的信念，度过了种种危机和冲突，快六十岁了，仍旧充满了活力，事业有成，精于世道。他总是有点紧张，无论是在工作时、在家里休息时抑或是在度假时。这并不是说他做事急急忙忙或潦潦草草。就是在他静心倾听、回答问题和工作的时候，神经也绷得紧紧的。这是他全神贯注于工作的结果，是他心急的结果，因为实际完成任务的时间总与想象中应该完成的时间有差距。有时候他感到这种紧张是一种折磨，但有时它又是一种动力，一种鼓舞人的力量。

　　他富有魅力。不论是与人打交道，还是做什么事情，他又都心不在焉，笨手笨脚，样子十分可爱。因为他清楚地知道，他心不在焉和笨手笨脚的行为不论对人还是对事都有失公道，所以他就投之一笑，以示抱歉。这一笑和他的脸很相称，嘴看上去有某种受委屈的神情，眼睛里有某种悲伤的神情。由于他请求原谅并不意味着他向任何人承诺今后会把事情做得更好，只不过是承认自己无能而已，所以在他的微笑中充满了尴尬和自我讽刺。他的妻子总是在心里暗想，他的魅力到底有多么大？他是否在以心不在焉和笨手笨脚的方式卖弄自己？他的笑容是不是装出来的？他是否知道他委屈和悲伤的神情使得别人都想去安慰他？她没有找出答案来。事实上，他的魅力赢得了医生、警察、女秘书、女售货员、孩子们和狗的同情，尽管他看上去好像并没有注意到这一点。

对她来说，他的魅力已经没有任何作用了。起初她认为他把它消耗完了——如果一个人长期把什么东西带在身边的话，最终会把它用坏的。终于，有一天，她注意到他的魅力令她感到厌烦，感到厌恶！她和丈夫在罗马度假，和他一起坐在纳沃纳广场上。他用一种充满爱意又心不在焉的方式抚摸一只沿街乞讨的丧家之犬的头，而他常常就是以这种方式抚摸她的头的，也带着一种充满爱意但又有些尴尬的微笑。他的魅力只不过是一种自我逃避，是一种自我放弃，是用以掩饰他自己厌烦心绪的一种方式。

如果她以此责备他的话，他也不会明白为什么。他们的婚姻排满了程序，这正是他们事业有成的原因。难道不是所有的美满婚姻都是靠程序来维系的吗？

他的妻子是医生。她一直都在工作，即使是当她的三个孩子还都很小的时候她也没有放弃。孩子们长大以后，她转而从事研究工作，并当上了教授。她或他的工作从未成为他们之间的障碍。他们俩都把自己的时间安排得非常合理，这样，即使在十分繁忙的情况下也可以挤出宝贵的时间：给孩子们的时间，以及给彼此的时间。就度假而言，他们每年都有两周的时间把孩子委托给平时照看孩子的保姆来照看，而他俩则一起去旅行。所有这一切都要求在时间的分配上遵守纪律和程序，几乎不可能留有机动灵活的空间——这一点他们看得很清楚。同时他们也看得很清楚，即朋友们生活中的机动灵活性并没有使一起活动的空间变大了，而是变小了。不，他们已经把自己的生活合情合理、令人满意地安排在各种程序中了。

只是在一起睡觉的程序消失不见了。他不知道什么时候，也不知道为什么。他还记得那个早晨，当他醒来时，看到的是躺在身边的妻子那张肿胀的脸，闻到的是她身上散发出的呛人的汗味，听到的是她那像吹哨一样的鼾声，这些都让他感到厌恶。他也记得自己是如何地感到震惊。从前他不是把她那张肿胀的脸看成是团团脸吗？不是认为她那呛人的气味令他兴奋吗？不是认为她那像吹哨一样的鼾声挺有意思吗？现在怎么突然对这些都感到厌恶了呢？有时候他还把它看作是一个曲调的旋律，他吹着这个旋律把她唤醒。不是在那个早晨，而是在这之后不久的什么时候，两个人便停止在一起睡觉了。而从那个时候起，两个人中没有一个人再肯迈出第一步，尽管两个人都还有兴趣接受另一位的第一步。但那点兴趣却不够迈出这第一步。

尽管如此，两个人中却没有一个人从他们共同的卧室中搬出去。她是完全可以搬到她的工作室里去睡的，他也完全可以睡在一间空着的儿童卧室里。但是两个人中却没有一个人准备去打破这种一起脱衣就寝、一起醒来、一起起床的程序。她也没有准备好，尽管她比他冷淡，比他客观，比他果断，可是同时她也有点胆怯。她也不愿意丢掉一直保持着的习惯，她不愿意丢掉他们的共同生活。

终有一天这种状态还是结束了。有一天，他们开始准备他们的银婚庆典，包括客人名单、住宿问题、饭店里的饭菜，以及乘船郊游等活动。他们都看着对方，心里很清楚，知道他们现在做的事不对劲。他们没有什么可庆贺的，结婚十五周年的时候尚可庆贺一番，也许二十周年的时候也还可以，但从那以后的什么时候开始，他们之间的爱情就渐渐消失，不翼而飞了。即使他们一如既往地继续这样生活下去不是一句谎言的话，不能说庆典不是一种欺骗。

她先把心里话说了出来，他马上表示同意。他们不搞庆典了。做出这个决定之后，他们感到如释重负，于是喝起了香槟酒，还聊起天来，就好像他们已经很久没有聊过天似的。

四

　　一个人还能再次爱上另一个人吗？再次爱上那个人的话是不是对那个人太了如指掌了？恋爱的前提不是对对方还不了解吗？不是这样才可以把自己的愿望像投影一样投射在那些仍然存在的空白点上吗？或许这种投射力在面对恰如其分的需求时就会如此强大，以至于它会把理想不仅仅投射在对方的那些空白点上，而且还会投射到对方那已经完成的多姿多彩的画面上。或许世界上本来存在没有投影的爱情？

　　他向自己提出了这些问题。但是这些问题没有把他搞糊涂，倒是让他觉得它们很有趣。随后的几周里，在他身上发生的事情就可以说是投影或者说是经验——它很美，他从中得到了享受。他与妻子一起聊天，相约一起去看电影或一起去听音乐会，又重新一起在晚间散步，他感到很愉快。那时正是春天，有时他到研究所去接她，但他不在大门口等她，而是在五十米开外的一个街角，因为他愿意看到她向自己走来。她迈着大步急速走过来，他直视的目光令她感到不自在，她不好意思地用左手把头发捋到耳后，然后羞怯而尴尬地微微一笑。他又清楚地看到了他当年所爱的那个年轻姑娘的羞怯，就连她的举止、她的步态也都没有改变。如当年一样，她每走一步，毛衣下面的乳房就跟着颠颤一下。他心里暗想，为什么这么多年来他对这些都视而不见了呢？他失去的东西可真不少啊！现在自己又长眼睛了，这多么可喜！她风韵犹存，而且还是他的老婆。

他们仍旧没有在一起睡觉。起初，他们对彼此的身体感到陌生，可是即使在又相互适应了之后，他们也只是在睡觉醒来时，一起散步时，面对面坐着吃饭时，或者在电影院里紧挨着坐在一起看电影时，才有一些温柔的接触，仅此而已。起初，他认为他们迟早会在一起睡觉的，而且那会很美好。接着他又怀疑这事是否真的会发生，是否真的会很美好，以及他和她是否真的还有这种愿望。也许他不行了？在他们的婚姻出现危机的那些年里，他和别的女人睡过两次，一次是和一位女翻译，另一次是和一名女同事，两次都发生在两个人都喝了很多酒之后，而且第二天早上醒来后两个人都感到十分拘谨和尴尬。他偶尔也有手淫的时候，但毫无乐趣可言。这种情况大多数都发生在旅行途中的旅馆里。难道他连爱情、欲望、一起睡觉这样的自然关系都不懂了吗？他已经得了阳痿吗？当他想要以手淫来证明自己的性能力时，却没有成功。

也许妻子和他还都需要一定的时间？他心想，她对此并不十分着急。在一年之后才能在一起睡觉，或在一个星期之后，抑或在一天之后，对她来说都无所谓。但是他的感觉不同，他想尽快解决在一起睡觉的问题，而且对此已经没有耐心了，因为在现实中解决问题和在想象中解决问题的步调不可能一致。他越老越没有耐心。什么事情若是尚未处理，他就会寝食不安，尽管他自己也知道处理这件事情并非难事。总而言之，凡是摆在他面前的事情就是没有处理的事情，就会令他心神不安，不论要做的事情是在即将来临的一周，还是在即将来临的夏天；不论是买一辆新车，还是在复活节去看望孩子们。甚至在准备去美国旅行的过程中亦是如此。

那是妻子的主意。第二次蜜月旅行——他们将要经历的不是第二次婚礼吗？当还都年轻时，他们经常梦想着乘火车穿越加拿大，从魁北克到温哥华，继续前行到西雅图，然后驾车沿着海岸往下开，直到洛杉矶或到圣地亚哥。当初，他们支付不起这样的旅费，后来又觉得度假几周不带孩子时间太长了，如果带孩子，一会儿乘火车一会儿坐汽车的，对孩子们来说又太无聊了。但是，现在假期是他们自己的，他们可以度上四周或五周，抑或六周，而且也能承受得起火车卧铺和豪华宽敞的轿车的费用。难道这不正是圆他们旧梦的时候吗？

五

　　他们在五月出发了。四月的魁北克经常下雨，但每次持续的时间很短，雨停下来的时候，乌云散开，潮湿的屋顶在阳光下闪闪发光。在安大略平原上，火车在绿色的田野上穿行，这绿色的田野直到天连着地、地连着天的地方才到了尽头，一片绿色和蓝色的世界。在落基山脉，火车在一场暴风雪中被风吹成的雪堆阻隔住了，直等了一夜，铲雪车才赶到。

　　这个夜晚他们睡在了一起。火车的滚动和摇晃让他们的身体为此做好了准备，它的作用就像热天或热水澡的作用一样。当火车停在空旷的路段上时，车上的暖气只是微热，暴风雪在车厢的四周咆哮着，透过地板和窗户把冷空气吹进了包厢里。他们蜷缩在一张床上，笑着，冻得直发抖，于是拥抱在一起取暖，直到在一个被窝里暖和过来为止。他的欲望突然征服了他，由于害怕它再次消失不见，他匆匆行事，事完之后，他才感到欣慰。半夜里，她把他叫醒，这时，他们的做爱就像静静的呼吸一样了。早晨，他被汽笛声叫醒，那是火车头发出的对从远处开过来的铲雪车的问候。他从车窗向外看着雪和天空，眼前是一片湛蓝和白茫茫的世界，他感到很幸福。

他们在西雅图逗留了几天，那家提供床位和早餐的旅店坐落在安妮女王山的山坡上，从那儿可以俯瞰整个城市和海湾。在林立的高楼大厦中间，他们可以看到一条多车道的高速公路。在这条高速公路上，汽车一辆接一辆，很少有中断的时候，白天五颜六色，晚上车的前灯一个接一个，尾灯也一个接一个。这就像一条河流，他这样想，像一条一边向上流、一边往下流的河。有时也会从下面传来鸣笛声，那是警车或者救护车在把其他车辆往一边赶。第一天夜里他无法入睡，每次听见鸣笛声他都起来，走到窗前，为的是看一看车顶上一红一蓝地闪烁着警灯的汽车开道的情景。有时也会从下面传来喇叭声，那是进出港口的轮船发出的问候。它们都是集装箱船，各种颜色的箱子装得高高的。周围是大大小小张了帆的五颜六色的帆船。大风总是不停地在刮。

由于无法入睡，他便在一旁看着熟睡的妻子。他观看着她衰老的程度，她的皱纹、下巴底下耷拉的皮、耳朵和眼睛。那张肿胀的脸、那呛人的气味、那像吹哨一样的鼾声不再令他感到反感了。前一天早上在火车上，他就是吹着口哨把她叫醒的。像从前一样，他喜欢把她的脸捧在手里，喜欢用手来感觉它。由于他们

352

现在又在一起睡觉了，所以他喜欢闻被子下面做爱的气味和汗味。他还能用这种方式叫醒她，还能把握和享受爱的程序，她也什么都没有忘记，什么都没有生疏啊！他们的世界再度呈现出一片光明！

他清楚他们的爱曾经创造了一个世界，那个世界比他们彼此拥有的感情还要重要。即使他们彼此失去了感情，那个世界也照样存在。它的颜色已褪为黑色和白色，但是褪了色的世界仍是他们的世界，他们曾按它的秩序并靠它的秩序生活过。现在这个世界又变得多姿多彩了。

他们做计划，这也是她的主意。他们不该把房子改建一下吗？孩子们——将来总有一天还会有孙子——回来探望我们的次数越来越少，把三间儿童卧室改成一间不是足够了吗？他不是一直希望自己能有一间大房间吗？这样他不是就可以在里面读书和写他许多年以前就计划要写的那本书了吗？他不是不时地为写那本书搜集资料吗？他们不该一起学打网球吗？尽管他们不可能成为网球大家。到布鲁塞尔工作半年怎么样？他曾经说有这样的工作机会，现在还有效吗？她应该请假，应该和他一起搬到布鲁塞尔住上半年吗？他为她有这种想法和热情而感到高兴，他也跟着一起筹划。但是实际上他不想改变他们目前的生活，只是不想说出来而已。

他不想说他因没有处理完一些事情而感到恐惧，他不知道这恐惧意味着什么，来自何处，为什么它会随着年龄的增长而增长。他的恐惧就隐藏在他拒绝改变生活的态度中，每次变化都会让他感觉到那没有处理完的事情的沉重负担。但这是为什么呢？是因为改变生活要花费时间，而时间会在这期间过得更快，流逝得更快吗？为什么时间会流逝得更快呢？在现实生活中度过的时间与尚可支配的时间有关系吗？年龄越大，时间就过得越快，是因为生命中余下的时间越来越少？就像度假一样，你会觉得在假期将要接近尾声的后半段里，时间过得比前半段要快得多。也许这是由于接近目标的缘故？一个人年轻的时候总觉得时间过得太慢，是因为他没有耐心去等待最后的成功，享有名望，成为富人吗？而后来又觉得时间过得飞快，是因为他已经没有什么可期待的了吗？也许年龄越大觉得时间过得越快的原因是人们已经对每天的流程都了如指掌了？就像走一条马路一样，你越经常走那条路，就觉得你走得越快？可是如果这样的话，他应该希望有所改变才对。难道为了改变生活去花费时间，时间就会因此变得不够用了吗？然而他还没有这么老啊！

她没有注意到在他的反对意见背后隐藏着一种彻底的拒绝。但是当他顽固地坚持特别愚蠢的反对意见时，她哭笑不得地问他到底想要什么，难道还要继续前几年那样的生活吗？

六

　　他们租了一辆汽车，一辆带空调、CD 设备和用各种各样没什么实际用途的电子仪器装备起来的敞篷汽车。他们买了一大堆 CD，有些是他们喜欢的，有些是随便买的。当到达岬角时，他们第一次从那里看到了太平洋，这时他的妻子往播放机里放了一盘舒伯特的交响曲。他倒是喜欢继续收听美国电台播放的他当年做学生时流行的音乐。他也宁愿留在汽车里，而不愿和她一起下车，冒着雨在周围闲站着。但是那首交响曲却很适合在雨中欣赏，与阴沉沉的天空和翻滚而来的白浪也很相配，他感到自己没有理由打扰妻子导演的好戏。她又开车上路了，她找到了通往海滩的小路。她曾在后备厢里准备了一件蓝色的塑料斗篷，现在他们用它把自己裹了起来。他们站在海滩上，闻着大海的气味，听着舒伯特的音乐，头上有海鸥盘旋，斗篷上雨水淋淋。他们在西边的雨和云后面看到一片傍晚的晴朗天空，尽管天气很凉爽，空气却很潮湿，让人有些沉闷的感觉。

过了一会儿，他感到在塑料斗篷里难以忍受，便犹豫不决地在雨中站了一会儿，然后走过海边的沙滩，下到水里。海水很凉，湿鞋很沉，湿裤子贴在腿上和肚子上——把身体浸在水里一般是不会感到轻松的，不过他却感到很轻松。他用手拍打着海水，让身子跌到海浪中去。当他们晚上躺在床上的时候，他妻子还在为他一时的冲动行为激动不已呢，他自己反而感到震惊和尴尬。

　　他们发现他们的旅行节奏是每天向南推进大约五十公里。上午是他们闲逛的时间，他们经常停下来，参观国家公园或葡萄园，在海滩一走就是几个小时。晚上，他们赶上什么地方就住什么地方，有时住在高速公路旁简陋的汽车旅馆，那里的房间很大，满屋都是消毒水味，电视机被固定在空中，有一人之高；有时他们住在居民区中提供床位和早餐的旅馆。晚上，他们早早就累了，尽管如此，他们还是捧着一本书和一瓶葡萄酒双双躺在床上。他们约定，当困得睁不开眼睛时，由他关灯。一天晚上，在将近午夜时他又醒来了，这时她却仍在看书。

　　有时，他故意安排让自己等她，以便能看见她向自己走来。他让她把自己放在一家饭店前，然后在门口等着，直到她停好了车，从停车场穿过马路走过来。有时他先跑向海滩，然后转过身来，看着她走过来。看着她走路的姿态总是一件很美的事，与此同时，这也令他伤心。

七

　　在俄勒冈州，海滩和道路都笼罩在大雾中。早晨他们希望中午天气会有所好转，晚上又希望第二天天气会有所好转。但是第二天大雾仍然笼罩着道路、森林和农庄。要是他们经过的那些通常仅有几栋房子的地方在地图上没有被标示出来的话，他们肯定会错过这些地方的。有时候，他们在森林里行驶一到两个小时也看不到一栋房子，也没有一辆汽车从对面开过来，或者也超不了一辆车。一次他们下了车，开着的发动机的声音打破了路两旁茂密森林里的寂静，声音没有消失，就停留在附近，不过在穿越浓雾时被削弱了。他们关掉了发动机，可是这时他们什么声音也听不到了，灌木丛里没有沙沙声，没有鸟声，没有汽车声，也没有大海的声音。

　　当前一个地方被他们远远地甩在身后而下一个地方又有三十里之遥时，指示牌上显示前面有一个加油站。转眼之间加油站就到了，那是一个很大的、路面铺着碎石的停车场。有两个加油塔和一盏灯，在停车场的后面隐隐约约地有一栋房子。他减慢了车速，拐到了停车场上，把车停在了一个加油塔前面，在那儿等着。当他要下车去敲房门时，门开了，一个女人走了出来。她穿过停车场走过来，打了一下招呼，拿起了加油管，转动加油曲柄，给油箱加油。她站在车旁不动，右手拿着加油管，左手叉着腰。她发现他在目不转睛地看着她。

"加油管坏了，我必须待在旁边，但是我马上就把玻璃擦干净。"

"在这里不孤独寂寞吗？"

她惊奇而小心谨慎地看着他。她已不再年轻了，她的小心谨慎是一个经常与人交往又经常感到失望的女人的小心谨慎。

"上一个地方距此有二十里，下一个地方还有三十里之遥——这难道不……我的意思是，您在这儿不感到孤独寂寞吗？您是一个人住在这儿吗？"

她看出了他眼神中的严肃认真、聚精会神和温柔体贴，随后报之一笑。她不想让他的眼神迷住自己，所以她的笑里带着嘲讽。他也以一笑作为回报，同时对自己接下来要说出口的话感到欣喜，也有些难为情。

"您很漂亮。"

她有点脸红，但由于脸上有许多雀斑而几乎看不出来。她停止了微笑，面部表情也严肃起来。漂亮？她的美貌早已不复存在了，这一点她心里很清楚，尽管男人们还都喜欢她，尽管她尚能唤起他们的欲望、引起他们的兴趣，尽管她尚能令他们胆怯。她审视着他的脸。

"是的，这里人烟稀少，但是我已经习惯了。此外……"她犹豫着，向下看看加油杆，然后又抬起头，盯着他的脸。这时她的脸彻底红了，笔直地站着，勇敢地说出了她的向往："此外，我不会总是一个人生活的。"

就那么一眨眼的工夫，她就那样笔直地站着，满脸通红，与他四目相对。随后油箱满了，她把它关上，向后退了几步，把加油杆挂到加油塔上。她弯下腰，从一个水桶里拿出一块海绵，啪的一下把刮水器折起来，接着就动手擦玻璃。他看得出她是多么好奇地打量着他的妻子。他妻子正在看展放在膝盖上的地图，抬头看了一下，向那个女人点点头，朝他笑笑，接着继续往下看。

当她擦玻璃的时候，他站在她身边袖手旁观，感到很不舒服，但他非常愿意看见她和看着她。她既没有穿牛仔裤和格子衬衫，也没有穿洗得褪了色的蓝裙子，而是穿了一条深蓝色的、带有汽油公司标志的工装裤，里面衬了一件白色的 T 恤衫。她很结实，但手脚却十分灵活。她的动作很优美，好像她很欣赏自己身体的强健和敏捷。工装裤的背带从肩上脱落了下来，她用手指把它们又放回肩上去，他觉得这两个动作都好像带有挑逗性。

　　她擦完玻璃，他付了钱。当她回房子里去取要找给他的零钱时，他也跟去了。当他们一起在嘎嘎作响的石子路上走了几步之后，她把手放到他的胳臂上。

　　"您不必跟过来，我把零钱拿来就是。"

八

　　于是他止住脚步，站在停车场上，正好在他的车子和她的房子中间。她走进屋里，身后的门咔嚓一声自动锁上了。

　　他想，我需要多长时间来做出决定呢？一分钟？两分钟？她需要多少时间能取回零钱？她做事会那么有条理吗？她有一个里面整整齐齐摆好了纸币和硬币的收款箱吗？如果有的话，她只需从这里拿出几个硬币、那里拿出几张纸币不就可以了吗？她在尽量抓紧时间吗？或者说她知道我正在高兴地一分钟一分钟地等她吗？

　　他望着眼前的地面，看到鹅卵石都让雾气给弄湿了。他用鞋尖把一块石头翻了过来，他想知道石头底下是否也是湿的，结果是湿的。他教过他的同事们，思考和决定是两回事。思考之后不一定能做出正确的决定，甚至根本就不一定能做出任何决定。思考也能使做出决定变得更复杂、更棘手，甚至最终放弃。他经常说，思考需要的是时间，做决定需要的是勇气。他知道，现在他缺少的不是思考的时间，而是做决定的勇气。他也知道，人生不仅包括做出的决定，同样也包括没做出的决定。假如他没有决定留在这里的话，他将继续往前赶路，尽管他也没有决定继续往前赶路。留在这里——我该对她说什么呢？我该问她我是否可以留下来吗？她该如何回答呢？即使她心里愿意，嘴上也只得说"不"吗？她不得不拒绝承担由于我的问题而将要加到她身上的责任吗？如果她从门里再出来的话，我得带好我的包和行李站在那儿，但汽车得开走。但是，如果她不想要我呢？或者她现在想要我，但后来又不想了呢？或者我以后又不想留下来了呢？不，这种情形不会发生。如果我们现在都想要对方，那么我们就会永远想要。

他向车走去。他想对妻子说，他们误会了，他们已经无法再次破镜重圆，即使他们愿意这样；说在过去的几周里，在他的快乐中总是有一种悲哀；说他不想再带着这种悲哀继续生活下去了；说他为这个不相识的女人发疯了，并准备为她孤注一掷；说他宁愿发疯也不愿这样理智地、悲伤地生活下去了。

当他距车还有几步之遥时，他妻子抬起头来。她看着他走过来，便把身子俯在驾驶座上面，摇下玻璃，对他喊了几声。他没有听明白，她又重复了一遍，说她在地图上找到了那片大沙丘。早餐时，他们记起有一次在图片上看到过那片大沙丘，他们曾在地图上找了一通，但没有找到。现在她找到了，它离这里不太远了，晚上他们就能赶到那里。她非常得意。

区区一些小事常常使她感到愉快——她，尤其是她向他报喜时表现出的那种信赖，常常给他带来惊喜和幸福。那是一种孩子似的信赖，充满了期望，希望别人都是好人，都为好事而高兴，都会善意地做出反应。很多年他都没有看到妻子的这个样子了，只是在最近几周里，她的这种信赖才又恢复了。

他看到了她的喜悦。她一边打着招呼，一边目不转睛地看着他，问他是否把事情办完了，问他们是否可以开车上路了。

他点点头，加快了步伐，好像要跑起来。他钻进了汽车，发动了汽车，把车从停车场上开走了，没有再回头看一眼。

九

　　他妻子讲述了她是怎样在地图上找到那片沙丘的，为什么他们早上没有找到，他们晚上什么时候能赶到那儿，他们可以在哪儿下车，明天应该开车走多远，那片沙丘有多高。

　　过了一会儿她才注意到有点不对劲。他把车开得很慢，全神贯注地看着大雾，听着她所讲的话，偶尔说声"是"，或嘟囔一句鼓励的话——他不说话，这倒很正常，但是他紧紧闭着的嘴和他紧张的面孔却有问题。她问他怎么了，是发动机还是轮胎抑或是车道有什么问题？是大雾还是道路有什么问题？还是别的什么问题？起初，她只是随便问问，后来当他不回答时，她就开始担心了。他身体不舒服吗？什么地方疼痛吗？当他把车开到右边的草地上停下来时，她确信他是心脏或是血液循环出了问题。他僵硬地坐在那儿，手扶着方向盘，眼睛直视着前方。

　　"别管我。"他说，并想继续说下去，想说他只需要一会儿的工夫。但是说话却释放了他的紧张，而正是紧张才使他能够紧闭着嘴，才使他面颊痉挛，才止住了他的泪水。几十年来他都没有哭过。他想把抽噎克制住，结果由抽噎变成了呜咽，由呜咽变成了嚎啕大哭。他用胳臂做着动作，一来请求原谅，二来想要解释他突然大哭的原因，他不想哭，但又别无办法。可是接着他的那种想要道歉和做解释的举止就被泪水给冲走了。他就那么坐在那儿，两手放在膝间，耷拉着脑袋，上半身抽搐着嚎啕大哭。她想把他搂在怀里，但是他挣脱着不让她搂，仍旧固执地那么坐着。由于他哭得没完没了，所以她决定在下一个地方找一家旅馆，或者也可能找到一位大夫。她想要把他拉起来，推到副驾驶座位上去，但是他却自己挪了过去。

她把车开动了，而他仍旧在哭。他在哭他的那个梦，哭生活曾赋予他而他却没有把握住、丢失掉的机会，哭那些一去不复返和无法被取代的事情。什么都不会再来了，什么都无法弥补了。他哭自己对想要的东西要得不强烈，而且常常不知道自己想要什么。他哭自己婚姻中的种种艰难和不幸，同样也哭曾经有过的幸福时光。他哭他自己造成的失望，哭他们在过去几周里分享的希望和期待。浮现在他脑海中的事情没有一件不是伤心痛苦的，那些美好幸福的时刻皆已成为往事。幸福的爱情，完美的婚姻，与孩子们在一起的那几年好时光，职业带来的愉快，对书和音乐的兴致——所有这一切皆已成为过去。回忆在他心中推出一幅幅图画，可在他尚未开始仔细观赏之前，有人在上面盖了一个印记，几个粗体字母写道：这已成为过去。

已成为过去？事情不是就那么在他背后，在他没有参与的情况下成为过去的？是他自己毁了他们俩用各自的爱创造的世界。这个世界毁灭之后就不复存在了，这不是一张黑白照片替代一张彩色照片的问题，而是一张都没有了。

他的眼泪哭干了，他已经筋疲力尽，面无表情。他知道他是为他的婚姻而哭，就好像它已经成为过去；也是为妻子而哭，就好像他已经失去了她。

她把目光转向他，对他笑了一笑。"还好吧?"

他们路过了一个路标，上面注有地名、居民数量和海拔高度。几百人，他想，几百人的城市可以算是一座小城了。它的海拔仅有几米，那么它一定就在附近了，虽然在大雾中看不见它。

"请你停车，好吗?"

她把车开到路边停了下来。现在，他想，就现在。"我要在这儿下车，我不想继续一道前行了。我知道我的行为不可思议，这一点我应该比谁都清楚，但是我却不知道我怎样才能比谁都更清楚。我们一直试图让破镜重圆，可我不想与你破镜重圆了，我只想重新尝试一次。"

"什么？你想尝试什么?"

"生活、爱情、新的开始，也就是说所有这一切。"

在她那惊讶和受到伤害的目光下，连他自己都觉得他说的话幼稚可笑。他想要做什么？他想要在这儿做什么？他想靠什么为生？他家里的生活该如何处置——如果她问他这些问题的话，他将无言以对。

"我们开车到那片沙丘那儿去，你照样可以逃走，我无法留住你。让我们谈谈，如果你陷得不是太深的话。也许你说得对，我们还没有真正把我们之间曾经有过的或未曾有过的事摆到桌面上来谈谈，那么我们现在就这样做。"她把一只手放到了他的膝盖上说，"好吗？"

她说得对。难道他们不能至少先一起开车到那片沙丘附近的一个地方，然后就所有问题谈一谈吗？难道他不能跟她说，她应该干脆让他留在这里而自己继续前行吗？或者告诉她，自己只需要几天的时间独处，随后就赶上，最迟在飞机起飞前到达？难道不必把自己的那个梦和加油站的那个女人告诉妻子？那就是不诚实吗？

"我只能现在就离开。"他下了车，"请把后备厢盖打开，好吗？"

她摇了摇头。

他下了车，绕过车子，走到她坐的那边，把车门打开，把位于车门与座椅之间的一个小操纵杆拉出来，后备厢盖弹开了，他取出了他的箱子和包，把它们放到地上，然后又把后备厢盖关上，来到车门前。车门还开着，他妻子抬头看着他。他轻轻地、一声不响地关上车门，可是他感觉就像在打她的耳光。她仍在抬头看着他。他拿起自己的行李箱和包走了。他刚走了一步，就已经不知道是否还能迈出下一步，当迈出了下一步时，却又不知道是否还能再迈出下一步。如果他停下来不走了，他就不得不转过身来往回走，就不得不上车；而如果她不马上把车开走，他就无法继续往前走了。开走吧，他请求，开走吧。

随后，她发动了汽车，开车走了。当他听不见汽车的声音时才转过身来，而大雾已经把它吞没了。

十

　　他找到了一家汽车旅馆，谈妥了下个月的整月便宜房租。他
找到了一家带吧台、塑料板桌子、塑料座椅和自动唱机的饭店。
他每天都喝很多酒，有时快活得感觉荒唐，有时又想大哭一
场——如果他不是对自己说过那一天已经哭够了的话。那是当地
唯一的一家饭店，他整个晚上都在用一只耳朵听着，期待着能有
一辆汽车开到门前，能有人从车上下来，而他能从那个人走在砾
石上的脚步声辨认是不是他的妻子来了。他满怀期望又充满恐惧
地等待着。

　　第二天早晨，他来到了海边。大雾又笼罩在海滩上，天空和
海面白茫茫的一片，天气闷热、潮湿，而且有霉味。他感觉到自
己终于有很多时间了。

图字：09 - 2013 - 932 号

图书在版编目(CIP)数据

爱之逃遁/(德)伯恩哈德·施林克著;姚仲珍，
拱玉书译.—上海：上海译文出版社，2023.5
ISBN 978 - 7 - 5327 - 9185 - 9

Ⅰ.①爱⋯ Ⅱ.①伯⋯ ②姚⋯ ③拱⋯ Ⅲ.①短篇小
说—小说集—德国—现代 Ⅳ.①I516.45

中国国家版本馆 CIP 数据核字（2023）第 038584 号

爱之逃遁	BERNHARD SCHLINK	责任编辑 周 冉
Liebesfluchten	伯恩哈德·施林克 著	
	姚仲珍 拱玉书 译	装帧设计 柴昊洲

上海译文出版社有限公司出版、发行
网址：www.yiwen.com.cn
201101 上海市闵行区号景路 159 弄 B 座
上海中华商务联合印刷有限公司印刷

开本 890×1240 1/32 印张 11.75 插页 5 字数 143,000
2023 年 4 月第 1 版 2023 年 4 月第 1 次印刷

ISBN 978 - 7 - 5327 - 9185 - 9/I · 5715
定价：72.00 元